FOLIO SCIENCE-FICTION

Ray Bradbury

UN REMÈDE À LA MÉLANCOLIE

Traduit de l'américain par Jacqueline Hardy

Denoël

Cet ouvrage a été précédemment publié dans la collection
Présence du futur aux Éditions Denoël.

Titre original :

A MEDICINE FOR MELANCHOLY

Né en 1920 dans l'Illinois, Ray Bradbury se destine très rapidement à une carrière littéraire, fondant dès l'âge de quatorze ans un magazine amateur pour publier ses textes. Malgré quelques nouvelles fantastiques parues dans des supports spécialisés, son style poétique ne rencontre le succès qu'à la fin des années 1940, avec la parution d'une série de nouvelles oniriques et mélancoliques, plus tard réunies sous le titre de *Chroniques martiennes*. Publié en 1953, *Fahrenheit 451* assoit la réputation mondiale de l'auteur, et sera adapté au cinéma par François Truffaut.

Développant des thèmes volontiers antiscientifiques, Bradbury s'est attiré les éloges d'une critique et d'un public non spécialisés, sensibles à ses visions nostalgiques et à sa prose accessible.

Il s'est éteint en 2012 à l'âge de quatre-vingt-onze ans.

À père, dont l'affection, manifestée
sur le tard, bouleversa son fils.

Et à Bernard Berenson
et Nicky Mariano, qui m'ouvrirent
les yeux sur le monde.

Un remède à la mélancolie

— Allez me chercher des sangsues ! Je vais pratiquer une saignée, dit le Dr Gimp.

— Mais elle n'a plus de sang dans les veines, gémit Mrs Wilkes. Dites-nous, docteur, le nom de la maladie dont souffre notre Camillia !

— Elle ne va pas bien.

— Oui, mais…

— Elle ne va pas bien du tout.

Le bon médecin de famille fronçait le sourcil.

— Oui, et alors…

— À mon avis, c'est une petite flamme très fragile…

— Oh, docteur, s'écria Mr Wilkes d'un ton de reproche, vous nous répétez en partant ce que nous vous avons dit lorsque vous êtes entré !

— Pas du tout ! Donnez-lui ces pilules matin, midi et soir. Ce remède est souverain.

— Diantre ! Mais c'est qu'elle est *bourrée* de remèdes souverains !

— Taratata ! Ce sera un shilling la visite si vous permettez…

— Je permets, mais allez au Diable !

Mr Wilkes glissa une pièce d'argent dans la main du médecin de famille.

Sur ce, le lourdaud thérapeute, tout en prisant et postillonnant, s'en fut par les rues bourdonnantes de Londres, en ce matin pluvieux du printemps de 1762.

Mr et Mrs Wilkes revinrent au lit où reposait leur douce Camillia. Elle était pâle, amaigrie certes, mais toujours ravissante avec ses grands yeux violets et ses longs cheveux dorés répandus sur l'oreiller.

— Ah ! s'écria-t-elle au bord des larmes. Que vais-je devenir ? Depuis le premier jour du printemps, cela fait déjà trois semaines, toutes les fois que je me regarde dans un miroir, il me semble voir un fantôme. Je me fais peur. Dire que je vais mourir avant d'avoir eu mes vingt ans !

— Ma petite fille, s'écria la mère, bouleversée. Où as-tu mal ?

— J'ai mal partout : aux bras, aux jambes, au ventre, à la tête. Que de médecins — six, si je ne me trompe — m'ont tournée et retournée comme un rôti sur la broche ! J'en ai assez ! Laissez-moi quitter cette terre sans être davantage importunée.

— Quelle maladie étrange et cruelle ! s'écria la mère. Mr Wilkes, je t'en conjure, fais quelque chose !

— Et que pourrais-je faire ? s'écria Mr Wilkes en piquant une colère. Elle ne veut plus ni médecin, ni pharmacien, ni prêtre. Je suis d'accord ! Ils m'ont pressé comme un citron. Faut-il que j'aille dans la rue chercher le balayeur ?

— Oui, dit une petite voix pointue.

Tous les trois, éberlués, tournèrent la tête.

Ils avaient oublié la présence du petit frère, Jamie, qui était très occupé à se curer les dents devant la fenêtre, en contemplant d'un œil paisible le crachin et la bruyante animation de la ville.

— Il y a quatre cents ans, poursuivit-il sans se laisser démonter, l'effet eût été immédiat. Mais il est inutile que tu ailles chercher le balayeur, descendons plutôt Camillia avec son lit et ses couvertures, nous l'installerons devant la porte.

— Et pourquoi tout ce déménagement ?

— En une heure, dit Jamie en battant les paupières tout absorbé dans son calcul mental, il passe devant notre porte un millier de personnes. Ce qui fait, pour une seule journée, vingt mille individus. Les uns sont à pied, les autres, à cheval, les uns sont pressés, d'autres flânent et traînent la jambe. Chacun détaillera tout à loisir ma défaillante sœur, chacun pourra compter ses dents, tirer sur le lobe de ses oreilles et tous, tant qu'ils y seront, je vous le promets, vous proposeront un remède souverain. L'un d'eux, forcément, tiendra le bon !

— Ça ! fit Mr Wilkes, éberlué.

— Oui, Père, poursuivit Jamie tout d'une traite. Avez-vous jamais rencontré quelqu'un qui n'était pas convaincu qu'il pouvait écrire à lui tout seul un *Traité de Médecine* ? Qui ne vous conseillait pas tel onguent pour les maux de gorge, telle pommade à la moelle pour les fièvres ou le gros ventre ? En ce moment même, dix mille médecins gratuits déambulent sous nos fenêtres et leur science est perdue pour nous !

— Mon petit Jamie, tu es formidable !

— Cesse ces âneries, veux-tu ! Jamais ma fille ne sera exposée à la vue des passants, pas plus ici qu'autre part…

— Fi donc, femme ! s'écria Mr Wilkes. Camillia fond comme neige au soleil et tu hésites à l'enlever de cette fournaise ? Allons, Jamie, aide-moi à porter le lit !

— Camillia ?

Mrs Wilkes se tourna d'un air interrogatif vers sa fille.

— J'aime autant mourir dehors, dit Camillia. La brise jouera dans mes boucles lorsque…

— Palsambleu, mais il n'est pas question que tu meures, s'écria le père. Allons, Jamie, lève ! Oh hisse ! Femme, écarte-toi de notre route ! Allons, fils, lève, *plus haut*, encore plus haut !

— Ah ! s'écria Camillia d'une voix mourante, je m'envole, ça y est, je m'envole… !

Alors que rien ne le laissait prévoir, le ciel au-dessus de Londres devint tout bleu. La population, surprise par ce beau temps imprévu, prise tout à coup de panique à l'idée de toutes les choses qu'il y avait à voir, à faire, ou à acheter, se rua dans les rues. Les aveugles chantonnaient, les chiens gambadaient, les saltimbanques se trémoussaient, les enfants jouaient à la marelle ou lançaient des ballons comme si c'était carnaval.

C'est vers toute cette allégresse que Jamie et Mr Wilkes, chancelant sous le poids, descendaient Camillia. Dans son lit transformé en chaise à porteurs, les yeux clos, absorbée dans ses prières, elle avait l'air d'une papesse.

— Faites donc attention ! gémissait Mrs Wilkes. Mon Dieu ! Elle est morte ! Non ! Elle vit ! Posez-la ! Tout doucement…

Enfin, on appuya le lit contre le devant de la maison. Et le fleuve humain qui déferlait à ses pieds put voir Camillia, exposée à tous les regards telle une grande poupée pâle et précieuse.

— Cours me chercher une plume, de l'encre et du papier, petit, dit le père. Je vais noter tous les symptômes décrits et, en regard, tous les remèdes proposés. Ce soir, nous en discuterons.

Déjà, dans la foule qui défilait, un homme jetait sur Camillia un œil averti.

— Cette jeune fille est malade, dit-il.

— Ça y est, s'écria Mr Wilkes, tout joyeux, ça commence. La plume ! Vite mon garçon. Là… Continuez, monsieur, je vous écoute.

— Elle ne va pas bien. L'homme fronça le sourcil. Elle va même très mal.

— Très mal…

Mr Wilkes releva la tête et interrogea d'un ton glacial :

— Monsieur ? Ne seriez-vous pas médecin de profession ?

— Oui, monsieur.

— Je *me disais* aussi… J'ai déjà entendu ces mots-là. Jamie, prends ma canne et chasse-le ! Monsieur, veuillez déguerpir et plus vite que ça !

L'homme était déjà loin, remâchant des injures, écœuré.

— Elle ne va pas bien, elle ne va même pas bien du tout… Pouah !

Mr Wilkes singeait son interlocuteur. Soudain il se tut : une créature d'une taille au-dessus de la moyenne, l'air lugubre du spectre qui se dresse hors de sa tombe, pointait son doigt sur Camillia Wilkes.

— État morbide, dit-elle d'une voix suave.

— État morbide, écrivit Mr Wilkes, manifestement enchanté.

— Inflammation de poitrine, poursuivit la femme sur le même ton.

— Inflammation de poitrine, écrivit Mr Wilkes, béat d'admiration. Voilà qui me semble approcher de la vérité.

— Il faut lui administrer un remède contre la mélancolie, dit la femme sans prêter la moindre attention à ses paroles. Vous avez sans doute chez vous de la poudre de momie ? Les meilleures momies viennent d'Égypte, d'Arabie, d'Hirasphatos ou de Libye. Toutes sont d'une grande efficacité pour les troubles d'origine nerveuse. Venez me trouver. Vous demandez la Bohémienne, sur la Flodden Road. Je tiens le sison, l'encens mâle, le…

— Flodden Road, sison, pas si vite, femme !

— L'opobalsam, la valériane de la mer Noire…

— Un instant, femme ! Opobalsam, là, j'y suis. Jamie, retiens-la !

Mais la femme, tout en continuant à énumérer ses drogues, poursuivit sa route et se perdit dans la foule.

Ce fut au tour d'une jeune fille de dix-sept ans de s'approcher de Camillia. Elle la regarda droit dans les yeux.

— Elle…

— Un instant, s'il vous plaît ! Mr Wilkes griffonnait fiévreusement : troubles nerveux… Valériane de la mer Noire… Que la peste !… Parfait. Ma petite demoiselle, je suis à vous. Que lisez-vous sur le visage de ma fille ? Vous la regardez avec une telle intensité, l'air si étonné, que…

— Elle…

L'étrange jeune fille plongea son regard dans celui de Camillia, rougit violemment et balbutia :

— Elle… Elle… souffre d'un… d'un…

— Allez ! Dites !

— Elle… Elle… Oh !

Après un ultime regard d'amitié, la jeune fille disparut avec la rapidité d'une flèche.

— Quelle petite sotte !

— Non, Papa, murmura Camillia, les yeux grands ouverts. Elle *a vu*, elle *a compris*, ce que j'avais. Oh, Jamie, cours lui après, rattrape-la, fais-la parler !

— Mais elle n'a rien proposé ! Regarde plutôt la liste de la Bohémienne.

— Je sais, Papa.

Camillia, un peu plus pâle, avait refermé les yeux.

Quelqu'un se racla la gorge.

Un boucher, ceint de son tablier écarlate du sang de ses activités, se dressait devant eux, en caressant ses farouches moustaches.

— J'ai déjà vu des vaches avec cet air-là, dit-il. Je les

ai sauvées en leur faisant avaler trois œufs frais battus dans du cognac. Et un hiver que j'étais près de crever, je me suis guéri avec le même breuvage…

— Ma fille n'est pas une vache, monsieur ! Mr Wilkes posa sa plume. Elle n'a rien non plus d'un boucher et nous ne sommes pas en hiver. Monsieur, veuillez laisser la place à ceux qui attendent.

Et, de fait, un immense attroupement s'était formé. On poussait des cris, on se tiraillait, on brûlait d'indiquer sa lampée favorite, de recommander tel ou tel lieu de cure. Là, il pleuvrait moins, il ferait plus de soleil que dans cette bonne vieille Angleterre ou le Midi de la France. Des vieilles gens des deux sexes, médecins hors pair comme toutes les personnes d'un certain âge, avec leurs cannes en bataille, montaient à l'assaut en se bousculant.

— Arrière ! cria Mr Wilkes, affolé. Ils vont écraser ma fille comme une vulgaire fraise des bois !

— Décampez !

Jamie empoigna cannes et béquilles et les lança pardessus la populace qui fit demi-tour pour récupérer son bien.

— Père ! Je n'en peux plus, gémit Camillia.

— Père ! s'écria Jamie. Je ne vois qu'un moyen d'arrêter cette pagaïe. Faites payer les gens. Demandez-leur de l'argent pour avoir le droit de donner leur opinion sur cette maladie.

— Jamie, tu es bien mon fils ! Allons, vite, dessine-nous un écriteau. Écoutez-moi, bonnes gens ! Deux pennies ! Deux pennies seulement pour dévider votre couplet. Mettez-vous en rang ! Une seule file, s'il vous plaît ! Là ! C'est bien. Passons la monnaie ! À vous, monsieur ! À vous madame ! Je prends ma plume ! Et nous commençons…

La foule moutonnait, telle une mer agitée.

Camillia ouvrit un œil et, à nouveau, perdit connaissance.

À la tombée du jour, les rues se vidèrent. Seuls, quelques badauds s'attardaient. Au tintement familier de la monnaie, Camillia papillonna des paupières.

— « Trois cent quatre-vingt-dix neuf, quatre cents pennies… »

Mr Wilkes achevait de compter les pièces, qu'il faisait glisser dans un sac tenu par son fils, ravi.

— On a de quoi m'acheter un beau corbillard, dit la frêle jeune fille.

— Chut ! Dites-moi, vous autres, auriez-vous jamais cru que tant de personnes, deux cents tout juste, paieraient pour nous donner des conseils ?

— Pourquoi pas ? s'écria Mrs Wilkes. Femmes, maris, enfants sont sourds les uns pour les autres. Que les gens soient heureux de payer pour qu'on les écoute, me paraît normal. Pauvres sots ! Tous les jours que Dieu fait, ils croient être les seuls à pouvoir distinguer la goutte de l'hydropisie, la fièvre quarte de la fièvre quinte ! Enfin, cela nous vaut, ce soir, d'être un peu plus riches. Et deux cents personnes, grâce à nous, sont heureuses d'avoir vidé leur sac devant notre porte…

— Grands Dieux ! Au lieu de briser l'émeute, il nous fallait les repousser comme de jeunes chiots qui jappent !

— Père, lisez-nous plutôt la liste, dit Jamie. Lequel des deux cents remèdes va être le bon ?

— Je m'en moque, murmura Camillia. La nuit vient. Mon cœur se soulève rien qu'à entendre tous ces noms… Ne pourrait-on me ramener dans ma chambre ?

— Bien sûr, ma chérie ! Jamie ! Prends le pied du lit !

— Un instant, je vous prie ! dit alors une voix.

À demi courbés, les hommes relevèrent la tête pour regarder l'inconnu, un balayeur de taille et de stature très ordinaire, dont le visage, couvert de suie, était illuminé par deux yeux couleur de ciel bleu et un sourire d'ivoire. Chaque fois qu'il faisait le moindre geste, de la poussière sortait de ses manches et de ses chausses. Il s'exprimait posément, en hochant sentencieusement la tête.

— Impossible de traverser cette foule plus tôt, dit-il, en tenant son bonnet maculé devant lui. J'ai fini ma journée et je rentrais chez moi. Faut-il que je paie ?

— Non, balayeur, ce n'est pas nécessaire, dit Camillia avec gentillesse.

— Pas si vite ! protesta Mr Wilkes.

Mais le regard que lui lança Camillia fut si éloquent qu'il se tut.

— Merci, mademoiselle.

Dans l'obscurité croissante, le sourire du balayeur eut l'éclat d'un rayon de soleil.

— Je n'ai qu'un seul conseil à donner.

Il regardait fixement la jeune fille qui semblait fascinée.

— Est-ce la Saint-Bosco aujourd'hui, monsieur ? mademoiselle ?

— Comment voulez-vous que je le sache ? s'écria Mr Wilkes.

— Moi, je pense que c'est le soir de la Saint-Bosco et que par conséquent, cette nuit la lune est dans son plein. Aussi, poursuivit le balayeur avec toujours la même déférence, incapable de détacher les yeux de la ravissante jeune fille promise à une mort prochaine, il vous faut laisser mademoiselle passer la nuit dehors sous la clarté de la lune ascendante.

— Dehors ! Au clair de lune ! protesta Mrs Wilkes.

— Le clair de lune ne rend-il pas fou ? demanda Jamie.

— Je vous demande pardon, monsieur — le balayeur s'inclina courtoisement — mais la pleine lune guérit tous les malades, qu'il s'agisse d'êtres humains ou de bêtes sauvages. La lumière de la lune est si sereine et apaisante pour les sens qu'elle modèle mystérieusement et l'esprit et le corps.

— Il pourrait bien pleuvoir cette nuit… intervint la mère, assez mal à l'aise.

— Je vous en conjure, insista le balayeur. Ma propre sœur souffrait d'une maladie de langueur analogue. Nous l'avons mise dehors, comme un géranium en pot, par une nuit de printemps où la lune brillait. Elle habite aujourd'hui le Sussex, et elle a une santé de fer.

— Une santé de fer ! Le clair de lune ! Et nous garderons intacts les quatre cents pennies ramassés aujourd'hui ! Qu'en dites-vous, Maman, Jamie, Camillia ?

— Non ! dit Mrs Wilkes. Je refuse.

— Mère ! implora Camillia.

Elle regardait le balayeur d'un air grave.

Le balayeur, à la face barbouillée, lui rendit son regard. Un sourire, aussi fugitif que l'éclair d'un cimeterre qui frappe, illumina la nuit.

— Mère, reprit Camillia. La lune me guérira. Je le sens, j'en suis sûre…

La mère poussa un profond soupir.

— Je ne te sers à rien ni le jour, ni la nuit. Laisse-moi t'embrasser pour la dernière fois. Adieu.

Et la mère remonta dans ses appartements.

Le balayeur se retira à reculons en saluant fort poliment toute la compagnie.

— Qu'elle reste toute la nuit dehors ! Rappelez-vous également ceci : la lune mise à part, qu'elle ne soit dérangée par quoi que ce soit jusqu'à demain matin. Bonne nuit, ma jeune dame. Faites de beaux rêves.

La suie s'était dissoute dans la suie de la nuit : l'homme avait disparu.

Mr Wilkes et Jamie baisèrent Camillia au front.

— Père ! Jamie ! Ne vous inquiétez pas !

Elle resta seule, le regard perdu dans le vide. Très loin, dans le noir, il lui semblait voir voltiger un sourire, qui tourna bientôt le coin de la rue et s'évanouit.

Elle attendit que la lune se levât.

La nuit sur Londres… Dans les tavernes, les voix deviennent plus somnolentes ; les portes claquent sur des adieux avinés ; les pendules égrènent leurs carillons. Un chat, pelotonné dans sa fourrure, telle une femme, passe furtivement. Puis une femme, qui a une démarche de chat. Tous les deux sont aussi hiératiques, aussi mystérieux, aussi parfumés de musc, l'un que l'autre. Tous les quarts d'heure à peu près, une voix interrogeait du premier étage :

— Tout va bien, petite ?

— Oui, Père.

— Camillia ?

— Mère, Jamie, ça va très bien.

Puis enfin :

— Bonsoir !

— Bonsoir !

Les dernières lumières s'étaient éteintes. Londres dormait.

La lune se leva.

Et plus la lune montait dans le ciel, plus Camillia arrondissait les yeux pour mieux scruter les impasses, les ruelles et les rues. À minuit exactement, la lune, en passant juste au-dessus d'elle, la fit ressembler à une statue de marbre blanc, comme celles que l'on voit sur les anciens tombeaux.

Quelque chose bougea dans l'ombre.

Camillia tendit l'oreille.

Un chant s'éleva au loin.

C'était une mélodie douce et ensorcelante.

Un homme, qu'elle ne voyait pas, se tenait dans l'ombre de la cour.

Camillia retint sa respiration.

L'homme s'avança et, dans le clair de lune, elle vit qu'il portait un luth dont il jouait avec une infinie douceur.

Il était fort bien mis et son visage, aux traits réguliers, avait une certaine solennité.

— Un troubadour ! s'écria Camillia.

L'homme posa un doigt sur ses lèvres et continua de s'approcher silencieusement. Avant qu'elle eût repris ses esprits, il était à son chevet.

— Que faites-vous dehors à une heure si tardive ? demanda la jeune fille, surprise de n'éprouver aucune frayeur.

— Une amie m'envoie vous redonner la santé.

Il pinça les cordes de son luth. Elles vibrèrent de façon exquise. Qu'il était beau sous cette lumière argentée !...

— Cela ne peut être... On m'a dit que c'était *la lune* qui devait me guérir.

— C'est ce qui va se passer, jeune fille.

— Quels airs jouez-vous là ?

— Ce sont des airs qui chantent les nuits de printemps, les souffrances et les tourments qui n'ont pas de noms. Puis-je vous dire, jeune fille, de quel mal vous souffrez ?

— Oui, si cela est en votre pouvoir...

— Laissez-moi tout d'abord vous en décrire les symptômes : poussées de fièvre brutales, longs accès de frissons, suivis de périodes d'abattement assez agréables. Votre tête tourne, rien qu'à boire une gorgée d'eau, votre cœur bat, rien qu'à un contact *de ce genre*...

Il lui toucha le poignet et se rendit compte qu'un délicieux vertige la gagnait et qu'elle se pâmait sur ses oreillers. Il éloigna sa main et reprit de plus belle :

— Dépressions, exaltations, rêves...

— Arrêtez ! gémit-elle. Vous lisez en moi comme à livre ouvert. Dites-moi le nom du mal dont je souffre ?

— Oui…

Il appuya ses lèvres sur la paume de sa main de façon si insistante qu'elle se mit à trembler.

— Votre mal a pour nom Camillia Wilkes.

— Comme c'est étrange…

Elle était agitée de frissons. Ses yeux couleur lilas étincelaient.

— Ainsi, je serais ma propre maladie ? Je sais, en ce cas, fort bien me rendre malade. En cet instant, par exemple… Tenez, sentez mon cœur !

— Je le sens…

— Et mes bras ! Ils sont brûlants. On les dirait embrasés par la chaleur de l'été.

— Oui. Ils brûlent mes doigts.

— Et, en même temps, je frissonne, je suis glacée par le vent de la nuit. Je me meurs… Je vous assure que je me meurs…

— Je ne permettrai pas que vous mourriez, dit-il d'une voix calme.

— Seriez-vous donc médecin ?

— Non. Mais je suis votre médecin, aussi ordinaire que la personne qui, avant moi, avait décelé votre maladie. Cette jeune fille qui, au moment de vous dire son nom, s'est sauvée dans la foule…

— C'est vrai. J'avais lu dans ses yeux qu'elle savait… Voici que je claque des dents à présent. Et je n'ai pas d'autre couverture !

— Faites-moi une place auprès de vous. Là. Voyons : deux bras, deux jambes, la tête et le tronc. Je suis là en entier.

— Mais, monsieur…

— Je suis là pour vous tenir chaud par cette nuit froide.

— Chaud comme la braise… Ah ! Mais je ne sais même pas comment vous vous appelez… Quel est votre nom ?

Il rampa par-dessus la jeune fille. Sa tête lui masquait la lune, ses yeux couleur d'aigue-marine brillaient de joie, son sourire bref découvrit l'éclat de ses dents.

— Moi ? Bosco, bien sûr.

— Ce nom-là n'est-il pas le nom d'un saint ?

— Une heure ensemble et vous m'appellerez Saint Bosco…

Sa tête se rapprocha. Et se confondit ainsi avec la nuit. Elle poussa un cri de joie en accueillant dans ses bras le balayeur.

— Tout tourne autour de moi. Je me sens partir… Oh ! cher docteur, guérissez-moi ou c'en est fini de moi.

— Je vais vous guérir, dit-il, et voici la manière dont je m'y prends…

On entendait quelque part des matous miauler. Une chaussure, lancée d'une fenêtre, les fit déguerpir de leur grille. Puis il n'y eut plus que le silence et la lune…

— Chut !

L'aube. Après avoir descendu l'escalier sur la pointe des pieds, Mr et Mrs Wilkes jetèrent un coup d'œil dans la cour.

— Elle est morte de froid durant cette nuit affreuse, j'en suis sûre !

— Non, femme. Vois plutôt ! Elle est vivante et bien vivante. Fraîche comme une églantine, que dis-je, comme une pêche, comme un magnolia. Son teint est de lait et de roses. Elle resplendit de santé. Oh ! Camillia, ma chérie, te voilà redevenue bien portante comme avant !

Ils se penchèrent sur la jeune fille endormie.

— Elle sourit en rêve. Que dit-elle ?

— Le remède souverain… murmura la jeune fille dans son sommeil.

— Que dis-tu ?

— Le remède à l'ennui…

Elle ouvrit alors les yeux.

— Mère ! Père !

— Ma petite fille ! Mon tout petit ! Rentre dans la maison ! Viens !

— Non…

Elle prit leurs mains avec tendresse.

— Mère ? Père ? Personne ne nous verra. Le soleil se lève à peine. Venez, je vous prie, venez danser avec moi.

Ils n'avaient aucune envie de danser.

Et cependant, en l'honneur de quelque chose qu'ils ignoraient, ils se mirent à danser avec elle.

Par un beau jour d'été

Un certain été, à midi, George et Alice Smith quittèrent le train à Biarritz. En moins d'une heure, ils étaient passés à leur hôtel, descendus sur la plage et avaient pris leur bain. À présent, ils se rôtissaient au soleil.

À voir George Smith étalé sur le sable, uniquement préoccupé de brunir, on aurait juré n'importe quel touriste fraîchement débarqué en Europe et devant regagner sous peu sa terre natale. Or l'homme, vautré là, était un esthète qui aimait la peinture plus que la vie.

— Ici ? Non, ce serait trop beau…

George Smith poussa un profond soupir. Une goutte de sueur dégoulina lentement sur sa poitrine. Si seulement, se dit-il, je transpirais toute l'eau bue en Ohio ! Ensuite, je m'imbiberais des meilleurs crus de Bordeaux, je m'épaissirais le sang des lourdes nourritures françaises et, avec le temps, je finirais par voir avec des yeux d'autochtone !

Pourquoi formulait-il un souhait si bizarre ? Pourquoi lui fallait-il manger, respirer, boire exclusivement français ? Parce qu'alors seulement, il serait capable d'assimiler le génie d'un artiste, dont, inconsciemment, ses lèvres formulaient le nom.

— George ?

Sa femme, en se penchant sur lui, lui cacha le soleil.

— Je sais à qui tu penses. Je lis sur tes lèvres…

Il attendit stoïquement la suite.

— Ah oui ?

— Picasso…

Il fit la grimace. Quand donc saurait-elle prononcer correctement ce nom ?

— Je t'en prie, poursuivit-elle. Calme-toi ! Je sais que tu as entendu les gens ce matin. Mais, si tu te voyais ! Ton tic à l'œil est revenu… C'est vrai. Picasso est sur la côte, à quelques kilomètres au sud de l'endroit où nous sommes. Il est descendu chez des amis, dans un petit village de pêcheurs dont j'ai oublié le nom… Mais tu dois t'interdire d'y penser, sinon nos vacances vont être gâchées.

— Si seulement je ne les avais pas entendus en parler ! admit-il avec franchise.

— Si seulement tu te sentais attiré vers d'autres peintres ! répliqua-t-elle.

Les autres peintres ? Bien sûr, ils existaient et avaient leur importance… Pour le petit déjeuner, il aurait volontiers jeté son dévolu sur les natures mortes du Caravage. Vous savez, ces poires dorées au soleil d'automne et ces prunes juteuses… Pour le déjeuner… Pourquoi pas les tournesols de Van Gogh aux larges pétioles tortillés, traités dans une pâte si épaisse que même un aveugle les verrait, s'il effleurait de ses doigts sensibilisés ces toiles embrasées. Mais que choisirait-il pour un festin ? De quelles toiles célèbres ferait-il ses délices ? Embrassant l'horizon, tel Neptune sortant des flots, son trident de pinceaux dans ses poings fourchus, sa queue de sirène balayant à tout jamais les ondées estivales du ciel de Gibraltar, le seul, l'unique, pour tout dire, l'auteur de la *Jeune Fille au Miroir* et de *Guernica*, répondrait à son attente.

— Alice ! reprit-il d'un ton patient. Comment t'expliquer ? Dès ma descente du train, j'ai pensé : « Ce pays tout entier, c'est du Picasso ! »

À la réflexion, était-ce tout à fait exact ? Le ciel, la terre, les murs de briques rose bonbon, les balcons aux fers tourmentés bleu électrique, la mandoline, comme un fruit mûr, dans des mains aux sillons innombrables, les affiches en lambeaux, confettis éparpillés aux vents de la nuit, dans quelle mesure était-ce du Picasso, dans quelle mesure du George Smith regardant un monde senti et exprimé par Picasso ? Il était bien incapable de le dire. Le vieux maître avait instillé si profondément en lui son huile de lin et sa thérébentine, qu'elles l'avaient totalement pénétré et façonné. C'est ainsi qu'au crépuscule, il voyait « Période Bleue » et, à l'aube, « Période Rose ».

— Je ne peux m'empêcher de penser, dit-il poursuivant sa rêverie à voix haute, que, si nous parvenions à économiser…

— Nous n'aurons jamais cinq mille dollars de côté.

— Je sais, dit-il conciliant. Mais c'est une pensée agréable à caresser, tu ne trouves pas ? Ne serait-ce pas sensationnel d'aller un jour, droit vers lui et de lui dire : « Tenez, Pablo, voici cinq billets de mille. En échange, donnez-nous la mer, le sable, le ciel, n'importe lequel de vos fonds de tiroir fera l'affaire… »

Au bout d'un moment, sa femme lui toucha légèrement le bras.

— Tu ferais bien de retourner te baigner…

— Oui. J'y pensais justement.

En se jetant à l'eau, il fit jaillir une gerbe de flammes blanches.

L'après-midi de George Smith se passa à sortir de l'eau, à y rentrer, à passer brusquement du froid au chaud et du chaud au froid, prenant exemple sur tous ces malheureux qui, au déclin du soleil, la peau couleur de homard cuit ou de pigeonneau plumé, se traînent péniblement vers leurs hôtels, blancs et fioriturés comme des gâteaux de mariage.

À des kilomètres à la ronde, la plage était à présent déserte. À l'exception, toutefois, de deux individus.

L'un était George Smith, sa serviette de bain sur l'épaule, rendant au soleil une ultime dévotion.

À l'autre extrémité de la plage, un petit homme trapu marchait, solitaire, le long du rivage dans l'air apaisé du soir. Il était tanné par le soleil. Son crâne, lisse et patiné, tirait sur l'acajou. Dans son visage bronzé, brillaient des yeux couleur de ciel bleu.

Le décor placé, d'ici quelques instants ces deux êtres ne pouvaient manquer de se rencontrer. Une fois de plus, le Destin fixait les entrées en scène et les sorties, ménageant avec subtilité l'intérêt du spectacle.

Nos deux promeneurs étaient à cent lieues de se douter de l'extraordinaire hasard qui allait les faire se rencontrer. Le hasard, ce fleuve mystérieux, paresseux et infranchissable, qui côtoie la vie de chacun de nous en y faisant une incursion au moment le plus inattendu. Nos deux amis n'avaient jamais beaucoup réfléchi sans doute sur les avantages retirés par l'audacieux qui s'y jette. Comme la plupart des gens, ils devaient hausser les épaules à de pareilles sornettes et préférer rester en sûreté sur la rive, en attendant que le Destin les y fît basculer…

L'étranger s'arrêta. D'un coup d'œil circulaire, il se rendit compte qu'il était seul. Il contempla la mer exquisément délimitée entre les deux caps. Il regardait le soleil descendre lentement dans les dernières heures de jour. Puis, pivotant sur lui-même, il cracha un petit bâtonnet en bois, support pointu d'une glace au citron complètement fondue depuis longtemps.

Il sourit et, tout à coup, le ramassa.

Après un nouveau regard tout autour de lui pour s'assurer qu'il était bien seul, il s'arrêta encore une fois et, tenant élégamment le bâtonnet dans sa main, avec de gracieux mouvements de poignet, il entreprit la chose qu'il savait le mieux faire au monde : il se mit à dessiner.

Il dessina sur le sable des formes fantastiques.

Il esquissa une première forme, fit quelques pas, puis, courbé vers le sol, s'absorba dans son travail. Il en dessina une seconde, une troisième d'affilée, s'interrompit, puis reprit une quatrième, une cinquième et une sixième.

Quant à George Smith, il marchait, perdu dans ses pensées, se contentant d'imprimer sur la grève la trace de ses pas. Soudain il aperçut l'homme.

Il continua d'avancer. C'est alors qu'il remarqua que cet homme avait la peau tannée par le soleil et qu'il se tenait penché. Quelques pas encore… L'autre se redressa. George tressaillit. Le doute n'était plus possible. Cet homme seul, sur la plage… À propos, quel âge pouvait-il bien avoir ? Soixante-cinq ? Soixante-dix ?… qui dessinait sans s'arrêter un seul instant, comme un automate… ne pouvait être que…

Le sable semblait voler sous son trait, les extraordinaires dessins s'élancer à l'assaut du rivage…

George Smith fit un nouveau pas en avant, puis s'immobilisa en se gardant de faire le moindre bruit.

L'étranger dessinait toujours et paraissait absolument insensible à cette présence, juste derrière lui et le monde fabuleux qu'il était en train d'inscrire dans le sable. Il était si profondément pris par sa création que des grenades sous-marines explosant dans la baie n'auraient ni arrêté sa main, ni même détourné son attention.

George Smith regarda le sable. Les yeux rivés aux dessins, au bout d'un moment il se mit à trembler de tous ses membres.

Une frise insolite de lions grecs, de chèvres méditerranéennes, de jeunes vierges à la chair pailletée de mica, de satyres soufflant dans des cornes grossières, de jeunes enfants sautillant et jetant des fleurs au milieu d'agneaux gambadant, de musiciens folâtrant en s'accompagnant sur leurs harpes et sur leurs lyres, de licornes pourchassant de jeunes garçons qui s'enfuyaient vers des prairies lointaines, des bosquets, des temples en ruine et des volcans, se déroulait sous ses yeux émerveillés.

Tout le long du rivage, en une ligne ininterrompue, le stylet de bois de l'artiste, au front ruisselant de sueur, dans la fièvre de la création, griffonnait, enrubannait, contournait, lançait des boucles dans toutes les directions, hésitait, s'immobilisait, pour repartir ensuite avec une vigueur accrue et reprendre cette bacchanale endiablée, qui devait atteindre son apothéose avant que le soleil ne s'engloutît dans les flots.

Sur vingt, sur trente mètres, et peut-être davantage, nymphes et driades dansaient autour des sources fraîches, hiéroglyphes charmeurs, laissés à l'interprétation de chacun.

Sous la lumière déclinante, le sable prenait des teintes de cuivre fondu et devenait porteur d'un message qu'hélas aucun être vivant ne pourrait lire et apprécier. L'artiste donnait aux choses leur place définitive, en même temps qu'il fixait leur mouvement. Le jus de la treille jaillissait sous les pieds rougis des jeunes vendangeuses ; l'écume des vagues enfantait des monstres marins caparaçonnés d'argent ; les cerfs-volants fleuris répandaient leurs senteurs sur les nuages échevelés ; les…

Soudain l'artiste s'arrêta.

George Smith recula légèrement.

L'artiste leva les yeux, fort surpris de trouver quelqu'un auprès de lui. Mais il ne dit rien. Ses yeux allaient de George Smith à ses œuvres, jetées négligemment sur le sable, telles des empreintes de promeneurs nonchalants.

Il se décida enfin à sourire et en même temps il haussa les épaules. Il avait l'air de dire : « Regardez,

regardez bien, mon enfant… Vous me pardonnez, n'est-ce pas ? Nous sommes tous un peu fous, à un moment donné de notre vie… Peut-être l'êtes-vous déjà, vous aussi ? Alors, vous n'en voulez pas à ce vieux fou que je suis ?… »

George Smith se taisait. Il ne pouvait détacher les yeux de ce petit homme, à la peau brune, aux yeux d'acier, dont à mi-voix il se répétait le nom avec délices.

Ils restèrent ainsi peut-être encore cinq secondes sans parler et sans bouger. George Smith contemplait la frise dessinée sur le sable et l'artiste observait George Smith avec une curiosité bienveillante.

Puis George Smith voulut ouvrir la bouche. Il la referma. Il ébaucha le geste de tendre la main. Il se ravisa. Il s'approcha des dessins, s'en écarta et finit par suivre pas à pas le déroulement de la fresque, dans l'attitude déférente de l'archéologue qui passe en revue des marbres rares provenant de ruines récemment mises à jour. Ses yeux étaient fixes. Sa main, qui aurait aimé toucher, n'osait esquisser le moindre geste. Il aurait voulu se hâter, il piétinait sur place.

Il regarda en direction de l'hôtel. Se hâter… Évidemment il n'y avait pas de temps à perdre. Mais que faire ? Prendre une pelle, creuser, emporter une motte de ce sable trop friable ? Bien sûr. Ou bien dénicher un mouleur, l'amener en vitesse ici avec du plâtre de Paris et prendre l'empreinte d'une infime partie de toute cette merveille ? Non. L'idée même en était absurde. Ou alors… Ses yeux volèrent vers la fenêtre de sa chambre. L'appareil photo ! Courir le chercher, arriver à mettre la main dessus dans le fouillis, revenir au pas de course tout au long de la plage, appuyer sur le déclic, changer la pellicule, appuyer de nouveau sur le déclic encore et toujours jusqu'à ce que…

George Smith pivota sur lui-même et fit face au soleil. Ses reflets jouèrent faiblement sur son visage, accentuant l'éclat de ses yeux noirs. Le soleil était déjà à moitié immergé. Pendant qu'il le regardait, en quelques secondes, il disparut tout à fait.

L'artiste s'était rapproché et observait George Smith avec amitié, comme s'il devinait toutes les pensées qui depuis quelques minutes l'agitaient. Il opina légèrement du bonnet. Le bâtonnet lui échappa des doigts. Il dit par deux fois « bonsoir ».

L'instant d'après, il s'éloignait le long de la plage en direction du sud.

George Smith, pensif, le regarda s'éloigner.

Quelques minutes s'écoulèrent et il fit la seule chose qu'il lui était possible de faire.

Il longea la grève à pas lents, en reprenant par son début la fantastique frise de satyres, de faunes, de filles avinées, de licornes piaffantes, de garçonnets jouant du pipeau. Il marcha longtemps, les yeux fixés sur l'insouciante et fantaisiste bacchanale.

Parvenu à la fin de cette suite de créatures tant humaines qu'animales, il fit demi-tour et revint lentement sur ses pas. Il continuait à regarder le sol avec une attention soutenue, comme s'il avait perdu quelque objet précieux qu'il ne sût exactement où retrouver.

Il répéta ce manège jusqu'à ce qu'il ne fît plus assez jour pour distinguer quoi que ce fût.

•

Il venait de s'asseoir pour le dîner.

— Tu rentres bien tard, se plaignit sa femme. J'ai dû descendre toute seule à la salle à manger. Je meurs de faim.

— C'est une bonne chose, dit-il d'un air distrait.

— As-tu vu quelque chose d'intéressant durant ta promenade ? demanda-t-elle.

— Non…

— Tu as l'air tout drôle… George, tu n'aurais pas nagé trop loin, par hasard ? Tu n'as pas failli te noyer ? Je le lis sur ton visage. Tu as été trop au large ! Je le sens…

— Oui, peut-être…

— Eh bien, dit-elle en le scrutant d'un œil sévère, ne recommence jamais, veux-tu ? Maintenant, qu'est-ce que nous prenons ?

Il saisit le menu, mais interrompit bientôt sa lecture.

— Qu'est-ce que tu as ? demanda sa femme.

Il tourna la tête et ferma les yeux. Il resta ainsi un long moment.

— Écoute !

Elle prêta l'oreille.

— Écouter quoi ? Je n'entends rien.

— Mais si…

— Non. Qu'est-ce que c'est ?

— La marée, dit-il après un silence, les yeux toujours clos, rigoureusement immobile. Le flot qui monte…

Le dragon

Le vent de la nuit faisait frémir l'herbe rase de la lande ; rien d'autre ne bougeait. Depuis des siècles, aucun oiseau n'avait rayé de son vol la voûte immense et sombre du ciel. Il y avait une éternité que quelques rares pierres n'avaient, en s'effritant et en tombant en poussière, créé un semblant de vie. La nuit régnait en maîtresse sur les pensées des deux hommes accroupis auprès de leur feu solitaire. L'obscurité, lourde de menaces, s'insinuait dans leurs veines et accélérait leur pouls.

Les flammes dansaient sur leurs visages farouches, faisant jaillir au fond de leurs prunelles sombres des éclairs orangés. Immobiles, effrayés, ils écoutaient leur respiration contenue, mutuellement fascinés par le battement nerveux de leurs paupières. À la fin, l'un d'eux attisa le feu avec son épée.

— Arrête ! Idiot, tu vas révéler notre présence !

— Qu'est-ce que ça peut faire ? Le dragon la sentira de toute façon à des kilomètres à la ronde. Grands Dieux ! Quel froid ! Si seulement j'étais resté au château !

— Ce n'est pas le sommeil : c'est le froid de la mort. N'oublie pas que nous sommes là pour…

— Mais pourquoi, nous ? Le dragon n'a jamais mis le pied dans notre ville !

— Tu sais bien qu'il dévore les voyageurs solitaires se rendant de notre ville à la ville voisine…

— Qu'il les dévore en paix ! Et nous, retournons d'où nous venons !

— Tais-toi ! Écoute…

Les deux hommes frissonnèrent.

Ils prêtèrent l'oreille un long moment. En vain. Seul, le tintement des boucles des étriers d'argent agitées, telles des piécettes de tambourin, par le tremblement convulsif de leurs montures à la robe noire et soyeuse, trouait le silence.

Le second chevalier se mit à se lamenter.

— Oh ! Quel pays de cauchemar ! Tout peut arriver ici ! Les choses les plus horribles… Cette nuit ne finira-t-elle donc jamais ? Et ce dragon ! On dit que ses yeux sont deux braises ardentes, son souffle, une fumée blanche et que, tel un trait de feu, il fonce à travers la campagne, dans un fracas de tonnerre, un ouragan d'étincelles, enflammant l'herbe des champs. À sa vue, pris de panique, les moutons s'enfuient et périssent piétinés, les femmes accouchent de monstres. Les murs des donjons s'écroulent à son passage. Au lever du jour, on découvre ses malheureuses victimes éparses sur les collines. Combien de chevaliers, je te le demande, sont partis combattre ce monstre et ne sont jamais revenus ? Comme nous, d'ailleurs…

— Assez ! Tais-toi !

— Je ne le redirai jamais assez ! Perdu dans cette nuit je suis même incapable de dire en quelle année nous sommes !

— Neuf cents ans se sont écoulés depuis la nativité…

— Ce n'est pas vrai, murmura le second chevalier en fermant les yeux. Sur cette terre ingrate, le Temps n'existe pas. Nous sommes déjà dans l'Éternité. Il me semble que si je revenais sur mes pas, si je refaisais le chemin parcouru pour venir jusqu'ici, notre ville aurait cessé d'exister, ses habitants seraient encore dans les limbes, et que même les choses auraient changé. Les pierres qui ont servi à construire nos châteaux dormiraient encore dans les carrières, les poutres équarries, au cœur des chênes de nos forêts. Ne me demande pas comment je le sais ! Je le sais, c'est tout. Cette terre le sait et me le dit. Nous sommes tout seuls dans le pays du dragon. Que Dieu nous protège !

— Si tu as si peur que ça, mets ton armure !

— À quoi me servirait-elle ? Le dragon surgit d'on ne sait où. Nous ignorons où se trouve son repaire. Il disparaît comme il est venu. Nous ne pouvons deviner où il se rend. Eh bien, soit ! Revêtons nos armures. Au moins nous mourrons dans nos vêtements de parade.

Le second chevalier n'avait pas fini d'endosser son pourpoint d'argent qu'il s'interrompit et détourna la tête.

Sur cette campagne noire, noyée dans la nuit, plongée dans un néant qui semblait sourdre de la terre elle-même, le vent s'était levé. Il soufflait sur la plaine une poussière qui semblait venir du fond des âges. Des soleils noirs, des feuilles mortes tombées de l'autre côté de la ligne d'horizon, tourbillonnaient en son sein. Il fondait dans son creuset les paysages, il étirait les os comme de la cire molle, il figeait le sang dans les cervelles. Son hurlement, c'était la plainte de milliers de créatures à l'agonie, égarées et errantes à tout jamais. Le brouillard était si dense, cerné de ténèbres si profondes, le lieu si désolé, que le Temps était aboli, que l'Homme était absent. Et cependant deux créatures affrontaient ce vide insupportable, ce froid glacial, cette tempête effroyable, cette foudre en marche derrière le grand rideau d'éclairs blancs qui zébraient le ciel. Une rafale de pluie détrempa le sol. Le paysage s'évanouit. Il n'y eut plus désormais que deux hommes, dans une chape de glace, qui se taisaient, angoissés.

— Là ! chuchota le premier chevalier. Regarde ! Oh ! Mon Dieu !

À plusieurs lieues de là, se précipitant vers eux dans un rugissement grandiose et monotone : le dragon.

Sans dire un mot, les deux chevaliers ajustèrent leurs armures et enfourchèrent leurs montures.

Au fur et à mesure qu'il se rapprochait, sa monstrueuse exubérance déchirait en lambeaux le manteau de la nuit. Son œil jaune et fixe, dont l'éclat s'accentuait quand il accélérait son allure pour grimper une pente, faisait surgir brusquement une colline de l'ombre puis disparaissait au fond de quelque vallée. La masse sombre de son corps, tantôt distincte, tantôt cachée derrière quelque repli, épousait tous les accidents de terrain.

— Dépêchons-nous !

Ils éperonnèrent leurs chevaux et s'élancèrent en direction d'un vallon voisin.

— Il va passer par là !

De leur poing ganté de fer, ils saisirent leurs lances et rabattirent les visières sur les yeux de leurs chevaux.

— Seigneur !

— Invoquons Son nom et Son secours !

À cet instant, le dragon contourna la colline. Son œil, sans paupière, couleur d'ambre clair, les absorba, embrasa leurs armures de lueurs rouges et sinistres. Dans un horrible gémissement, à une vitesse effrayante, il fondit sur eux.

— Seigneur ! Ayez pitié de nous !

La lance frappa un peu au-dessous de l'œil jaune et fixe. Elle rebondit et l'homme vola dans les airs. Le dragon chargea, désarçonna le cavalier, le projeta à terre, lui passa sur le corps, l'écrabouilla.

Quant au second cheval et à son cavalier, le choc fut d'une violence telle, qu'ils rebondirent à trente mètres de là et allèrent s'écraser contre un rocher.

Dans un hurlement aigu, des gerbes d'étincelles roses, jaunes et orange, un aveuglant panache de fumée blanche, le dragon était passé…

— Tu as *vu* ? cria une voix. Je te l'avais dit !

— Ça alors ! Un chevalier en armure ! Nom de tous les tonnerres ! Mais c'est que nous l'avons *touché* !

— Tu t'arrêtes ?

— Un jour, je me suis arrêté et je n'ai rien vu. Je n'aime pas stopper dans cette lande. J'ai les foies.

— Pourtant nous avons touché *quelque chose*…

— Mon vieux, j'ai appuyé à fond sur le sifflet. Pour un empire, le gars n'aurait pas reculé…

La vapeur, qui s'échappait par petits jets, coupait le brouillard en deux.

— Faut arriver à l'heure. Fred ! Du charbon !

Un second coup de sifflet ébranla le ciel vide. Le train de nuit, dans un grondement sourd, s'enfonça dans une gorge, gravit une montée et disparut bientôt en direction du nord. Il laissait derrière lui une fumée si épaisse qu'elle stagnait dans l'air froid des minutes après qu'il fut passé et eut disparu à tout jamais.

La fin du commencement

Il stoppa sa tondeuse à gazon au beau milieu de la pelouse. Il venait de s'apercevoir que le soleil s'était couché et que les étoiles commençaient à briller au firmament. L'herbe, fraîchement coupée, retombée sur son envers ou sur son endroit, mourait déjà. Oui, les étoiles étaient là. Leur éclat devenait de plus en plus vif et, à présent, elles scintillaient de tous leurs feux dans le ciel clair.

La porte vitrée de la terrasse se referma avec un bruit sourd. Il sentit le regard de sa femme posé sur lui, tandis qu'il continuait à contempler la nuit.

— C'est pour bientôt, dit-elle.

Il acquiesça. Il n'avait pas besoin de vérifier l'heure à sa montre. Soudain il eut une impression curieuse ; il se sentait à la fois très vieux et très jeune, il avait à la fois très froid et très chaud : il était transporté à des kilomètres de là, il tenait la place de son propre fils. Il parlait d'une voix calme, mesurait chacun de ses gestes pour mieux contrôler les battements de son cœur, cacher aux autres et à lui-même les craintes qui l'assaillaient, chaque fois qu'il endossait l'uniforme flambant neuf et vérifiait les réserves de vivres, les bouteilles d'oxygène, le masque pressurisé, bref le parfait équipement de l'homme de l'espace qu'il était.

Comme tous ses semblables, ce soir-là, il levait la tête vers le ciel qui se peuplait d'une multitude d'étoiles. Il était revenu de son voyage aussi vite qu'il était parti. Les mains agrippées à la poignée de sa tondeuse, redevenu le père de son fils, il entendit sa femme qui criait :

— Viens donc t'asseoir sur la terrasse !

— J'ai besoin de m'occuper l'esprit.

Elle descendit les marches et traversa la pelouse.

— Ne t'en fais pas pour Robert ! Tout ira bien.

— Mais c'est la première fois qu'on ose une chose pareille ! Pense donc ! C'est ce soir qu'une fusée, avec des hommes à bord, va construire la première station interplanétaire. Mon Dieu ! Ce n'est pas possible ! Cette fusée n'existe pas, pas plus que le lieu des essais, l'heure de son départ ou les ingénieurs qui l'ont construite ! Il est même sûr et certain que je n'ai jamais eu de fils du nom de Bob. Je refuse de marcher dans cette histoire !

— Que fais-tu alors dans ton jardin à observer les étoiles ?

Il secoua la tête, dérouté.

— En me rendant au bureau ce matin, j'ai entendu à côté de moi quelqu'un qui riait à gorge déployée. Un peu surpris, je me suis arrêté et j'ai regardé tout autour de moi. Le croirais-tu ? C'était *moi* qui riais… ! Pourquoi ? Parce que je *réalisais* ce que Bob allait faire ce soir. J'étais parvenu à le *croire*. Le mot « béni », tu le sais, ne fait pas partie de mon vocabulaire, mais, pour une fois, en me sentant si seul au milieu de cette foule, je me l'appliquai. Et puis, voilà qu'au milieu de l'après-midi, je me suis surpris à fredonner, un air que tu connais : « Roue dans roue, roulons droit devant nous. » Et de nouveau, je me mis à rire. La station planétaire, ai-je aussitôt pensé. Cette roue immense aux rayons creux où notre Bob va vivre six à huit mois et qui marque l'étape de son voyage vers la lune. En revenant à la maison, d'autres paroles de cette chanson me revinrent en mémoire : « La petite roue tourne par la foi, la grande, par la grâce de Dieu. » J'ai failli me mettre à sautiller dans la rue, à hurler, à laisser éclater ma joie.

Sa femme lui tapota le bras.

— S'il faut rester dehors, au moins installons-nous de manière confortable.

Ils disposèrent deux rocking-chairs au milieu de la pelouse et s'y assirent. Les étoiles émaillaient la nuit de leurs cristaux de sel éparpillés à tous les coins du ciel.

— On dirait que nous attendons le feu d'artifice qu'on tire tous les ans à Sisley Field, dit la femme après un long silence.

— Ce soir, il y aurait plutôt foule.

— Je ne peux m'empêcher de penser à tous ces millions de gens qui, en ce moment même, épient le ciel avec la même angoisse.

Ils attendaient en pensant à la terre qui tournait sous eux, pendant qu'ils se balançaient.

— Quelle heure est-il ?

— Huit heures moins onze.

— Tu devines toujours. On dirait que tu as une pendule dans la tête.

— Ce soir, je ne peux pas me tromper. Je pourrais te dire une seconde à l'avance le moment où ils la feront partir. Attention ! Voici le premier avertissement, dix minutes avant le départ !

À l'ouest, quatre fusées éclairantes montèrent, empourprèrent le ciel, planèrent, vacillèrent sous le vent du désert, puis retombèrent mollement vers la terre qui les éteignit.

Dans l'obscurité revenue, l'homme et la femme avaient cessé de se balancer.

Après un silence, il dit :

— Plus que huit minutes.

Un nouveau silence. Puis :

— Sept minutes.

Un silence qui, cette fois, parut beaucoup plus long. Et :

— Six minutes.

Sa femme, la tête renversée en arrière, contemplait les étoiles situées juste au-dessus d'elle. Elle murmura :

— Pourquoi ?

Puis elle ferma les yeux et poursuivit.

— Pourquoi ces fusées interplanétaires ? Pourquoi ce soir ? Pourquoi entreprendre une chose pareille ? J'aimerais tant savoir…

Il scrutait son visage, blême sous la lumière poussiéreuse de la Voix Lactée. La réponse lui brûlait la langue. Il se contint et laissa sa femme poursuivre son monologue :

— Ce n'est quand même pas pareil. Quand on

demandait pourquoi l'on tentait l'ascension de l'Everest et qu'on répondait « parce qu'il est là », déjà je n'étais pas d'accord. Ce n'était pas pour moi une réponse valable…

Plus que cinq minutes, se disait-il. Un tic-tac. C'était sa montre. Roue dans roue… La petite roue… La grande roue… Droit devant elles… Plus que quatre minutes. En ce moment les hommes s'installent dans la fusée, dans la ruche bourdonnante, toutes les lampes du tableau de bord s'allument à la fois…

Il remua les lèvres.

— Vois-tu, nous vivons la fin du commencement. Dorénavant nous engloberons sous le même terme l'âge de pierre, l'âge de bronze et l'âge de fer : ce sera l'âge où nous marchions sur cette Terre en écoutant les oiseaux chanter le matin et où nous aspirions à voler. Peut-être l'appellerons-nous tout simplement l'âge de la Terre, peut-être l'âge de la Pesanteur. Durant des milliards d'années, nous avons combattu la Pesanteur. Au stade de l'évolution où nous étions amibes et poissons, nous luttions pour émerger de l'eau et nous soustraire à la force écrasante de la Pesanteur. Parvenus sains et saufs au rivage, nous avons tenté de nous mettre debout et de préserver des méfaits de la Pesanteur notre nouvelle invention : la colonne vertébrale. Une fois debout, nous avons essayé de marcher sans trébucher, puis de courir sans tomber. Des milliards d'années durant, la Pesanteur nous retint attachés à cette Terre en nous narguant avec le vent et les nuages, avec les moucherons et les criquets. Aussi, ce soir, nous arrive-t-il quelque chose de tout à fait extraordinaire. Voici venue la fin du règne de la Pesanteur et, en même temps, la fin d'une époque à jamais révolue dont nous garderons l'impérissable souvenir. J'ignore comment les historiens de l'avenir diviseront les périodes de Temps, si notre époque commencera aux légendes persanes des tapis volants ou aux fêtes du Nouvel An chinois, célébrées avec des beignets et des feux d'artifices, ou à n'importe quelle seconde de l'heure qui va suivre. Ce soir, nous parvenons au but de milliards d'années d'essais et de tentatives, au terme d'efforts longs et répétés et, pour nous, humains, je dois dire, fort honorables.

Trois minutes… Deux minutes cinquante-neuf secondes… Deux minutes cinquante-huit secondes…

— Mais, dit la femme, tout cela ne répond toujours pas à ma question…

Deux minutes, se disait-il. *Prêts ?* appelait la voix lointaine dans l'écouteur. Et rapide, arrivait la réponse assourdie de la fusée bourdonnante de tous ses instruments : *Prêts. Nous sommes prêts.*

En admettant que nous rations ce premier départ, se disait-il, nous recommencerons, nous enverrons un second, puis un troisième vaisseau de l'espace, nous nous propulserons vers toutes les planètes du système solaire et, ensuite, vers toutes les étoiles. Nous continuerons sans relâche jusqu'à ce que des mots comme « immortel » et « éternellement » prennent leur vraie signification. Des grands mots, voilà ce que nous cherchons. L'éternité… Dès notre premier balbutiement, nous avons interrogé : « Qu'est-ce que cela veut dire ? » Pour nous, dont le souffle de la mort faisait déjà courber la nuque, c'était la question primordiale. Mais, si nous

nous installons dans dix mille autres terres tournant autour de dix mille soleils inconnus, cette question perdra de son importance. L'homme, à l'image de l'espace, deviendra infini et illimité. Comme l'espace continue d'exister, l'homme existera indéfiniment. Certes, les individus mourront, comme par le passé, mais la vie humaine se perpétuera dans l'avenir aussi longtemps que nous avons besoin d'en prendre conscience pour être rassurés. Puisque nous survivrons, nous connaîtrons la paix de l'âme, nous tiendrons enfin la réponse que nous avons tant attendue. La seule chose qui nous restera à faire sera de préserver la vie et de la transmettre. Le but est digne de nos efforts…

Les fauteuils de rotin grinçaient sur l'herbe.

Une minute…

— Une minute, dit-il à voix haute.

— Ah !

Sa femme lui prit les deux mains.

— J'espère que Bob…

— Tout ira bien pour lui…

— Ô mon Dieu ! Faites que…

Trente secondes…

— Attention ! Quinze, dix, cinq…

— Attention !

— Quatre, trois, deux, un.

— Regarde ! Par là ! Oh !

Tous les deux crièrent en même temps. Tous les deux se levèrent en même temps. Leurs sièges basculèrent en arrière. Le mari et la femme faillirent perdre l'équilibre. Leurs mains tâtonnèrent à la recherche l'une de l'autre, se trouvèrent, s'agrippèrent l'une à l'autre. Dans le ciel, ils virent une lueur fulgurante suivie, dix secondes plus tard, de l'immense fusée. Elle s'éleva lentement, à la verticale, dans un rougeoiement d'incendie puis bascula et vola, telle un trait de feu, rejoindre les autres étoiles de la Voie Lactée. Le mari et la femme s'accrochaient l'un à l'autre comme s'ils étaient au bord d'une falaise dominant un abîme si vertigineux et si sombre qu'il semblait ne pas avoir de fond. Le regard fixé sur le ciel, chacun entendait les sanglots de l'autre. Il s'écoula un long moment avant que le calme revînt en leurs cœurs et qu'ils fussent capables de prononcer un mot.

— Elle est partie ? C'est bien *vrai* ?

— Oui…

— Tout s'est bien passé, n'est-ce pas ?

— Oui…

— Elle ne va pas retomber ?

— Non… Tout s'est bien passé. Bob est sain et sauf. Tout va bien.

Ils s'écartèrent l'un de l'autre.

Il toucha son visage et regarda d'un air hébété ses doigts humides.

— Bon Dieu !

Ils restèrent là encore cinq minutes, puis dix, jusqu'à ce qu'à force de contempler la nuit et ses myriades de petits clous de sel, ils eurent la rétine brûlée et un grand mal à la tête. Il leur fallut enfin refermer les paupières.

— Il est temps de rentrer, dit-elle.

Il se sentait incapable de faire un pas. Dans un immense effort, mais sans que sa volonté, semblait-il, fût en cause, sa main finit par atteindre la poignée de la tondeuse. Il vit son œuvre et dit :

— Je n'ai plus qu'un tout petit bout à tondre.

— Mais tu ne vois plus rien…

— J'y vois suffisamment. Il faut que je termine. Puis nous irons nous asseoir sur la terrasse avant d'aller nous coucher.

Il l'aida à porter les sièges sur la terrasse, l'y installa puis revint poser ses deux mains sur le manche de la tondeuse. La tondeuse à gazon… Une roue et une autre roue. Une mécanique que vous tenez dans votre main, que vous poussez et qui cliquette vaillamment pendant que vous marchez derrière elle, plongé dans d'apaisantes réflexions. Une fusée suivie d'un silence. Une roue qui tourne à toute vitesse, suivie d'un bruit de pas amorti, lourd de méditations.

Je suis vieux comme si j'avais des milliards d'années. Ma vie a commencé il y a une minute. Je mesure aussi bien quelques centimètres que des centaines de milliers de *kilomètres*. Je suis incapable d'apercevoir mes pieds, tant ils sont loin, tant ils se sont éloignés…

Il faisait marcher sa tondeuse. L'herbe retombait en pluie fine et odorante tout autour de lui. Et il prenait plaisir à la regarder. Il en était réconforté, détendu. Il incarnait l'humanité entière baignant enfin dans les eaux fraîches et revigorantes de la fontaine de Jouvence.

C'est alors que lui revinrent à l'esprit les paroles de cette chanson sur les roues, sur la foi et sur la grâce de Dieu tout là-haut dans le ciel, là où une nouvelle petite étoile, perdue au milieu de millions d'impressionnantes étoiles, osait avancer et, vaillamment, continuait sa route.

Il acheva de tondre son gazon.

Le splendide costume glace à la vanille

Le crépuscule d'été descendait lentement sur la ville. Devant l'entrée du billard où l'on entendait, à intervalles espacés, les boules d'ivoire s'entrechoquer, trois jeunes Américano-mexicains respiraient l'air tiède du soir en regardant vivre le monde. Tantôt ils parlaient, tantôt ils ne disaient rien, fascinés par le spectacle des voitures qui, telles des panthères noires, glissaient sur l'asphalte brûlant, et des trams qui s'annonçaient dans un roulement de tonnerre, lançaient des éclairs et s'éloignaient dans un grondement sourd. Et le silence retombait sur la rue.

— Dites donc, vous autres, s'écria Martinez au bout d'un long moment — c'était le plus jeune, le plus romantique des trois —, vous ne trouvez pas que c'est une chouette soirée ?

Le monde lui paraissait se rapprocher et s'éloigner dans un va-et-vient incessant. Les gens qui l'avaient frôlé étaient à présent de l'autre côté de la chaussée. Des immeubles éloignés à des kilomètres se penchaient soudain sur lui. Toutefois, la plupart du temps, tout ce qui l'entourait — les gens, les voitures, les immeubles —

demeurait hors de portée. Par cette paisible soirée d'été, le visage de Martinez demeurait de marbre.

— Par des soirées comme celle-ci, on se prend à désirer… des tas de choses…

— Désirer, murmura le second garçon, un certain Villanazul — qui lisait à haute voix chez lui mais, lorsqu'il était dehors, parlait toujours à voix basse —, désirer est l'inutile passe-temps des chômeurs.

— Des chômeurs ? s'écria Vamenos, le seul à ne pas être rasé. Écoutez-le ! Nous sommes sans travail et sans argent…

— Et donc, conclut Martinez, sans amis.

— Très juste…

Villanazul regarda au loin la place verte où les palmiers balançaient mollement leurs palmes au vent du soir.

— Savez-vous ce que je désire, moi ? Eh bien, je voudrais aller jusqu'à cette place et parler avec les négociants qui s'y réunissent chaque soir pour discuter avec importance de leurs affaires. Mais vêtu comme je suis, je doute qu'on m'écoute. Martinez, heureusement que nous sommes des copains. L'amitié entre pauvres est la seule vraie amitié.

Un jeune Mexicain tout fringant, doté d'une fine petite moustache, passa devant eux. À chacun de ses bras se pendait négligemment une fille rieuse.

— *Madre Mia !* Martinez se tapa sur le front. Comment se fait-il qu'il ait deux copines ?

— C'est son joli complet d'été blanc. Vamenos se rongea le pouce à l'ongle très noir. Il a l'air astucieux.

Martinez se pencha en avant pour mieux suivre des

yeux le trio qui s'éloignait lorsque, dans la maison de l'autre côté de la rue, à une fenêtre du quatrième, apparut une ravissante jeune fille aux boucles brunes dans lesquelles jouait le vent. Elle semblait être là depuis toujours. En fait, elle était là depuis six semaines. D'un signe de tête, d'un geste de la main, d'un sourire, d'un regard appuyé, il avait montré qu'il la remarquait. Il avait même esquissé un salut, toutes les fois qu'il la recontrait, dans la rue, dans le couloir de l'immeuble quand il allait voir ses amis, au jardin public, en ville. En ce moment même, il décollait ses doigts de sa ceinture et les agitait faiblement. La seule réaction de la jolie fille fut de continuer à laisser la brise d'été jouer dans sa chevelure. Il n'existait pas pour elle. Il n'était rien à ses yeux…

— *Madre Mia !*

Il détourna les yeux et revint à l'homme qui tournait le coin de la rue avec les deux filles. Si seulement j'avais un complet convenable ! Je n'aurais même pas besoin d'argent, si seulement j'avais un complet, un seul complet !

— Puis-je te suggérer, intervint Villanazul, d'aller voir Gomez. Il y a un mois peut-être, il nous a parlé d'une histoire de vêtements. Je me dis toujours que je vais m'en occuper…

— Amigos ! fit une voix pleine d'autorité.

— Gomez !

Tous se retournèrent.

Souriant mystérieusement, Gomez agitait un interminable ruban jaunâtre, le faisant tournoyer dans l'air tiède.

— Qu'est-ce que tu fabriques avec ce centimètre ? demanda Martinez.

Gomez s'épanouit.

— Je mesure l'ossature des gens.

— L'ossature ?

— Attends voir !

Gomez loucha vers Martinez.

— *Caramba !* Où te *planquais-tu*, bon Dieu ! *Viens* un peu par ici !

Martinez, restant passif, se sentit empoigner par les bras ; on les mesura, puis ce fut au tour de sa jambe ; enfin le centimètre fit le tour de sa poitrine.

— Ne bouge pas ! recommanda Gomez. Bras : parfait. Jambe : parfait. Poitrine : *perfecto !* À présent, la hauteur totale ! Là, c'est très bien. 1 m 70. Là. C'est fini. À la prochaine…

Il secouait avec vigueur la main de Martinez lorsqu'il s'arrêta net :

— Tu n'aurais pas… dix dollars ?

— Moi, j'ai dix dollars !

Vamenos brandissait quelques billets graisseux.

— Gomez ! Prends-moi mes mesures !

— Tout ce que je possède, c'est neuf dollars 92 cents. Martinez retournait le fond de ses poches. Pourquoi cela suffirait-il pour un costume neuf ?

— Parce que tu as le squelette de confection, c'est simple.

— Senor Gomez, mais je vous connais à peine…

— On va pourtant vivre ensemble, toi et moi, vieux. Allons, amène-toi !

Gomez disparut dans la salle de billard. Martinez,

flanqué de Villanazul, toujours très poli, poussé par l'impétueux Vamenos, se retrouva sans trop savoir comment à l'intérieur du local.

— Dominguez ! appela Gomez.

L'oreille collée à un téléphone mural, Dominguez leur fit un petit clin d'œil. Une voix féminine couinait dans l'appareil.

— Manulo ! cria Gomez.

Manulo, qui buvait à la régalade une bouteille de vin, pivota sur lui-même.

Gomez désigna Martinez du doigt.

— Nous avons enfin nos cinq volontaires !

Dominguez était en train de dire à l'appareil :

— J'ai un rendez-vous, n'insiste pas !

Il s'interrompit. Le récepteur lui glissa des doigts. Son petit agenda couvert de noms et de numéros de téléphone rejoignit sa poche en vitesse.

— Gomez ? Qu'est-ce que tu…

— Tu le sais bien ! Ton argent ! *Andale !*

Une voix féminine grésillait dans l'écouteur qui se balançait au bout du fil.

Dominguez le regarda d'un air gêné.

Manulo considéra la bouteille de vin vide qu'il tenait à la main, puis il tourna la tête vers l'enseigne du marchand de boissons alcoolisées qui tenait boutique de l'autre côté de la rue.

Sans aucun enthousiasme les deux hommes se décidèrent à déposer chacun dix dollars sur le tapis vert du billard.

Villanazul, étonné, les imita, ainsi que Gomez, qui donna un petit coup de coude à Martinez. Martinez compta et recompta ses billets chiffonnés et sa monnaie. Gomez éparpilla l'argent rassemblé avec le geste souverain du joueur qui abat un flush royal.

— Cinquante dollars ! Le costume en coûte soixante ! Il ne nous en manque plus que dix !

— Minute ! dit Martinez. Gomez, il serait question d'un seul costume, tu dis bien *uno* ?

— *Uno*, oui. Gomez leva un doigt. Un splendide costume d'été couleur glace à la vanille. Blanc, blanc, blanc comme la lune d'août.

— Mais il appartiendra à qui ?

— À moi ! cria Manulo.

— À moi ! cria Dominguez.

— À moi ! cria Villanazul.

— À moi ! cria Gomez, comme à toi, Martinez. Mettez-vous en rang, les gars, montrons-lui !

Villanazul, Manulo, Dominguez et Gomez s'alignèrent aussitôt, le dos au mur de la salle de billard.

— Toi aussi, Martinez, va au bout de la rangée ! Vamenos ! Pose cette queue de billard sur nos têtes !

— Bien, Gomez.

Martinez, sagement dans la ligne, sentit la queue de billard qui cognait sa tête. Il se pencha pour voir ce qui lui arrivait.

— Oh ! fit-il, éberlué.

La queue de billard reposait bien horizontale sur toutes les têtes. Vamenos la fit glisser, avec le sourire.

— Alors, nous avons tous exactement la même taille ! s'écria Martinez.

— Oui…

Tous s'esclaffèrent.

Gomez passa devant le rang, en agitant son centimètre jaune de manière si cocasse que leurs rires redoublèrent.

— Il m'a fallu un mois, quatre semaines entières, pour trouver quatre gars bâtis sur le même modèle que moi, un mois où j'ai fouiné partout et où j'ai mesuré tous les gens que je rencontrais. J'ai trouvé des gars avec des squelettes de 1 m 75, mais il y avait ou trop ou pas assez de chair autour. Parfois leurs os de jambes étaient trop longs, parfois les os de leurs bras étaient trop courts. Ah mon Dieu ! Tous ces os ! Je ne sais pas si vous vous rendez compte ? Mais pour nous cinq, on peut dire que nous avons les mêmes épaules, les mêmes poitrines, les mêmes tours de tailles, les mêmes bras et, pourquoi pas ? le même poids. Venez, les gars !

Manulo, Dominguez, Villanazul, Gomez et, en queue, Martinez, montèrent sur les balances qui leurs délivrèrent des tickets imprimés avec leur poids, pendant que Vamenos, toujours souriant, faisait avaler au compteur des piécettes de monnaie. Le cœur battant, Martinez lut à haute voix les tickets.

67 kilos… 67 kilos 500, 66 kilos, 66 kilos 500, 68 kilos. Un vrai miracle !

— Non, dit tranquillement Villanazul. Gomez, tout simplement.

Tous sourirent à ce génie qui, débordant de joie, passait ses bras autour de leurs épaules.

— On n'est pas formidables, non ? Tous, la même taille et le même désir : un costume. Chacun de nous sera beau au moins un soir par semaine, hein ?

— Il y a des années que je n'ai pas été beau, dit

Martinez. Les filles fichent le camp dès qu'elles me voient.

— À partir de maintenant, c'est fini, vieux. Dès qu'elles te verront dans le costume d'été glace à la vanille, elles seront pétrifiées d'admiration.

— Gomez ? dit Villanazul. Puis-je te poser une question ?

— Toutes les questions que tu veux, *compadre*.

— Quand nous aurons ce ravissant costume glace à la vanille, qui t'empêchera, un soir où ce ne sera pas ton tour de le porter, de monter dans le premier autocar qui se présentera et d'aller vivre un an à El Pason, le costume sur le dos ?

— Villanazul, Villanazul, comment peux-tu dire une chose pareille ?

— J'ai des yeux pour voir, moi, et une langue pour parler. Souviens-toi du *Tout le monde est gagnant* ! Les loteries que tu dirigeais et où personne ne gagnait jamais ? Et la société de conserves de « Chili Concarne aux Haricots » que tu devais monter et dont tout ce qu'on a vu a été le loyer d'un bureau minable ?

— Erreurs de jeunesse… répliqua Gomez. Passons… Par cette canicule, on pourrait s'acheter le costume qui est à la devanture des *Costumes de soleil Shumway*, il semble tout indiqué. Nous avons cinquante dollars. Il ne nous manque plus qu'un squelette.

Martinez vit les autres balayer la salle du regard. Il suivit leurs regards. Au passage ses yeux effleurèrent Vamenos, notant avec dégoût sa chemise douteuse, ses longs doigts tachés de nicotine.

— Pourquoi pas moi ? s'écria alors Vamenos qui ne

pouvait plus contenir son impatience. Mesure mon squelette. Il est formidable. Naturellement j'ai les mains assez grandes, les bras assez forts, puisque je terrasse, mais…

À ce moment précis, Martinez entendit passer sur le trottoir le jeune godelureau accompagné des deux filles. Tous les trois semblaient de fort belle humeur.

La souffrance, tel un nuage d'été, assombrit le visage de ses camarades.

À pas lents, Vamenos se dirigea vers la bascule et, gravement, inséra sa pièce dans la fente. Les yeux clos, il murmura une prière :

— *Madre Mia !* Faites que…

La machine bourdonna. Le ticket s'éjecta. Vamenos rouvrit les yeux.

— Voyez ! 67 kilos tout juste ! Un autre miracle !

Les yeux des autres fixèrent d'abord sa main droite qui tenait le ticket, puis se portèrent sur sa main gauche qui brandissait une coupure de dix dollars toute maculée.

Gomez hésita. Il était en sueur. Il se passa la langue sur les lèvres, puis presque malgré lui son bras se détendit et sa main s'empara du billet.

— Allons au magasin ! Vite ! Le costume ! *Vamos !*

En poussant des hurlements sauvages, la petite troupe déserta au triple galop la salle du billard. La voix féminine continuait à vociférer dans l'écouteur abandonné. Martinez qui quitta la salle le dernier, le prit et raccrocha. Dans le silence enfin retombé, il secoua la tête et soupira :

— *Santos !* Quelle histoire ! Six hommes pour un costume ! Que va-t-il en résulter ? Cela va-t-il les conduire à la folie, à la débauche, au meurtre ? Moi, Dieu me garde toujours… Hé ! Gomez ! Attends-moi !

Martinez était jeune et il courait vite.

Mr Shumway, propriétaire du magasin, était en train de ranger des cravates sur leur support lorsqu'il s'arrêta net. Il lui semblait percevoir un changement atmosphérique subtil à l'extérieur de sa boutique.

— Leo, murmura-t-il à son vendeur. Voyez un peu ce qui se passe !

Le dénommé Gomez déambulait nonchalamment sur le trottoir tout en lorgnant l'intérieur du magasin. Deux autres types, Manulo et Dominguez, arpentaient le trottoir à vive allure, fascinés par la vitrine. Les trois derniers, Villanazul, Martinez et Vamenos, se bousculaient pour mieux voir.

— Leo, dit Mr Shumway, la gorge sèche, appelez la police.

Les six hommes s'encadrèrent dans la porte du magasin dont ils bloquèrent l'entrée.

Martinez, écrasé par les autres, avait un tantinet mal au cœur et les joues en feu. Mais il adressa à Leo un sourire si épanoui, si convaincant que ce dernier lâcha le téléphone.

— Que voulez-vous ?

— Hé ! Vous autres ! chuchota Martinez, les yeux brillant d'admiration, visez-moi ce costume ! Sensationnel !

Manulo tâta un revers.

— Non. Plutôt *celui-ci*.

— Il n'existe qu'un costume au monde, intervint Gomez. Mr Shumway, le blanc couleur glace à la vanille, taille 44, qui était encore en vitrine il y a une heure, n'y est plus. Vous ne l'auriez pas…

— Vendu ? explosa Mr Shumway. Non ! Bien sûr que non ! Il est au salon d'habillage, toujours sur le mannequin.

Martinez ne sut jamais s'il fit le premier pas et entraîna la troupe dans son sillage ou, au contraire, si ce fut la troupe qui s'ébranla et le porta en avant. D'un coup, ils furent en marche. Mr Shumway, au pas de course, tentait de garder la tête de la colonne.

— Par ici, messieurs. Et maintenant, lequel d'entre vous ?

— Un pour tous et tous pour un, s'écria tout joyeux, Martinez. Nous l'essayons, tous tant que nous sommes !

— Tous ?

Mr Shumway s'agrippa au rideau du salon d'essayage, comme si le magasin avait pris l'inclinaison soudaine d'un bateau soulevé par une forte lame. Il les dévisageait, ahuri.

— Tu y es, mon coco, se disait Martinez. Tu vois nos sourires ? Bon. Tu vois nos squelettes ? Bon. Prends leur mesure maintenant. Là, en haut, en bas. Tu y es…

Mr Shumway voyait en effet. Et il comprenait…

Il fit « oui » de la tête. Il haussa les épaules. Il tira brutalement le rideau.

— Allez ! Entrez tous ! Si vous le prenez, je vous donne le mannequin en prime.

Sans prêter la moindre attention à ses paroles, Martinez regarda à l'intérieur du salon d'essayage. Et les autres l'imitèrent.

Le costume était bien là.

Et il était blanc.

Martinez ne respirait plus. Il se l'interdisait. Il n'en avait plus besoin. Il craignait que sa respiration ne fît fondre le costume. Le contempler était amplement suffisant.

Il dut se résoudre cependant à prendre une large aspiration et, dans un souffle, gémit :

— Ouïe, ouïe, *caramba* !

— Sa blancheur m'aveugle, murmura Gomez.

Martinez entendit Leo demander d'une voix vipérine :

— Mr Shumway, cela ne risque-t-il pas de créer un précédent fâcheux, je veux dire si tout le monde se mettait à acheter un seul costume pour six personnes ?

— Leo, répliqua Mr Shumway, avez-vous jamais vu qu'un costume à 59 dollars fasse plaisir à autant de gens à la fois ?

— Il est blanc comme les ailes d'un ange, murmura Martinez, comme les ailes d'un bel ange blanc.

Martinez sentit que Mr Shumway regardait par-dessus son épaule à l'intérieur du salon d'essayage. La blancheur du costume se refléta dans ses prunelles.

— Écoutez bien ce que je vais vous dire, Leo, dit-il, saisi de respect. Pour un costume, c'est un costume !

Gomez, tout en sifflotant, grimpa jusqu'au palier du second. Une fois arrivé là, il se retourna et fit un geste à l'adresse de ses camarades. Ceux-ci hésitèrent, rirent, s'arrêtèrent et finirent par s'asseoir sur les marches de l'escalier.

— Ce soir, dit Gomez, vous logez chez moi. Pourquoi ne pas économiser le loyer comme le vêtement ? Martinez, tu as le costume ?

— Tu parles !

Martinez leva au-dessus de sa tête le paquet soigneusement enveloppé de papier blanc.

— Il est à nous tous… C'est *formidable* !

— Vamenos, tu as le mannequin ?

— Voilà !

Vamenos qui mâchonnait un vieux cigare, éparpillant partout ses étincelles, fit un faux pas et entraîna le mannequin dans sa chute. Celui-ci culbuta deux fois sur lui-même et dégringola avec fracas l'escalier.

— Vamenos ! Espèce de crétin ! Ce que tu peux être empoté !

Ils lui reprirent le mannequin. Vamenos promena autour de lui un regard navré, comme s'il avait perdu quelque chose de très important.

Manulo fit claquer ses doigts.

— Hé ! Vamenos ! Il faut fêter ça ! Cours nous chercher du vin !

Dans un tourbillon d'étincelles, Vamenos plongea dans l'escalier. Les autres pénétrèrent dans la chambre avec le costume, laissant Martinez dans le vestibule en train d'étudier le visage de Gomez.

— Gomez, tu as l'air malade.

— Je le suis. Qu'est-ce qui m'a pris, Bon Dieu ?

Il fit un geste en direction des ombres qui s'affairaient autour du mannequin.

— J'ai choisi Dominguez, le plus grand coureur que la terre ait jamais porté. Soit. J'ai choisi Manulo, qui boit comme un trou, mais il a une voix ravissante. Soit. Villanazul, lui, est toujours plongé dans ses livres.

Toi, tu es d'une propreté confondante. Jusque-là, rien à dire, c'était parfait. Mais qu'est-ce qui m'a pris ensuite ? Ai-je pu attendre ? Non. Il fallait que j'aie ce costume. Et le dernier type que j'ai été chercher est cet imbécile maladroit qui va avoir le droit de porter *mon*… Il s'arrêta, confus… Qui va avoir le droit de porter *notre* costume un soir par semaine, de tomber avec, de se balader avec, qu'il vente ou qu'il pleuve… Nom de Dieu, qu'est-ce qui m'a *pris* ?

— Gomez ? appela de l'intérieur Villanazul. Viens par ici ! Le costume est prêt. Viens voir s'il a aussi belle allure sous *ton* éclairage !

Gomez et Martinez entrèrent dans la chambre.

Là, au beau milieu de la pièce, aussi miraculeux qu'une apparition, d'une aveuglante blancheur, avec ses revers incroyables, ses coutures soignées, ses boutonnières impeccables, sur le mannequin : le costume. Cette clarté se réverbéra sur les joues de Martinez qui, soudain, se crut à l'église. Blanc, blanc, blanc ! Il était aussi blanc que la plus blanche des glaces à la vanille, aussi blanc que la bouteille de lait déposée chaque matin dans le vestibule de l'immeuble, aussi blanc que le nuage d'hiver voguant dans un ciel sombre sous la lumière argentée de la lune. Dans cette chambre chaude, par cette nuit d'été, il lui semblait voir imprimée dans l'air la trace de leurs souffles. En fermant les yeux, le costume apparaissait sur ses paupières. Il savait, cette nuit, de quelle couleur seraient ses rêves.

— Blanc… murmura Villanazul. Blanc comme la neige de cette montagne près de notre ville au Mexique qu'on appelle la Femme endormie.

— Répète un peu, dit Gomez…

Villanazul, le cœur gonflé de fierté, fut heureux de renouveler cet hommage :

— … Blanc comme la neige de cette montagne, qu'on appelle…

— C'est moi !

Les garçons se retournèrent, surpris. Vamenos était sur le seuil, des bouteilles de vin dans chaque main.

— On fête ça ici ! Mais dis-nous d'abord qui va être le premier à mettre le costume ce soir ! Moi ?

— Il est trop tard pour commencer, dit Gomez.

— Trop tard ? Il n'est que neuf heures et quart !

— Trop tard, s'écrièrent tous les autres, mécontents. Trop tard !

Gomez s'éloigna insensiblement d'eux. Les regards des garçons allaient de lui, au costume et à la fenêtre grande ouverte.

Après tout, se dit Martinez, c'est une belle soirée d'été. Dans la nuit chaude et calme de ce samedi soir, les femmes dérivent, telles des fleurs, au fil du courant des rues.

Les garçons soupirèrent.

— Gomez ! J'ai une idée !

Villanazul humecta la pointe de son crayon et dessina sur son bloc un horaire : de 9 h 30 à 10 heures, tu mets le costume, de 10 heures à 10 h 30, c'est Manulo, jusqu'à 11 heures, Dominguez, moi je le porte jusqu'à 11 h 30, Martinez jusqu'à minuit et, pour finir…

— Pourquoi c'est moi *le dernier* ? demanda Vamenos, renfrogné.

Martinez eut la répartie. Il répondit en souriant :

— Mais, mon vieux, à partir de minuit, c'est le meilleur moment.

— Ah bon ! fit Vamenos. C'est vrai. Je n'y avais pas pensé. Eh bien, d'accord !

Gomez poussa un soupir de soulagement.

— Entendu. Une demi-heure chacun. Mais, après, souvenez-vous-en, nous mettrons le costume, chacun, un soir par semaine. Le dimanche, nous le tirerons à la courte paille.

— Ça tombera sur moi, s'écria en riant Vamenos. J'ai toujours de la chance…

Gomez se cramponna à Martinez.

— Gomez, dit Martinez d'une voix pressante. C'est à toi de commencer. Passe-le !

Gomez ne pouvait détacher ses yeux de ce crétin de Vamenos. Enfin il se décida à tirer sa chemise pardessus sa tête et se mit à hurler :

— Aïe ! Aïe ! Aïe, *mon Dieu* !

Un crissement soyeux… La chemise propre qu'on enfile.

— Ha !

Comme les vêtements neufs sont propres ! se disait Martinez en tenant à bout de bras la veste pour l'aider à la mettre. Comme ils sonnent le propre ! Comme ils sentent le propre !

Un léger bruissement… Les pantalons… C'est au tour de la cravate. Puis des bretelles. Un petit floc. Martinez laissa la veste retomber d'elle-même sur les épaules qui se prêtaient à la recevoir.

— *Olé !*

Comme un matador moulé dans son merveilleux habit de lumière, Gomez pivota sur lui-même.

— *Olé*, Gomez, *olé* !

Gomez salua et prit la porte.

Martinez garda les yeux fixés sur sa montre. À dix heures juste il entendit des pas dans le vestibule. Il ouvrit la porte toute grande et regarda dehors.

C'était Gomez, la démarche hésitante, l'œil hagard.

— Il a l'air malade, se dit Martinez. Non, je suis au-dessous de la vérité. Il a l'air ahuri, complètement abasourdi.

— Par ici ! Gomez !

Gomez finit par trouver la porte.

— Ah ! Mes amis ! s'écria-t-il. Quelle aventure ! Ce costume… Ah ! Ce costume !

— Vite ! Raconte, dit Martinez.

— Je ne peux pas. Comment vous expliquer ?

Il leva les yeux au ciel et étendit les bras d'un air extasié, la paume en l'air.

— Gomez ! *Raconte-nous !*

— Impossible ! Je ne trouve pas les mots. Il faut que vous voyiez par vous-mêmes…

Sur ce, il tomba dans un silence profond, secouant machinalement la tête, jusqu'à ce qu'enfin il se souvint que les autres existaient et l'observaient.

— Qui vient après moi ? C'est toi Manulo ?

Manulo, déjà en caleçon, bondit vers lui.

— Prêt !

Tous à la fois se mirent à rire, à crier, à siffler, à mener grand vacarme.

Manulo, habillé avec la rapidité de l'éclair, sortit à son tour. Il resta absent très exactement 29 minutes 30 secondes. Il réapparut en se tenant aux boutons de porte ; en s'appuyant au mur, en se tâtant les coudes. Il se passa enfin la main sur le visage et dit :

— *Compadres*, laissez-moi vous raconter. Vous pensez sans doute que je suis allé au café prendre un verre ? Eh bien non ! Je ne suis pas allé au café et je n'ai pas pris de verre ! Je n'étais pas plutôt sorti que je riais et je chantais à haute voix sans pouvoir m'en empêcher. Et pourquoi donc, vous demandez-vous ? En m'écoutant rire et chanter, je me suis posé la même question. Eh bien. Parce que ! Le costume me rendait plus heureux que le vin n'aurait su le faire. Le costume m'enivrait à la place du vin. Oui, littéralement il m'enivrait. Je suis donc allé à la place de la *Guadalajara Refriteria* et, en m'accompagnant à la guitare, j'ai chanté là quatre chansons, quatre merveilleuses chansons. Ah ! Quel costume !

Dominguez, qui était le suivant à le revêtir, partit à la conquête du monde et revint.

— … Le carnet noir, se dit Martinez. Il l'avait à la main en partant. Le voilà qui revient, les mains vides, qu'en a-t-il fait ? Que s'est-il passé ?

— Je marchais, je marchais dans la rue, dit Dominguez, les yeux encore noyés de rêve, reprenant lentement contact avec la réalité, lorsqu'une femme s'est exclamé : « Mais, on dirait Dominguez ! » Une autre a ajouté : « Dominguez, lui ? Non ! C'est Quetzalcoatl en personne, le grand Dieu blanc venu de l'Est… » Tout à coup je me suis vu entouré de six femmes, que dis-je de huit, qui s'étaient mises à me suivre… Je refusai de continuer à marcher en compagnie de huit femmes alors qu'une seule m'aurait suffi. Et à cette femme, savez-vous *ce que* j'aurais dit ? Je lui aurais dit : « Sois à moi » ou plutôt : « Épouse-moi ». Caramba ! ce costume, en vérité je vous le dis, risque de vous entraîner loin ! Mais je n'y ai pas pris garde. Je me sens vivre, je me sens vivre ! Gomez, as-tu ressenti la même impression ?

Gomez, toujours sous le coup des événements de sa soirée, secoua la tête.

— Non, non, je ne peux pas expliquer… C'était trop ! Plus tard… Villanazul, c'est à ton tour.

Timidement Villanazul s'avança.

Timidement Villanazul sortit.

Timidement Villanazul réapparut.

— Imaginez-vous, dit-il, sans les regarder, les yeux rivés au sol, s'adressant au parquet, imaginez-vous la Green Plaza et un groupe de négociants d'un certain âge, qui bavardaient sous les étoiles en branlant du chef. L'un d'entre eux soudain a chuchoté quelque chose à l'oreille des autres. Tous se sont retournés en même temps. Ils se sont écartés, formant une sorte de passage qui allait s'élargissant comme si un phare blanc se frayait un chemin à travers de la glace. Au centre de cet espace éclairé se tenait la personne que vous avez devant vous. J'ai pris une profonde aspiration. J'avais l'estomac en compote. Ma voix, toute petite au début, s'est affermie et je leur ai dit : « Mes chers amis, vous connaissez sans doute le *Sartor Resartus* de Carlyle ? Eh bien, nous trouvons dans ce volume tout ce qu'il faut savoir sur l'art du costume et son éthique… »

Puis ce fut au tour de Martinez à laisser le costume l'emporter vers les mystères de la nuit.

Il fit quatre fois le tour du pâté de maisons. Les quatre fois, il s'arrêta sous la porte cochère de l'immeuble et leva les yeux vers une certaine fenêtre. Une ombre s'y profilait. La jolie fille allait et venait. La cinquième fois, elle était devant la porte, amenée sans doute par la chaleur étouffante à prendre sur le trottoir une bouffée d'air frais. Elle le regarda. Elle fit un geste.

Il crut tout d'abord qu'elle lui disait bonjour. Une blancheur agressive avait donc rivé son attention. Mais elle ne lui disait pas bonjour. Elle acheva le geste commencé et, une seconde plus tard, son nez était chaussé d'une paire d'imposantes lunettes. Elle le dévisageait.

Ah ! se dit-il. C'était donc cela ! Une aveugle même remarquerait ce costume. Il lui sourit. Il n'avait pas à la saluer. Elle lui rendit son sourire. Elle n'avait pas non plus à le saluer. Alors, parce qu'il ne savait quoi faire d'autre et qu'il ne pouvait se débarrasser du sourire qui s'était figé sur ses propres joues, il prit la fuite et, presque au pas de course, il tourna le coin de la rue. Les yeux de la jeune fille étaient toujours fixés sur lui. Quand il se retourna, elle avait ôté ses lunettes et posait un regard de myope sur ce qui devait lui apparaître comme une tache mouvante de lumière dans l'obscurité environnante.

Faisant bonne mesure, il refit une nouvelle fois le tour du pâté de maisons, marchant à grands pas et trouvant tout à coup la ville si belle, qu'il avait envie de crier et de rire à la fois.

Il revint vers ses copains, à demi inconscient, les yeux mi-clos. En le voyant, ce ne fut pas Martinez que ses camarades virent, mais eux-mêmes franchissant cette porte. Ils surent alors que quelque chose d'important leur était arrivé.

— Tu es en retard ! s'écria Vamenos, qui se tut aussitôt, regrettant déjà son reproche.

Le charme ne pouvait être rompu aussi vite.

— Qu'on me réponde ! dit Martinez. Qui suis-je ?

Il décrivit à pas lents une courbe à l'intérieur de la chambre. Oui, se répétait-il, c'est le costume, c'est la faute de ce costume, ce costume que nous avons été chercher tous ensemble dans le magasin un samedi soir. Nous avons ri, nous nous sommes sentis ivres sans avoir rien bu, comme Manulo l'a dit lui-même, à mesure que la soirée s'avançait et que tous, les uns après les autres, nous enfilions ces pantalons. Nous les passions en perdant un peu l'équilibre au suivant et, chaque fois que l'un d'entre nous partait puis revenait, nos cœurs se gonflaient d'une allégresse croissante. Et enfin, ce fut moi, Martinez, tout en blanc, qui me dressai avec l'autorité d'un chef, magnifique et lointain…

— Martinez, nous avons emprunté un miroir à trois faces pendant que tu n'étais pas là. Regarde !

Le miroir, disposé comme celui du magasin, renvoyait trois images de Martinez. Mais il renvoyait en même temps les reflets et les souvenirs de tous ceux qui l'avaient précédé dans ce costume et qui, par la grâce de ce fil et de ce tissu, avaient accédé à un monde meilleur. Tout en se contemplant dans le miroir chatoyant, Martinez prenait conscience de l'énormité de leur aventure. Ses yeux se mouillèrent. Les autres, pareillement émus, battirent des paupières. Martinez toucha le miroir, qui vacilla. Il vit alors un millier, que dis-je, un million de Martinez, tout de blanc vêtus, réfléchis à l'infini et, tels de preux chevaliers, partir à la conquête de terres lointaines, à jamais invincibles.

Il tendit à bout de bras la veste blanche. Dans leur extase, les autres ne remarquèrent pas aussitôt la main sale qui se tendait vers elle. Ce fut un concert d'exclamations :

— Vamenos !

— Cochon !

— Tu ne t'es pas lavé ! s'écria Gomez. Pas même rasé en attendant ton tour. *Compadres*, un bain !

— Non ! Vamenos se débattit. Avec l'air frais de la nuit, je vais mourir…

Ils le poussèrent avec des bourrades dans le vestibule.

Vamenos s'offrait à leur vue, un Vamenos incroyable dans ce costume blanc, rasé, peigné, les ongles brossés.

Ses amis le contemplaient d'un œil sombre.

N'était-il pas avéré, en effet, se disait Martinez, que toutes les fois que Vamenos sortait, les avalanches se décrochaient du flanc des montagnes. S'il passait sous une fenêtre, les gens crachaient juste à ce moment-là, vidaient leurs ordures, ou pire encore. Et dire que dans un instant il allait déambuler sous dix mille fenêtres grandes ouvertes, avec leurs balcons surplombant les rues sombres et étroites ! Le monde parut soudain bourdonner de mouches attirées par un Vamenos aussi alléchant qu'un gâteau enrobé de sucre.

— Il est certain que ce costume ne te va pas mal, constata amèrement Manulo.

— Merci.

Vamenos contracta ses muscles pour tenter d'installer commodément son squelette dans l'endroit où tous les autres venaient de le faire. Puis, d'une petite voix, il interrogea :

— Je peux m'en aller ?

— Villanazul, ordonna Gomez, veux-tu prendre en note les commandements que je vais énoncer ?

Villanazul humecta son crayon de la pointe de sa langue.

— 1er Commandement. Tu ne tomberas pas tant que tu auras ce costume sur le dos.

— Bien.

— Tu ne t'appuieras pas contre les murs tant que tu auras ce costume sur le dos.

— Pas de murs.

— Tu ne te promèneras pas sous des arbres où nichent des oiseaux, tant que tu auras ce costume sur le dos. Tu ne fumeras pas, tu ne boiras pas…

— S'il te plaît, coupa Vamenos, ai-je la permission de m'asseoir avec ce costume sur le dos ?

— Dans le doute, ôte les pantalons et plie-les sur une chaise.

— Souhaite-moi « bonne chance », dit Vamenos.

— Que Dieu te garde !

Il sortit. Il ferma la porte derrière lui. On entendit le crissement d'une étoffe déchirée.

— Vamenos ! hurla Martinez.

Il s'empressa d'ouvrir la porte.

Vamenos leur faisait face, riant à gorge déployée, les deux moitiés d'un mouchoir déchiré à chaque main.

— Hi ! Hi ! Hi ! Que c'est drôle ! Ah ! si vous voyiez vos têtes ! Hi ! Hi ! Hi !

Il déchira le tissu une nouvelle fois.

— Hi ! Hi ! Hi !

Et tout en s'esclaffant, partit en claquant la porte, les laissant pantois et déconcertés.

Gomez mit les deux mains sur sa tête et leur tourna le dos.

— Lapidez-moi ! Tuez-moi ! Nous nous sommes liés avec le Diable !

Villanazul plongea les mains dans ses poches, d'où il extirpa une piécette d'argent. Il la contempla longuement.

— Mes derniers 50 cents… Lequel d'entre vous m'aidera à racheter la part de Vamenos ?

— On n'y arrivera pas !

Manulo leur montrait dix cents.

— Nous trouverons juste de quoi acheter les revers et les boutonnières…

Gomez, qui était près de la fenêtre ouverte, se pencha brusquement en hurlant :

— Vamenos ! Ça non !

Dans la rue, juste au-dessous, Vamenos, surpris, souffla sur une allumette et jeta le vieux mégot de cigare ramassé on ne sait où. Tous les garçons se pressaient à la fenêtre. Il leur dit négligemment adieu en agitant la main avec insouciance et s'en alla sans se presser.

Les cinq hommes, Dieu sait pourquoi, ne pouvaient s'arracher de cette fenêtre.

— Je parie qu'avec ce costume sur le dos il va manger des hamburgers, dit Villanazul d'un air rêveur. Je pense à la moutarde.

— Non ! cria douloureusement Gomez ! Oh non !

Manulo se rua vers la porte.

— Il me faut un remontant, et en vitesse.

— Mais, Manulo, nous avons du vin ici. Ces bouteilles qui sont par terre…

Manulo, sans l'écouter, sortit et referma la porte derrière lui.

Quelques instants plus tard, Villanazul s'étira avec ostentation, puis se mit à arpenter la chambre de long en large.

— Je crois, les gars, que je vais aller faire un tour jusqu'à la plaza.

Une minute ne s'était pas écoulée depuis son départ que Dominguez, agitant à bout de bras son petit carnet noir, avec un clin d'œil significatif à l'appui, manœuvrait le bouton de porte.

— Dominguez ! cria Gomez.

— Oui…

— Si, par hasard, tu vois Vamenos, recommande-lui d'éviter soigneusement le bar du *Coq Rouge*. On s'y bat non seulement *sur* l'écran de télévision mais aussi *devant*.

— Il n'ira pas, dit Dominguez. Ce costume a trop de valeur à ses yeux. Il ne fera rien pour l'abîmer.

— Il tuerait plutôt sa propre mère, renchérit Martinez.

— Ça, c'est sûr !

Martinez et Gomez, restés seuls, entendirent Dominguez dévaler l'escalier. Ils firent le tour du mannequin.

Pendant un long moment, Gomez, se mordillant la lèvre, resta planté devant la fenêtre, à regarder la rue. À deux reprises il porta la main à sa poche de poitrine sans achever son geste. Finalement, il se décida à retirer quelque chose qui se trouvait dans cette poche. Sans regarder ce qu'il venait de prendre, il le tendit à Martinez.

— Tiens, Martinez…

— Qu'est-ce que c'est ?

Martinez fixait, intrigué, l'imprimé rose plié en quatre. Ses yeux s'arrondirent.

— Un billet d'autocar pour El Paso valable trois semaines !

Gomez acquiesça. Il ne pouvait regarder Martinez en face. Il avait détourné les yeux et, le regard perdu dans le lointain, il dit d'une voix sans timbre :

— Va le rendre et, avec l'argent, tu nous achèteras un joli panama blanc et une cravate bleu pâle pour aller avec le costume. Va, Martinez…

— Mais, Gomez…

— Ferme-la ! Mon vieux, ce qu'on peut crever de chaud ici ! Je sors prendre un peu l'air…

— Gomez ! Comment te dire… Gomez !

La porte était grande ouverte. Gomez était parti.

Le Coq Rouge de Mickey Murillo, bar et arrière-salle, était écrasé entre deux grands immeubles en briques. Il compensait l'étroitesse de sa façade par la profondeur de son local. À l'extérieur, crépitaient des enseignes au néon d'un rouge et d'un vert agressifs. À l'intérieur, dans une demi-obscurité se mouvaient des formes imprécises qui ressemblaient à des squales nageant entre deux eaux. Tantôt ils se rassemblaient, tantôt ils s'écartaient les uns des autres.

Martinez, dressé sur la pointe des pieds, risqua un œil à l'intérieur par un endroit où la peinture des carreaux s'était écaillée.

Il sentit soudain une présence sur sa gauche, puis, sur sa droite il entendit quelqu'un reprendre sa respiration. Il jeta un regard de biais et sur sa droite et sur sa gauche.

— Manulo ! Villanazul !

— J'ai décidé que je n'avais pas si soif que ça après tout, dit Manulo. J'ai préféré marcher.

— Je me dirigeais vers la plaza, dit Villanazul, quand j'ai décidé de prendre le chemin le plus long.

Comme s'ils s'étaient donné le mot, les trois hommes la bouclèrent et, d'un même mouvement, regardèrent en se dressant sur la pointe des pieds, à l'intérieur du café par les multiples endroits où la peinture de la devanture en verre s'était écaillée.

Mais bientôt tous trois eurent le sentiment d'une présence derrière leurs dos. Le nouveau venu avait chaud et haletait.

— Notre costume blanc est-il à l'intérieur ? demanda une voix qui ne pouvait être que celle de Gomez.

— Gomez ! s'écrièrent-ils tous les trois à la fois, stupéfaits. Ah bien on peut dire que…

— Oui ! cria Dominguez, qui venait d'arriver et de trouver son petit trou pour regarder. Je le vois. Dieu soit loué ! Vamenos est toujours dedans !

— Je ne vois pas très bien, se lamenta Gomez en mettant sa main en écran, ce qu'il est en train de *faire*.

Martinez cligna des yeux pour mieux voir. Eh oui ! Se détachant sur une masse sombre, un petit tas de neige bien blanc, un sourire stupide, c'était Vamenos, environné de fumée, qui leur souriait et de loin leur faisait un petit signe amical.

— Mais il fume ! s'exclama Martinez.

— Mais il boit ! s'exclama Dominguez.

— Mais il mange du poisson bouilli ! constata Villanazul.

— Du poisson avec de la *sauce* ! précisa Manulo.

— Ce n'est pas possible ! gémit Gomez. Non, non…

— Et il est avec Ruby Escuadrillo…

— Laisse-moi voir un peu…

Gomez bouscula Martinez.

C'était bien la grosse Ruby avec ses cent kilos de sequins scintillants et de satin noir brillant sur le postérieur ! Ses mains aux ongles rouges étreignaient l'épaule de Vamenos, sa figure de vache, enfarinée de poudre, dégoulinante de rouge à lèvres, se penchait vers lui…

— Cette espèce d'hippopotame ! s'écria Dominguez. Mais elle est en train d'écraser les rembourrages d'épaules ! Regardez ! Elle s'assied sur ses genoux !

— Non ! Pas avec toute cette poudre et ce rouge à lèvres ! protesta Gomez. Manulo ! Entre dans le bar ! Empare-toi du verre. Toi ! Villanazul, charge-toi du cigare et de l'assiette de « taco ». Dominguez ! File-lui un rencart. Éloigne-la à tout prix, tu m'entends. *Andale*, amigos !

Les trois garçons disparurent en quatrième vitesse, laissant Gomez et Martinez, vissés à leurs postes d'observation.

— Ça y est ! Manulo a le verre. Et même il le boit !

— Oh ! Et voilà que Villanazul a pris le cigare et qu'il mange le « taco » !

— Ah ! Dominguez a la fille. Non, mais quel brave type quand même !

À ce moment précis une masse imposante s'engouffra dans l'entrée principale du Murillo.

— Gomez !

Martinez s'agrippa au bras de Gomez.

— C'est le petit ami de Ruby Escuadrillo, Toro Ruiz. S'il la trouve avec Vamenos, le costume glace à la vanille va être couvert de sang !

— Ne me donne pas d'émotions ! dit Gomez. Entrons vite !

Tous les deux s'élancèrent à l'intérieur. Ils arrivèrent près de Vamenos au moment où Toro Ruiz empoignait à pleines mains les revers du magnifique costume couleur glace à la vanille.

— Lâche Vamenos ! cria Martinez.

— Lâche le costume ! rectifia Gomez.

Toro Ruiz, battant nerveusement des orteils, jeta un regard du côté des arrivants.

Villanazul s'approcha timidement.

Villanazul était tout sourires.

— Ne le frappe pas ! Frappe-moi plutôt !

Toro Ruiz s'exécuta et donna un coup de poing sonore sur le nez de Villanazul.

Villanazul, tenant son nez, les yeux embués de larmes, quitta la place.

Gomez et Martinez prirent Toro Ruiz chacun par un bras.

— Vas-tu le lâcher ! *Cabron ! Coyote ! Vaca !*

Toro Ruiz tordit entre ses doigts l'étoffe du costume glace à la vanille. Les six garçons poussèrent un long cri d'agonie. Tout grognant, tout suant, Toro Ruiz chassait comme des mouches tous ceux qui s'agglutinaient à lui. Il s'apprêtait à frapper Vamenos lorsque Villanazul réapparut, les yeux pleins de larmes.

— Ne le frappe pas ! Frappe-moi plutôt !

Quand Toro Ruiz frappa Villanazul sur le nez, une chaise vint s'écraser sur son crâne.

— Ouïe ! fit Gomez.

Toro Ruiz se balança d'un pied sur l'autre, guère fixé sur l'endroit où il allait s'écrouler. Il entraînait Vamenos avec lui dans sa chute.

— Lâche-le, mais lâche-le donc ! cria Gomez.

Avec une infinie lenteur, les doigts boudinés de Toro Ruiz libérèrent les uns après les autres le costume. Quelques secondes plus tard, il était effondré à leurs pieds.

— *Compadres !* Par ici !

Ils entraînèrent rapidement Vamenos au-dehors et le déposèrent sur le trottoir comme un tas de chiffons. Vamenos se dégagea de leurs mains avec un air de dignité offensée.

— Ça va ! Mon heure n'est pas finie. J'ai encore deux minutes et — attendez voir — dix secondes…

— Comment ! s'écrièrent-ils d'une voix unanime.

— Vamenos ! s'écria Gomez en se maîtrisant à grand peine. Tu laisses une vache de Guadalajara grimper sur toi, tu provoques une bagarre, tu fumes, tu bois, tu manges des « tacos » pleins de sauce et, maintenant, tu as le toupet de nous dire que ton heure n'est pas finie ?

— Il me reste encore deux minutes et une seconde.

— Hé Vamenos ! Tu es drôlement bien fringué !

Une voix de femme l'interpellait sur l'autre trottoir. Vamenos sourit d'aise et boutonna sa veste.

— C'est Ramona Alvarez. Ramona ! Attends un peu ! J'arrive !

Vamenos s'engagea sur la chaussée.

— Vamenos ! dit Gomez. Qu'est-ce que tu peux faire en une minute et — il regarda sa montre — quarante secondes ?

— Attends-moi ! Hé ! Ramona !

Vamenos allongea le pas.

— Vamenos ! Attention !

Surpris, Vamenos pivota, aperçut la voiture, entendit le grincement des freins.

— Non ! s'écrièrent avec ensemble les cinq garçons alignés le long du trottoir.

Au bruit du choc, Martinez tendit le cou. On eût cru, se dit-il, une lessive s'envolant par un coup de vent. Il baissa les yeux.

Tous réagirent alors de façon différente. L'un déglutit sa salive. L'autre soupira. Les uns se raclèrent le gosier, les autres poussèrent un gémissement. L'un exprima à haute voix son indignation. L'autre se cacha le visage dans ses mains. Quant à Martinez, il s'aperçut qu'il se frappait la poitrine à grands coups. Il se sentait désespéré. Il était incapable de faire un pas.

— Je ne tiens plus à la vie, déclara Gomez calmement. Qu'on me tue !

Martinez regarda ses pieds et s'obligea à marcher. Il traînait avec les plus grandes difficultés un pied après l'autre. Il se cogna à ses camarades. Maintenant, ils couraient presque. Ils réussirent à courir et, sans savoir exactement comment, se retrouvèrent de l'autre côté de la rue, regardant Vamenos allongé par terre. La traversée de la chaussée leur avait demandé un effort aussi grand que le passage à gué d'une rivière tumultueuse.

— Vamenos ! s'écria Martinez. Tu es vivant !

Étalé de tout son long sur le dos, la bouche ouverte, les paupières fortement pressées l'une contre l'autre, Vamenos dodelinait de la tête en marmonnant avec difficulté :

— Dis-moi… Dis-moi… Oh… Dis-moi…

— Dis-moi quoi, Vamenos ?

Vamenos serra les poings, grinça des dents, rassembla son courage.

— Le costume… Qu'est-ce que j'ai fait au costume ?…

Les copains s'accroupirent tout autour de lui.

— Vamenos, il est… Il n'a *rien*.

— Vous mentez, dit Vamenos. Il est déchiré, complètement déchiré *sous moi*. C'est sûr…

— Non…

Martinez s'agenouilla et tâta.

— Vamenos, je t'assure ! Même sous toi, il n'a rien.

Vamenos ouvrit alors les yeux pour laisser librement couler ses larmes.

— Un miracle ! répéta-t-il. Un vrai miracle ! Que tous les saints du Paradis en soient loués !

Il finit par se calmer.

— … Où est la voiture ?

— La voiture t'a renversé et a poursuivi sa route.

La mémoire revenait à Gomez. Il regarda fixement la rue déserte.

— … Tant mieux qu'elle ne se soit pas arrêtée, car…

Tout le monde attendait ce qui allait suivre.

Une sirène retentit au loin.

— Quelqu'un a dû appeler une ambulance.

— Vite ! dit Vamenos, en roulant des yeux affolés. Asseyez-moi et ôtez-moi le veston !

— Vamenos !

— Fermez-la, bougres d'idiots, hurla Vamenos. Le veston ! Là, ça y est. À présent, les pantalons ! Allons, vite, plus vite ! *peones !* Si vous connaissiez ces docteurs ! Vous les avez vus au cinéma ? Ils coupent les pantalons avec un rasoir pour les retirer. Ils s'en *fichent*, ce sont des dingues. Aïe, mon Dieu ! Faites vite !

La sirène augmentait d'intensité.

Dans leur affolement, les garçons manipulaient Vamenos dans tous les sens.

— La jambe droite, *là* ! Dépêchez-vous, espèces de vaches ! Bon ! La jambe gauche ! Gauche ! Vous m'entendez ? *Là !* Aïe, mon Dieu ! Dépêchez-vous donc ! Martinez ! Tes pantalons ! Ôte tes pantalons !

— Quoi ? Martinez se figea, offensé.

À présent, la sirène hurlait, tout près.

— Quel crétin ! se lamenta Vamenos. Tout est perdu. Tes pantalons. Allons ! Ouste ! Donne-les moi !

Martinez s'empressa de dégrafer la boucle de sa ceinture.

— Faites cercle autour de nous !

Pantalons noirs et pantalons clairs volèrent dans les airs.

— Vite, vite ! Les maniaques du rasoir arrivent ! La jambe droite ! La jambe gauche ! *Bon !*

— La fermeture éclair de la braguette ! Ah ces vaches ! Fermez-moi ma braguette ! murmura, épuisé, Vamenos.

La sirène mourut.

— *Madre Mia !* Juste à temps ! Les voilà…

Vamenos se laissa retomber en arrière et ferma les yeux.

— ... *Gracias !*

Martinez se détourna. Il enfilait nonchalamment les pantalons blancs lorsque les internes le frôlèrent en passant au pas de course.

— Une jambe cassée, dit l'un d'eux en l'installant sur la civière.

— *Compadres*, ne m'en voulez pas !

— Qui te parle de t'en vouloir ? grogna Gomez.

Couché dans l'ambulance, les regardant de bas en haut en voyant leurs visages à l'envers, Vamenos se sentit près de défaillir.

— *Compadres*, quand… je sortirai de l'hôpital… serai-je toujours membre de l'association ? Vous ne me flanquerez pas dehors ? Tenez ! Je ne fumerai jamais plus, je ne mettrai jamais plus les pieds chez Murillo, je renoncerai à tout jamais aux femmes…

— Vamenos, dit gentiment Martinez, ne t'engage à rien !

Vamenos, toujours la tête renversée en arrière, les yeux débordant de larmes, voyait la grande silhouette toute blanche de Martinez, se découper sur la nuit étoilée.

— Ah ! Martinez ! Quel chic tu as dans ce costume ! *Compadres*, n'est-il pas beau ?

Villanazul monta à côté de Vamenos. La porte claqua. Les quatre copains restants suivirent des yeux l'ambulance qui démarrait.

Puis Martinez, vêtu du costume blanc, escorté de près par ses amis, remonta sur le trottoir.

Dès qu'ils furent rentrés, Martinez sortit la bouteille de détachant. On fit cercle autour de lui, chacun y allant de son conseil, lui disant comment s'y prendre pour nettoyer le costume, et qu'il fallait utiliser un fer pas trop chaud pour le repasser, et la façon de remettre les revers en place et de refaire le pli du pantalon, etc..

Une fois nettoyé et repassé, le costume avait la blancheur immaculée du gardénia qui vient d'éclore. Ils le mirent sur le mannequin.

— Il est deux heures, murmura Villanazul. J'espère que Vamenos s'est endormi. Quand je l'ai quitté à l'hôpital, il avait l'air assez bien.

Manulo se racla la gorge.

— Personne, ce soir, n'a l'intention de sortir avec le costume ?

Ses copains lui jetèrent des regards furieux.

Manulo rougit violemment.

— Je voulais dire… Il est tard. Nous sommes tous fatigués. Peut-être même personne n'utilisera le costume d'ici quarante-huit heures, hein ? Il vaut mieux le laisser reposer. Naturellement, oui, cela vaut mieux… Où allons-nous dormir ?

La nuit continuant à être chaude et la température de la chambre, insupportable, ils transportèrent le costume, toujours sur le mannequin, dans le corridor. Ils emportèrent également des oreillers et des couvertures. Ils montèrent l'escalier, se dirigeant vers le toit. Là, se disait Martinez, il y aura un peu d'air et on pourra dormir.

Chemin faisant, ils passèrent devant une douzaine de portes ouvertes. Les gens, trempés de sueur, jouaient aux cartes, buvaient des boissons gazeuses et s'éventaient avec des magazines de cinéma.

Je me demande, se disait Martinez, je me demande si… Ah !

Au troisième étage, une porte était ouverte, elle aussi.

Et la jolie fille, au moment où les garçons passaient devant elle, leva les yeux. Elle avait ses lunettes sur le nez mais, en reconnaissant Martinez, elle s'empressa de les ôter et de les cacher sous le livre qu'elle lisait.

Les garçons poursuivirent leur route sans se douter qu'ils avaient perdu un des leurs. Martinez, figé devant la porte ouverte, ne pouvait s'éloigner.

Pendant d'interminables secondes, il fut incapable de parler. Puis il dit :

— Jose Martinez.

— Celia Obregon.

Sur ce, tous les deux se turent.

Il entendait les copains continuer leur ascension vers le toit. Il s'apprêtait à les suivre, lorsqu'elle dit vivement :

— Il me semble que je vous ai déjà vu…

— Le costume…

— Le costume ? Non, ce n'est pas le costume qui m'a frappée.

— Ah !

Elle souleva son livre pour montrer les lunettes posées sur ses genoux. Elle les toucha.

— Je n'ai pas une très bonne vue, vous savez. Vous vous dites sans doute que je devrais porter mes lunettes ? Eh bien, depuis des années je me suis habituée à me promener sans lunettes, en les cachant et en ne voyant rien. Or, ce soir, sans mes lunettes, j'ai vu une haute silhouette blanche qui s'avançait dans la nuit, une silhouette si blanche, si lumineuse, que j'ai vite remis mes verres !

— C'est le costume, je le disais bien…

— Oui, en partie. Mais il y avait en dehors du costume, autre chose de blanc…

— Autre chose ?

— Vos dents… Elles sont d'une blancheur ! Et nombreuses avec ça !

Martinez mit sa main sur sa bouche.

— Oui, monsieur Martinez, j'ai rarement vu un sourire pareil et un visage aussi joyeux !

— Oh ! fit-il, incapable de la regarder en face, rouge de confusion.

— Ainsi, s'il est vrai, poursuivit-elle sans paraître remarquer son trouble, que le costume m'ait frappée, s'il est exact que sa blancheur illuminait la nuit, vos dents étaient encore plus blanches que lui, et, à présent, j'ai complètement oublié le costume.

Martinez rougit à nouveau. De son côté, elle semblait un peu dépassée par ce qu'elle venait de dire. Elle remit ses lunettes, les ôta nerveusement et les dissimula à nouveau. Elle regarda ses mains, puis le linteau de la porte au-dessus de la tête du jeune homme.

— Pourrai-je… commença-t-il d'une voix hésitante.

— Pourriez-vous… ?

— Pourrai-je venir vous rendre visite quand ce sera de nouveau mon tour de mettre le costume ?

— Pourquoi attendre d'avoir le costume ?

— Je me disais que…

— Vous n'avez pas besoin du costume.

— Mais…

— Si c'était seulement le costume, n'importe qui serait bien avec… Mais je vous ai tous observés. J'ai vu ce soir beaucoup de garçons qui portaient ce costume. Tous étaient différents. Je vous répète que vous n'avez pas besoin d'attendre d'avoir le costume.

— *Madre mia, madre mia !* s'écria-t-il au comble de la joie.

Puis, se reprenant :

— J'ai encore besoin du costume pendant quelque temps, pendant un mois, ou six mois, un an peut-être… Je ne suis pas sûr de moi, vous savez. J'ai peur de tant de choses. Je suis jeune…

— C'est comme cela qu'il faut être…

— Eh bien, bonne nuit, mademoiselle ?…

— Celia Obregon.

— … Celia Obregon, dit-il.

Il avait déjà disparu. Les autres attendaient sur le toit de l'immeuble. En se hissant par la trappe, Martinez vit qu'ils avaient installé le mannequin et le costume au centre de la terrasse et disposé leurs couvertures et leurs oreillers en cercle tout autour. Ils étaient étendus et le vent de la nuit, à cette hauteur, soufflait plus frais.

Martinez alla se poster près du costume blanc et, tout en caressant les revers, leur tint un long discours, autant à eux qu'à lui-même.

— *Caramba*, quelle soirée ! Depuis sept heures, quand toute cette aventure a commencé, il me semble que dix années se sont écoulées. Je me plaignais de ne pas avoir d'amis. À deux heures du matin, voici que j'en ai des tas… Il se tut et se répéta « Celia Obregon, Celia Obregon »… Oui, je dis bien, des tas. Je sais où dormir, j'ai de quoi me vêtir. Savez-vous que — il promena son regard sur le groupe qu'ils formaient avec le mannequin —, j'éprouve une impression curieuse. Quand j'ai le costume sur moi, il me semble que, comme Gomez, je gagnerai au billard, comme Dominguez, une femme fera attention à moi, que je chanterai aussi bien que Manulo, que je discuterai politique aussi brillamment que Villanazul et que je serai aussi fort physiquement que Vamenos. Je suis plus que Martinez. Je suis Gomez, Manulo, Dominguez, Villanazul, Vamenos, réunis. C'est extraordinaire !

Il s'attardait près de ce costume capable de conserver dans ses plis un peu de chacun d'entre eux, leur manière de s'asseoir, de se tenir debout, de se déplacer. Ce costume pouvait marcher du pas vif de Gomez, prendre l'allure nonchalante de Villanazul, ou encore déambuler le nez au vent comme Dominguez, qui semblait toujours dans les nuages. Ce costume leur appartenait, mais ils lui appartenaient aussi. Et il était, comment dire ? à lui tout seul, un défilé d'individus.

— Martinez ! dit Gomez. Tu ne viens pas te coucher ?

— Si. Mais je réfléchissais…

— À quoi ?

— Si nous devenons riches un jour, dit Martinez, cela sera un peu triste. Nous aurons tous des costumes, mais jamais plus il n'y aura pour nous de soirée comme celle-ci. Notre bande se défera. Après, ce ne sera jamais plus pareil.

Ses paroles plongèrent les garçons dans de grandes réflexions.

Gomez acquiesça.

— Sûr… Ce ne sera jamais plus pareil.

Martinez s'allongea sur sa couverture. Avec les autres, il contempla le milieu du toit et le mannequin, centre de leurs vies.

Tous leurs yeux brillaient dans l'ombre et il était réconfortant d'apercevoir leur éclat lorsque les lumières au néon des immeubles voisins s'allumaient et s'éteignaient, faisant alternativement apparaître puis disparaître le magnifique costume couleur glace à la vanille, qui était leur propriété.

Le rêve de fièvre

On lui mit des draps propres, frais, qui venaient du blanchisseur. Sur sa table de chevet, sous la lampe à abat-jour rose, il y avait un verre de jus d'orange bien épais, constamment renouvelé. Charles n'avait qu'à sonner : aussitôt soit Maman, soit Papa, passait la tête par la porte entrebâillée pour voir ce dont il pouvait avoir besoin.

Par ailleurs, la chambre jouissait d'une excellente acoustique. Le matin, on entendait les canalisations des lavabos se gargariser longuement leurs gorges en porcelaine. Et puis, la pluie crépiter sur le toit, les souris espiègles courir au creux des murs, le canari du rez-de-chaussée chanter dans sa cage… Si l'on est très attentif à ce qui vous entoure, la maladie n'est pas une chose très terrible.

Il avait 13 ans, Charles. On était à la mi-septembre et la campagne commençait sa flambée automnale. Il était dans ce lit depuis trois jours, lorsque la peur s'empara de lui pour ne plus le quitter.

Brusquement, sa main se mit à se transformer ! Sa main droite… Il la regardait. Elle était posée, brûlante et mouillée de sueur, sur l'édredon. Elle s'agita faiblement, elle se déplaça un tout petit peu, puis elle s'immobilisa. Et c'est alors que sa couleur changea.

Ce même après-midi, le médecin revint le voir. Il ausculta la poitrine frêle qui résonnait sous son doigt comme un petit tambour.

— Comment te sens-tu, mon garçon ? demanda le médecin avec son bon sourire. Je sais. Tu n'as pas besoin de me répondre. Ma *grippe* va bien, mais moi je vais mal. Ha ! Ha ! Ha !

Il rit à cette plaisanterie. Mais pour Charles, étendu dans ce lit, cette plaisanterie éculée et assez cruelle, prenait soudain tout son sens. Elle le frappait au cœur. Épouvanté, il la repoussa, mais elle s'ancra dans son esprit. Le médecin ignorait à quel point parfois il pouvait être dur.

Charles était allongé complètement à plat.

— Docteur ! dit-il d'une voix faible, c'est ma main… Elle n'est plus à moi… Ce matin, elle s'est *transformée* en quelques chose qui ne fait plus partie de moi. Oh docteur, docteur ! Je voudrais tant que vous la fassiez redevenir comme avant !

Le médecin sourit de toutes ses dents et tapota paternellement la joue du jeune garçon.

— Elle m'a l'air très bien, cette main. Tu as eu un rêve de fièvre.

— Si, docteur ! Elle s'est transformée. Regardez, s'écria Charles en levant piteusement la main blême, qui lui était désormais étrangère, *je vous assure*, docteur !

Le médecin tiqua.

— Je vais te donner une pilule qui va la guérir.

Il déposa rapidement sous la langue de Charles une pilule.

— Et maintenant, avale !

— Est-ce que grâce à cette pilule, ma main redeviendra comme avant et sera de nouveau *à moi* ?

— Certainement, certainement.

Quand, sous le ciel calme et bleu de septembre, le médecin se fut éloigné au volant de sa voiture, la maison retomba dans le silence. Très loin, comme dans un autre monde, on entendait le tic-tac de l'horloge de la cuisine. Charles regardait sa main.

Or sa main ne redevenait pas comme avant. Elle lui était toujours étrangère.

Au-dehors, le vent s'était levé. Les feuilles se plaquaient aux vitres froides.

Et, à quatre heures, ce fut au tour de son autre main de se transformer. Cela débuta par une sorte d'accès de fièvre. Chacune de ses cellules se mit à vibrer et à bouger. Sa main battait comme un cœur chaud. Ses ongles bleuirent. Puis, de bleus, ils devinrent rouges. Il fallut environ une heure pour que la transformation s'achevât. Sa main avait l'aspect d'une main normale, mais il savait que ce n'était pas vrai. Elle ne lui appartenait plus. Saisi d'une horreur indicible, il finit, épuisé, par s'endormir d'un sommeil lourd.

La mère lui monta son potage à six heures. Il refusa d'y toucher.

— Je n'ai plus de mains, expliqua-t-il, les yeux clos.

— Tes mains sont en parfait état, dit la mère.

— Non, pleurnicha-t-il. Mes mains sont parties. Je

n'ai plus que des moignons. Oh ! Maman ! Ne me quitte pas ! J'ai peur !

Force lui fut de nourrir son fils à la cuiller.

— Maman ! Appelle le médecin, je t'en prie ! Je me sens si mal…

— Le docteur revient à 8 heures.

Puis elle sortit de la chambre.

À sept heures, alors que la nuit enveloppait la maison de son noir manteau, Charles, qui était assis dans son lit, sentit la chose arriver d'abord à une jambe, ensuite à l'autre.

— Maman ! Viens vite ! hurla-t-il.

Mais lorsque sa mère arriva, le phénomène avait cessé.

Elle redescendit au rez-de-chaussée et il renonça à lutter. Il se contenta, immobile, d'observer l'étrange transformation qui s'opérait dans ses jambes. Elles se mirent à battre, devinrent chaudes, brûlantes. La chambre tout entière semblait participer à cette fièvre qui s'emparait de lui. La sensation de chaleur intense monta de ses doigts de pieds à ses chevilles puis gagna ses genoux.

— Je peux entrer ?

Le médecin souriait sur le seuil de la chambre.

— Docteur ! s'écria Charles. Vite ! Ôtez les couvertures !

Le médecin, patiemment, rabattit les couvertures.

— Tu es là, rien ne manque et ta peau est absolument saine. Tu transpires un peu, c'est vrai. Un peu de fièvre sans doute, je t'avais pourtant recommandé de ne pas t'agiter, vilain garnement !

Il pinça la joue moite et cramoisie.

— La pilule a-t-elle fait son effet ? Ta main est-elle redevenue ce qu'elle était ?

— Oh non ! Pas du tout ! Et maintenant, c'est mon autre main et mes jambes qui sont prises…

— Dans ce cas, il va falloir te donner trois autres pilules, une pour chaque membre ! Qu'en penses-tu, mon petit brugnon ? dit le médecin très content de lui.

— Ces pilules agiront-elles ? Je vous en prie, docteur, répondez-moi, qu'est-ce que j'ai ?

— Une fièvre scarlatine sans aucune gravité, compliquée d'un léger refroidissement.

— Ai-je en moi des microbes qui se reproduisent ?

— Tous les microbes se reproduisent.

— Êtes-vous bien sûr que ce soit la fièvre scarlatine ? Vous n'avez pas fait faire d'analyses…

— Je crois, mon jeune ami, être capable de reconnaître la nature d'une fièvre quand j'en vois les symptômes, dit le médecin, un peu piqué, tout en prenant le pouls du jeune garçon.

Charles se tut. Le médecin roulait sa trousse de moleskine noire. Alors, dans la chambre silencieuse, s'éleva la voix du jeune garçon, qui disait timidement :

— J'ai lu un jour un livre. C'était sur les forêts pétrifiées, le bois qui se change en pierre. On racontait comment les arbres tombent et pourrissent et comment des minéraux se glissent subrepticement à l'intérieur, si bien qu'ils ont toujours l'apparence d'arbres, tout en ayant cessé de l'être : ils sont devenus des pierres.

Il se tut. Dans la chambre paisible et calfeutrée, on entendait la respiration oppressée du jeune garçon.

— Et alors ? demanda le médecin.

— Eh bien… reprit Charles après un silence, je me demandais si les microbes pouvaient se mettre à proliférer à l'intérieur du corps sans jamais s'arrêter… En classe d'histoire naturelle, on nous a expliqué que des êtres monocellulaires, du genre amibes, se sont assemblés, il y a des millions d'années et que c'est de cette fusion de cellules identiques qu'est né le premier être vivant. Ces cellules n'ont jamais cessé par la suite de s'assembler, de grandir, et, finalement est apparu le premier poisson. Ensuite, cela a été nous. Nous sommes formés par des cellules qui se sont réunies pour s'entraider. C'est bien cela, n'est-ce pas ?

Charles humecta ses lèvres desséchées par la fièvre.

— À quoi veux-tu en venir ? demanda le médecin en se penchant sur lui.

— Il fallait que je vous le dise, docteur, il le fallait absolument, s'écria le jeune garçon à bout de nerfs. Ce qui va se produire ou, bien sûr, tenter de se produire, c'est exactement ce qui s'est passé autrefois. Une foule de microbes vont se rassembler, se grouper, se reproduire, devenir de plus en plus *nombreux*, jusqu'à ce que…

Ses mains blêmes comprimaient sa poitrine. Lentement, elles montaient vers sa gorge.

— … Ils s'emparent *d'un être humain tout entier*, dit Charles en pleurnichant.

— S'emparent d'un être humain ?

— Oui, ou, si vous préférez, *prennent la place* d'un être humain, *Moi*. Mes mains, mes pieds… Pourquoi une maladie ne tuerait-elle pas un être humain et ne continuerait-elle pas à exister ensuite ?

Il éclata en sanglots.

Ses mains serraient son cou.

Le médecin se précipita vers lui en poussant un cri.

À neuf heures, la mère et le père — ce dernier portant la trousse de moleskine, raccompagnèrent le médecin jusqu'à sa voiture. Dans la nuit froide, ils bavardèrent plusieurs minutes.

— Veillez à ce que ses mains restent attachées à ses jambes, recommanda le médecin. Je ne veux pas qu'il se fasse du mal.

— Qu'en pensez-vous, docteur ? Va-t-il se rétablir ?

La mère se pendait à son bras. Il lui tapota l'épaule.

— Ne suis-je pas votre médecin depuis trente ans ? La fièvre le fait délirer, c'est tout…

— Mais ces meurtrissures sur son cou ! Il a failli s'étrangler de ses propres mains !

— Veillez à ce qu'il reste attaché. Demain matin, il sera tiré d'affaire.

La voiture s'éloigna sur la route noire de septembre.

À trois heures du matin, Charles, dans sa petite chambre plongée dans l'obscurité, ne dormait toujours pas. Sous sa tête et son dos, son lit était trempé. Il avait horriblement chaud. Ses bras et ses jambes ne lui appartenaient plus. En ce moment, c'était son tronc qui se transformait. Charles s'appliquait à rester rigoureusement immobile, regardant avec une inquiétante fixité l'immense et déprimante étendue du plafond au-dessus de sa tête. Longtemps il avait hurlé et gigoté. À présent, à force d'avoir crié, sa voix était rauque et il était épuisé. Un nombre incalculable de fois, sa mère était montée lui passer un linge mouillé sur le front. Désormais, il se taisait, les mains attachées à ses jambes.

Cela avait commencé par les parois de son thorax. Puis les organes qu'il contenait avaient bougé, ses poumons s'étaient enflammés comme des outres d'alcool. Sa chambre tout entière semblait éclairée par le rougeoiement du feu intérieur qui le brûlait.

C'était fini. Il n'avait plus de tronc. Il était parti, il s'était détaché de lui, il l'avait quitté. Il lui semblait que son esprit planait au-dessus d'une matière en fusion animée de sa vie propre. C'était comme si la guillotine lui avait coupé le cou. Sa tête reposait au creux de l'oreiller, tandis que son corps appartenait à quelqu'un d'autre. La maladie avait dévoré son corps, tout son corps, s'en était nourrie, fortifiée et avait reproduit sa brûlante image. Il reconnaissait le fin duvet de ses mains, ses ongles, telle ou telle cicatrice, ses doigts de pieds, la petite protubérance de sa hanche droite. Tout cela était une imitation parfaite, mais ce n'était plus lui…

Je suis mort, se dit-il. Et cependant je continue à vivre. Mon corps est mort, il est tout entier livré à la maladie et personne ne le saura jamais. Je vais me rétablir, j'irai me promener, mais ce n'est pas moi qui me promènerais, quelque chose se promènera à ma place, quelque chose de si foncièrement mauvais, de si absolument affreux qu'il est difficile d'admettre son existence ou même de la concevoir. Cette chose ira s'acheter des chaussures, boira l'eau du robinet et, sans doute, un jour, se mariera. Elle fera beaucoup plus de mal qu'il n'en a encore jamais été fait au monde.

À présent la chaleur intense montait à son cou, à ses joues qui se mirent à rougir comme sous l'effet d'un vin chaud. Ses lèvres devinrent brûlantes. Ses paupières s'enflammèrent avec la rapidité de feuilles sèches. Ses narines se mirent à souffler des flammèches bleues.

Stop ! dit-il. Je prends ma tête, mon cerveau, je sauve chacun de mes yeux, chacune de mes dents, chaque circonvolution de mon cerveau, chacun de mes cheveux, chaque repli de mes oreilles et il ne restera plus rien de moi de disponible.

C'est alors qu'il sentit son cerveau se remplir de mercure en ébullition. Son œil gauche se vrilla comme un escargot, se contracta, disparut. Il était aveugle de l'œil gauche. Cet œil ne lui appartenait plus. Il était passé à l'ennemi. Sa langue, coupée, était partie, sa joue gauche, engourdie. Son oreille gauche ne lui transmettait plus aucun son. Elle appartenait à quelqu'un d'autre. Le minéral avait remplacé le végétal dans le tronc d'arbre, la cellule malade, la cellule saine.

Il voulut crier. Il y parvint. Il poussa des cris perçants quand son cerveau fut submergé, son œil droit et son oreille droite se détachèrent de lui, quand, devenu aveugle et sourd, il fut livré aux flammes, à la terreur, à la mort.

Son hurlement s'arrêta avant que sa mère, accourant en toute hâte à son chevet, n'eût franchi la porte.

Par ce beau et clair matin soufflait un petit vent frais qui aidait le médecin à gravir le sentier de la maison. À la fenêtre du premier étage, se tenait le jeune garçon, tout habillé. Il ne répondit pas au médecin qui s'exclama en lui disant bonjour :

— Qu'est-ce que je vois ? Levé ! Mon Dieu !

Le médecin monta au pas de course l'escalier et arriva, un peu essoufflé, dans la chambre.

— Qu'est-ce que tu fais debout ? demanda-t-il au jeune garçon.

Il l'ausculta, prit son pouls et sa température.

— C'est confondant. Tout est normal. Par exemple !

— Je ne serai plus jamais malade de ma vie, déclara le jeune garçon, la tête tournée vers la fenêtre.

— Je souhaite que non. Tu sais, Charles, que tu as très bonne mine ?

— Docteur ?

— Oui, Charles…

— Est-ce que je peux aller à *l'école* ?

— J'aimerais mieux que tu attendes demain. Tu m'as l'air d'avoir grande envie d'y retourner…

— Oui. J'aime l'école. Avec tous ces gosses… Je veux jouer avec mes petits camarades, me battre, leur cracher au visage, tirer les nattes des filles, serrer la main du maître, m'essuyer les doigts aux manteaux pendus dans le vestiaire. Je veux devenir grand, voyager, serrer la main des gens à travers le monde entier, je veux me marier, avoir beaucoup d'enfants, je veux aller dans des bibliothèques, choisir des livres… Oui, je veux *tout* cela, s'écria le jeune garçon, les yeux toujours fixés sur la fenêtre par ce clair matin de septembre. Comment, au fait, m'avez-vous appelé ?

— Mais… répondit le médecin un peu démonté. Je t'ai appelé Charles…

— C'est mieux que rien, en effet.

Le jeune garçon haussa les épaules.

— Je suis ravi que tu désires retourner à l'école, reprit le médecin.

— J'en ai réellement la plus grande envie, dit en souriant le jeune rarçon. Merci de vos bons soins, docteur. Serrons-nous la main, vous voulez bien ?

— Avec grand plaisir.

Ils se serrèrent la main d'un air grave. Le vent léger entrait par la fenêtre grande ouverte. Leur poignée de main dura peut-être une minute. Le jeune garçon souriait au vieux monsieur pour le remercier…

Puis, avec de bruyants éclats de rire, le jeune garçon fit la course avec le médecin en le raccompagnant jusqu'à sa voiture. Sa mère et son père, qui voulaient dire au revoir au médecin, suivaient.

— En pleine forme, dit le médecin. C'est à peine croyable.

— Et vigoureux avec cela, dit le père. Cette nuit, il a défait tout seul ses liens, n'est-ce pas, Charles ?

— Ah ! Oui ? Je ne me souviens pas, dit le jeune garçon.

— Comment ! Tu ne te souviens pas ?

— C'est si loin…

Les grandes personnes se mirent à rire et, pendant qu'elles riaient, le jeune garçon posa très calmement son pied nu sur le trottoir ; il effleura un régiment de fourmis rouges, accentua sa pression et elles se mirent à courir en tous sens, affolées. Sans qu'on le remarque, les yeux brillants d'une joie mauvaise, pendant que ses parents continuaient à papoter avec le vieil homme, il observa les fourmis. Il les vit hésiter, frémir, puis rester immobiles sur l'asphalte. Il sentit sous son pied nu qu'elles étaient froides.

— Au revoir !

Le médecin s'en allait, en agitant la main en signe d'adieu.

Le jeune garçon marchait devant, le regard fixé sur la ville au loin, tout en fredonnant une chanson apprise à l'école.

— C'est bon de le voir guéri, dit le père.

— Écoute-le ! Il est si impatient de retourner en classe !

Le jeune garçon se retourna sagement. Il embrassa ses parents à les étouffer en les couvrant tous les deux de baisers. Puis, sans mot dire, il monta quatre à quatre les marches du perron.

Une fois dans le vestibule, avant que ses parents ne soient entrés, il ouvrit rapidement la cage, introduisit sa main à l'intérieur et caressa le canari jaune une fois, *rien qu'une fois*.

Puis il referma la porte de la cage, et attendit, légèrement en retrait.

Le raccommodeur de ménages

Le soleil faisait jaillir de la tête du lit un panache d'aigrettes brillantes. On eût dit une fontaine de lumière. Sculptés dans la masse, des lions, des gargouilles, des boucs barbus, étaient de la même affreuse laideur, à minuit, lorsqu'Antonio, après avoir délacé ses chaussures, assis sur son lit, étendit sa large main calleuse et toucha cette harpe qui luisait dans l'ombre. Il roula ensuite dans cette fabuleuse machine à songes et resta étendu là, immobile, à respirer bruyamment en attendant que le sommeil le prenne. Alors sa femme lui dit :

— Dire qu'il nous faut dormir toutes les nuits sous ces tuyaux d'orgue !

Cette phrase lui déplut. Il resta un long moment sans oser tapoter de ses doigts durcis par le travail manuel le froid métal au dessin tarabiscoté, sans oser toucher les cordes de cette lyre qui, au long des années, avaient vibré de tant de chants magnifiques et sauvages.

— Ce n'est pas un orgue, dit-il.

— N'empêche que ça y ressemble, dit Maria. Des millions de gens couchent cette nuit dans un vrai lit. Pourquoi pas nous ?

— Mais, dit patiemment Antonio, c'est un vrai lit.

Il tapota légèrement cette sorte de harpe en cuivre derrière sa tête et en tira un accord qui évoqua pour lui l'air de « Santa Lucia ».

— Ce lit a des bosses comme si un troupeau de chameaux était couché dessous.

— Voyons, Maman ! dit Antonio — il l'appelait « Maman » — bien qu'ils n'eussent pas d'enfants —, toutes les fois qu'elle disait une bêtise, — tu t'en es aperçue depuis cinq mois seulement, depuis que la voisine du dessous s'est acheté un nouveau lit !

Maria s'écria sur un ton d'envie :

— Le lit de Mme Brancozzi, ça c'est un lit… C'est bien simple, on dirait de la neige : il en a la douceur, la blancheur, la souplesse…

— Pour rien au monde je n'en voudrais de ta neige ! Elle peut être aussi blanche, aussi douce, aussi souple qu'elle voudra. Touche-moi ça ! s'écria-t-il, furieux, en tâtant les ressorts, eux au moins, ils me connaissent. Ils savent que je me couche dans *telle* position, qu'à deux heures du matin, j'en ai *une autre*, qu'à trois heures, je suis *comme ceci*, à quatre heures, *comme cela*. Nous avons roulé ensemble depuis tant d'années que nous connaissons tous nos points d'appui et nos points de chute, nous sommes devenus une paire d'acrobates accomplis.

Maria soupira.

— Je rêve parfois que je suis dans la machine qui fait la pâte de guimauve chez Bartole…

— Tu oublies que ce lit a servi notre famille depuis bien avant Garibaldi ! De cette source féconde ont découlé des circonscriptions entières d'honnêtes citoyens, tout un peloton de soldats qui ont loyalement servi leur patrie, deux confiseurs, un coiffeur, quatre seconds rôles du *Trouvère* et de *Rigoletto*, et deux génies si compliqués qu'ils ont toute leur vie été incapables de décider quel métier choisir. Sans compter un nombre considérable de jolies filles suffisant pour être le plus bel ornement des plus vastes salles de bal. Ce lit est une véritable corne d'abondance, que dis-je, une véritable moissonneuse de talents !

— Voici deux ans que nous sommes mariés, dit-elle en contenant mal son irritation et peux-tu me dire où sont *nos* seconds rôles dans *Rigoletto*, nos génies, nos ornements de salle de bal ?

— Ne sois pas si impatiente, Maman !

— Et d'abord, cesse une bonne fois de m'appeler « Maman ». Ce lit te dorlote peut-être toute la nuit, mais, moi, il ne s'occupe pas de moi. Il ne m'a pas même donné une *fille* !

Il s'assit.

— Tu te laisses démolir le moral par ces bonnes femmes de l'immeuble avec leurs bavardages stupides. Est-ce qu'elle a des enfants, ta Signora Brancozzi ? Elle et le lit qu'elle s'est acheté il y a cinq mois ?

— Non, mais c'est *pour bientôt*… Mme Brancozzi dit que… son lit est si merveilleux…

Il se glissa brusquement sous les draps et rabattit les couvertures sur sa tête. Le lit gémit comme si toutes les furies se dispersaient aux approches de l'aube dans le ciel nocturne.

La lune déforma l'image de la fenêtre sur le plancher. Antonio s'éveilla. Maria n'était plus à ses côtés.

Il se leva et alla regarder par la porte entrebâillée de la salle de bains. Sa femme étudiait dans la glace du lavabo son visage aux traits tirés.

— Je ne me sens pas bien, dit-elle.

— Nous nous sommes disputés…

Il étendit le bras et lui donna une petite tape.

— Pardonne-moi. Nous en reparlerons. Je veux dire, nous reparlerons de cette histoire de lit. Nous verrons où nous en sommes point de vue argent. Et demain matin si tu ne te sens pas bien, va voir le docteur. Tu me promets que tu le feras ? Et maintenant, reviens te coucher.

À midi précis, le lendemain, Antonio quitta le chantier sur lequel il travaillait et se rendit tout droit à un magasin où il savait qu'en devanture étaient exposés des lits tout neufs, de beaux lits auxquels la couverture faite octroyait un aspect des plus engageants.

— Je suis une brute, se dit-il.

Il consulta sa montre. Maria, à cette heure-ci, devait être en route pour aller voir le docteur. Elle était toute drôle ce matin et paraissait toute gelée. Il lui avait ordonné d'y aller.

Il poursuivit sa promenade par la vitrine du confiseur. Il s'y arrêta un moment et suivit les mouvements de la machine qui pliait, étirait, enroulait le ruban de guimauve. Souffrait-il en subissant un traitement pareil ? Peut-être gémissait-il, mais sur un registre si aigu qu'une oreille humaine ne l'entendait pas. Cette pensée baroque le fit rire. Mais sur ce ruban étiré, il vit tout à coup en surimpression le visage de Maria. Fronçant le sourcil, il se détourna et revint à la devanture du magasin d'ameublement. Non ? Oui ? Non ? Oui ! Il écrasait son nez contre la vitre froide. Ô lit, se disait-il, oui, toi qui es là, beau lit tout neuf, me *veux-tu* ? Seras-tu moelleux, accueillant à mon dos fatigué ?

Il sortit lentement son portefeuille et compta ses billets. Il soupira, contempla longuement ce plateau de marbre, cet ennemi encore inconnu, bref ce lit neuf. Puis, courbant les épaules, il entra dans le magasin, tenant négligement son argent à la main.

— Maria !

Il montait les marches deux par deux. Il était neuf heures du soir et il s'était arrangé pour pouvoir sortir à la mi-temps de ses heures supplémentaires au chantier et courir chez lui. Il s'engouffra par la porte grande ouverte, le sourire aux lèvres.

Déception ! L'appartement était vide…

Il déposa le reçu de commande du lit neuf sur le bureau à un endroit où il savait que Maria l'apercevrait en rentrant. Les rares soirs où il travaillait tard, elle rendait visite à l'une ou l'autre de ses nombreuses voisines du rez-de-chaussée.

Je vais aller la chercher, se dit-il. Non… Je préfère le lui dire sans témoins. Je vais l'attendre.

Il s'assit sur le lit. « Cher vieux lit ! Adieu donc… J'ai de la peine, tu sais, de te quitter ! » Il tapotait les lions de cuivre.

Puis il se mit à arpenter le plancher. « Viens ! Maria ! *Viens vite...* » Il voyait déjà son sourire…

Il s'attendait à un petit pas rapide. Or il entendit qu'on montait l'escalier d'un pas lent et mesuré. « Ce n'est pas ma Maria qui marche si lentement », se dit-il.

Le bouton de la porte tourna.

— Maria !

— Tu es rentré tôt ce soir !

Elle souriait joyeusement. Avait-elle deviné ? Était-ce écrit sur sa figure ?

— … J'étais descendue le dire à tout le monde…

— Dire à tout le monde quoi ?

— Tu sais bien que j'ai été voir le docteur…

— Oui. Il la regardait, interloqué. Et après…

— Et après… Papa…

— Papa ? Qu'est-ce que tu dis ?

— Oui ! Papa ! Papa ! Papa !

— Voilà pourquoi tu montais l'escalier avec de telles précautions, dit-il avec gentillesse.

Il la prit dans ses bras sans oser la serrer trop fort et l'embrassa sur les deux joues. Il ferma les yeux. Il poussa des exclamations de joie. Ensuite, il lui fallut absolument aller apprendre la nouvelle à des voisins, échanger de chaleureuses poignées de main, répéter son histoire. Il fallut déboucher une bonne bouteille, valser tendrement tout autour de la chambre, étreindre sa femme. Avec, tout à coup, un grand tremblement qui vous prend… Des baisers piqués sur les sourcils, les paupières, le nez, les lèvres, les tempes, les oreilles, les cheveux, le menton et… Il fut minuit passé.

— Un vrai miracle ! s'écria-t-il.

Dans leur chambre chaude encore de tous ces gens qui, il y a un instant à peine, riaient et bavardaient, ils se retrouvaient seuls.

En éteignant l'électricité, son regard se posa sur le reçu auquel il ne pensait plus. Il se demanda de quelle manière détournée et agréable il allait s'y prendre pour lui annoncer cette autre grande nouvelle.

Assise dans le lit, sur le côté qui lui était dévolu, Maria, fascinée par le prodige, caressait lentement son corps comme s'il se fût agi d'une poupée étrange, désarticulée, et dont il fallait à tout prix, membre après membre, rapprocher les morceaux. Ses gestes avaient la lenteur langoureuse des filles des Tropiques. Raccommodée sans aucun doute, mais attentive à ne pas se casser, elle se laissa doucement retomber sur ses oreillers.

— Maria, il faut que je te dise…

— Oui, dit-elle sans enthousiasme…

— À présent que tu es dans l'état que nous savons — il pressa tendrement sa main — tu as besoin de confort, de repos, de beauté, bref, un lit neuf me semble tout indiqué.

Elle ne poussa pas de cri de joie. Elle ne se tourna pas vers lui. Elle ne l'embrassa pas. Elle s'enferma dans un silence lourd de pensées.

Il poursuivit :

— Ce lit n'est qu'une espèce d'orgue monumental…

— C'est un lit, dit-elle.

— Un troupeau de chameaux dort sous le matelas…

— Non, répliqua-t-elle d'un ton ferme, car de lui découleront des circonscriptions d'honnêtes citoyens, des capitaines assez nombreux pour conduire *trois* armées, deux danseuses, un avocat célèbre, un agent de la circulation très grand, et sept contraltos, altos et sopranos.

Dans la chambre faiblement éclairée, il loucha vers le reçu abandonné sur le bureau. Il tâta le matelas usé sur lequel il était couché. Les ressorts se creusaient, épousant la forme de chacun de ses muscles fatigués, reconnaissant chacun de ses os douloureux.

Il soupira.

— Mon petit chéri, je ne veux pas me disputer avec toi.

— Maman, rectifia-t-elle.

— Maman… dit-il.

Il ferma les yeux, tira les couvertures jusqu'à son menton et resta immobile dans l'obscurité sous la protection de la grande fontaine, sous la garde des lions de métal, des boucs couleur d'ambre, des gargouilles grimaçantes, l'oreille aux aguets. Au début, le son était très lointain, très timide, mais au fur et à mesure qu'il écoutait, il allait augmentant d'intensité.

Le bras passé par-dessus sa tête, Maria, tout doucement, frappait en cadence les brillantes cordes de la harpe, les rutilants tuyaux d'orgue du lit ancien. Et cet air — mais bien sûr à présent il le reconnaissait — cet air c'était « Santa Lucia ». Il le chantonna à voix basse, le cœur étreint d'émotion.

Décidément, il aimait beaucoup cet air-là.

La ville où personne n'est descendu

Les trains qui, de nuit et de jour, circulent à travers le territoire des États-Unis, s'arrêtent quelques instants dans des villes perdues au milieu d'étendues désolées, où personne ne descend jamais. Pour être plus exact, où quelqu'un qui n'y *habite* pas ou qui n'a pas de passé dans leurs cimetières campagnards, ne prend même pas la peine de visiter ces gares toujours désertes et de s'intégrer à ces paysages banals.

Je parlais précisément de cet état de choses avec un voyageur du Chicago-Los Angeles, représentant de commerce comme moi, tandis que nous traversions l'Iowa.

— C'est exact, me dit-il. Les gens descendent à Chicago, — d'ailleurs à Chicago tout le monde descend. Les gens descendent à New York, ils descendent à Boston, ils descendent à Los Angeles. Aussi bien ceux qui y habitent que ceux qui y vont pour voir et raconter ensuite ce qu'ils ont vu. Mais quel est le touriste qui soit jamais descendu à Fox Hill, dans le Nébraska, dans l'intention de *visiter* la ville ? Vous ? Moi ? Certes pas ! Je n'y connais personne, je n'y ai jamais fait d'affaires, ce n'est pas une station climatique, pourquoi, diable, irais-je m'y embêter ?

— N'avez-vous jamais songé, un jour, à passer des vacances totalement différentes de celles dont vous avez l'habitude ? À choisir au hasard quelque trou perdu au milieu d'une contrée désolée, où vous ne connaîtriez pas une âme et à aller vous y enterrer un mois pour le plaisir ?

— Vous vous y ennuieriez ferme !

— Ça m'amuse d'y penser…

Je regardais par la portière du compartiment.

— Quelle est la prochaine ville que nous traverserons ?

— Rampart Junction.

— J'aime ce nom. Que diriez-vous si je descendais là ?

— Mon vieux, ou vous vous faites du cinéma ou vous me racontez des bobards. Qu'est-ce que vous cherchez ? L'aventure ? Ou plutôt une aventure ? Je vous parie qu'il ne se sera pas passé dix secondes après être sauté du train avant que vous vous traitiez d'imbécile, cherchiez une auto à louer et rattrapiez le train au prochain arrêt.

— C'est possible…

J'écoutais les « pfut », « pfut », « pfut » des poteaux de la ligne du téléphone. Devant nous, dans le lointain, j'apercevais les contours estompés d'une ville.

— … Mais je ne crois pas, ajoutai-je.

Le représentant de commerce, qui me faisait vis-à-vis, avait l'air légèrement surpris.

Car lentement, très lentement, je me redressais et me levais. Je pris mon chapeau posé sur la banquette.

Ma main tâtonna à la recherche de mon unique valise. J'agissais presque malgré moi.

— Hé ! s'écria le représentant de commerce. Mais qu'est-ce que vous faites ?

Le train prit une courbe brusque. Je faillis perdre l'équilibre. À présent je voyais la flèche d'une église, une épaisse forêt, un champ de blé.

— J'ai tout l'air de m'apprêter à descendre, non ?

— Asseyez-vous !

— Non… Cette ville n'est pas tout à fait comme les autres. Il faut que j'y aille. J'ai d'ailleurs tout mon temps : je ne dois pas être, en fait, à Los Angeles avant lundi. Si je ne descends pas du train maintenant, je ne cesserai pas de regretter l'occasion que j'aurai manquée et de me demander ce que j'ai laissé échapper alors que j'avais toute facilité pour le saisir.

— Ne prenez pas au sérieux ce que je disais. Il n'y a rien d'intéressant ici.

— Vous vous trompez. Je suis sûr du contraire.

Je mis mon chapeau et pris ma valise.

— Mon Dieu ! s'écria le représentant de commerce, mais c'est que vous allez réellement descendre !

Mon cœur battit plus vite. Mon visage s'empourpra. Le train siffla. Le train ralentit. La ville approchait !

— Souhaitez-moi « bonne chance » !

— « Bonne chance », dit-il.

Je m'élançai à la recherche d'un porteur.

Dans la gare, contre le mur, était appuyée une chaise d'aspect vétuste à la peinture écaillée. Et sur cette chaise, était affalé un homme dans les soixante-dix ans, qui flottait dans ses vêtements et qui semblait être cloué dessus depuis la construction de la gare. Le soleil avait cuit et recuit son visage sillonné de rides profondes. Il avait si bien marqué de taches de son sa peau de lézard que l'homme en biglait constamment. Ses cheveux d'un blanc terne voletaient dans la brise d'été. Sa chemise, échancrée sur ses tendons de cou décharnés, était d'un bleu délavé, de la teinte d'un ciel de fin d'après-midi à l'heure où les étoiles se lèvent. Ses chaussures étaient craquelées : on eût dit qu'il les avait longtemps tenues devant la gueule d'un four. Son ombre semblait s'être imprimée dans le sol.

Lorsque je descendis du train, le regard du vieil homme erra sur toutes les portières avant de s'arrêter, surpris, sur moi.

Je pensai qu'il aurait pu me dire bonjour.

Seule une altération subtile de ses prunelles, un changement dans leur nature chimique, me prouva qu'il m'avait reconnu. Aucun frémissement au coin de la bouche, aucun cillement de paupière, aucune crispation de doigt… Rien. Mais il semblait soudain s'être raidi.

Le train qui repartait me fournit le prétexte de détourner la tête et de le suivre des yeux. Personne sur ce quai, à part moi. Pas de voitures sur la place devant le bureau des guichets plein de toiles d'araignées, cadenassé. J'étais le seul voyageur à avoir quitté le tonnerre de métal pour les planches branlantes du quai.

Par-delà la colline, j'entendis le train siffler. Quel imbécile je suis ! me dis-je. Mon compagnon de voyage avait raison. La panique me gagnait devant l'ennui qui suintait de cet endroit. Fort bien, me dis-je. Je ne suis qu'un imbécile. Mais fuir, pas question !

Je traînai ma valise tout le long du quai sans jeter un seul coup d'œil au vieil homme. Au moment où je passais devant lui, j'entendis un bruit. Cette fois, c'était net, il réagissait. Ses pieds se mirent à battre en cadence le bois vermoulu du quai.

Je poursuivis ma route.

— Bonjour ! fit une voix cassée.

Je savais qu'il ne me regardait pas mais que son regard était fixé sur la coupole de ciel bleu et sans nuages au-dessus de nos têtes.

— Bonjour ! répondis-je.

Je m'engageai sur la route non bitumée qui menait vers la ville. Je pouvais avoir parcouru cent mètres lorsque je me décidai à regarder en arrière.

Le vieil homme, toujours assis à la même place, fixait le soleil comme s'il attendait de lui une réponse à une question de la plus haute importance.

Je pressai le pas.

Je marchai à travers la ville sommeillante en cette fin d'après-midi, promeneur anonyme et solitaire, qui, telle la truite vagabonde, remontait le courant de vie paressant alentour sans oser aborder à ses rives.

Mes craintes se trouvaient confirmées : c'était une ville où il ne se passait rien, sinon les événements suivants :

À quatre heures précises, la porte de la quincaillerie s'ouvrit sur un chien qui alla se rouler dans la poussière de la rue.

À quatre heures trente, dans le silence d'un café,

une paille avec laquelle j'aspirais le fond d'un verre de limonade fit le bruit d'une trombe d'eau.

À cinq heures, les garçons du collège plongèrent dans la rivière qui traversait la ville.

À cinq heures trente, sous les ormes qui bordaient la rivière, dans la lumière rasante du jour à son déclin, un régiment de fourmis défila.

Et pourtant, me disai-je tout en tournant lentement en rond, il y avait dans cette ville quelque chose à voir. Je le sentais, j'en étais sûr. Il me fallait poursuivre ma route et ma recherche et je le découvrirais.

Je marchais, attentif à ce qui m'entourait.

Et je notai, tout au long de cet après-midi, qu'un facteur demeura constant et inchangé : le vieil homme en chemise et pantalons bleu passé était toujours à faible distance de moi. Si je m'asseyais dans un café, il se plantait devant la porte en crachant des chiques de tabac qui s'enrobaient de poussière. Si je contemplais la rivière, il s'accroupissait au bord de l'eau et se lavait les mains avec application.

Il pouvait être sept heures et demie du soir, lorsque, passant et repassant par les mêmes rues paisibles, j'entendis qu'on marchait à mes côtés.

Je jetai un coup d'œil par-dessus mon épaule : le vieil homme m'avait emboîté le pas. Il regardait droit devant lui, une herbe sèche entre ses dents jaunies.

— Il en a fallu de la patience… dit-il d'un air détaché.

Nous avancions dans le crépuscule.

— … Pour continuer d'attendre sur ce quai de gare, poursuivit-il.

— À qui ? À vous ? demandai-je.

— Oui, à moi.

Sous l'ombre des arbres il acquiesçait de la tête.

— Vous attendiez quelqu'un à la gare ?

— Oui, vous, dit-il.

— Moi ?

Mon ton exprimait la plus vive surprise.

— Pourquoi moi ? Vous ne m'avez jamais vu de votre vie !

— Ai-je prétendu le contraire ? J'ai simplement dit que j'attendais…

Nous parvenions aux dernières maisons de la ville. Il avait bifurqué, et je l'avais suivi, et, à présent, nous longions la rivière en direction du pont suspendu sur lequel les trains de nuit filaient vers l'est ou vers l'ouest en daignant rarement s'arrêter. La berge était plongée dans l'obscurité.

— Vous voulez des renseignements à mon sujet ? demandai-je pris d'une idée subite. Seriez-vous le shérif ?

— Non. Et il est inexact également que je désire des renseignements sur vous.

Le soleil s'était couché. Il mit ses mains dans ses poches. L'air avait tout à coup fraîchi.

— Je suis seulement surpris que vous soyez venu.

— Surpris ?

— À la fois surpris et… ravi, dit-il.

Je m'arrêtai net et je le regardai droit dans les yeux.

— Depuis combien de temps étiez-vous sur ce quai de gare ?

— Vingt ans, à peu près.

Je savais qu'il disait la vérité ; sa voix avait la transparence et le calme de la rivière qui coulait à nos pieds.

— Ainsi, c'était moi que vous attendiez ? insistai-je.

— Vous ou quelqu'un comme vous.

Nous nous remîmes à marcher dans l'obscurité grandissante.

— Comment trouvez-vous notre petite ville ?

— Gentille..., paisible...

— Oui... Il hocha la tête. Comme les gens qui l'habitent, alors ?

— Les gens m'ont, en effet, l'air gentil et paisible.

— Non seulement ils en ont l'air, mais ils le sont, dit-il.

J'étais décidé à faire demi-tour, mais le vieil homme continuait son bavardage. Pour l'écouter et ne pas manquer à la politesse, il me fallut parcourir dans l'obscurité de plus en plus profonde une succession de champs, soit cultivés, soit en friche. Nous étions bien au-delà de la ville.

— Oui, continuait le vieil homme, du jour où j'ai pris ma retraite, il y a vingt ans, je suis resté sur ce quai de gare, assis à ne rien faire, attendant que quelque chose arrive. Je ne savais d'ailleurs pas quoi, j'aurais même été bien en peine de le dire. Mais quand, finalement, cette chose est arrivée, je l'ai tout de suite reconnue. Je n'ai eu qu'à regarder et je me suis dit, oui, c'est cela que j'attendais. Que le train déraille ? Non. Qu'une vieille maîtresse me revienne au bout de cinquante ans ? Pas davantage. C'était d'ailleurs plutôt quelqu'un que quelque chose. Et cela vous concerne d'une certaine manière. Mais c'est très difficile à dire...

— Lancez-vous, mon vieux ! dis-je.

Les étoiles apparaissaient. Nous marchions toujours.

— Eh bien, dit-il en choisissant ses mots, connaissez-vous bien l'intérieur de vous-même ?

— Vous parlez de mes viscères ou vous vous placez sur le plan psychologique ?

— Psychologique… Voilà le mot que je cherchais. Je parle de votre tête, de votre cerveau. Les connaissez-vous *bien* ?

Sous mes pieds, j'entendais crisser l'herbe.

— Assez bien, je crois.

— Avez-vous haï beaucoup de vos semblables ?

— J'en ai haï quelques-uns.

— Nous sommes tous ainsi C'est une chose normale de haïr, n'est-ce pas ? Et non seulement de haïr, mais parfois, bien que nous n'osions pas l'avouer, de désirer frapper ceux qui nous font du mal, d'aller même jusqu'à les tuer ?

— Il ne se passe guère de semaine en effet que nous ne caressions cette pensée, dis-je, et que nous ne la chassions de notre esprit.

— C'est ce que nous faisons notre vie durant. On dit ceci sur vous, en ville. Maman décrète. Papa ordonne. La loi veut ceci ou cela. On repousse l'idée d'un premier meurtre, d'un second, d'un troisième, d'un quatrième. Et parvenu à mon âge, l'on se trouve avec, derrière soi, une quantité de regrets accumulés. À moins de partir pour la guerre, on ne s'en débarrasse jamais.

— Certains s'en débarrassent au tir au pigeon, en chassant le canard, en pratiquant la boxe ou la lutte à mains plates, dis-je.

— Oui, mais pas tout le monde. Je vous parle de ceux qui n'ont pas recours à ces méthodes. Moi, par exemple. J'ai toute ma vie thésaurisé des idées de meurtre. Une petite ville et ses habitants peuvent parfois, à force de vous contraindre à enfouir vos désirs au fond de vous-même, vous rendre fou. Comme la spontanéité des hommes des cavernes qui assommaient leur ennemi d'un coup de bâton proprement assené sur la tête, vous paraît alors aimable !

— Ce qui revient à dire ?…

— Ceci tout simplement : chacun de nous rêve de commettre une fois dans sa vie un meurtre qui le délivre de cette masse de regrets refoulés, qui le libère de tous ces meurtres qu'il n'a pas eu le cran d'accomplir. Et, un jour, la chance vous sourit. Un inconnu se précipite sous les roues de votre voiture, vous oubliez de freiner et vous lui passez sur le corps. On ne peut jamais rien prouver dans ce genre d'histoires. Vous ne vous l'avouez même pas à vous-même. Vous n'avez pas, en temps voulu, appuyé sur le frein. C'est tout. Mais vous et moi, nous savons ce qui s'est réellement passé, n'est-ce pas ?

— Oui, dis-je.

La ville était maintenant très loin derrière nous. Nous avancions sur un pont de bois qui franchissait un cours d'eau, près du chemin de fer.

— La seule manière digne de ce nom de commettre un meurtre, reprit le vieil homme, le regard fixé sur l'eau, c'est d'agir de façon à ce que personne ne puisse deviner qui est l'auteur du meurtre, pourquoi il a été commis et dans quelles conditions il l'a été. Vous me suivez ? Bon. L'idée m'est venue il y a peut-être vingt ans. Je n'y ai pas pensé chaque jour, ni chaque semaine. Je suis resté parfois des mois sans y penser… Cette idée, la voici. Un seul train par jour s'arrête ici, parfois même il ne s'en arrête aucun. Si vous voulez tuer quelqu'un, il vous faudra par conséquent attendre vraisemblablement des années avant qu'un étranger au pays ne descende du train et vienne dans cette ville sans aucun motif, un homme que personne ne connaîtra et qui ne connaîtra personne. Vous me suivez toujours ? Les conditions d'un crime parfait se trouveront alors réunies, me répétais-je, assis à longueur de journée sur mon quai de gare. Il n'y a qu'à se lever, qu'à le suivre, et dès qu'il n'y aura plus de témoins, qu'à le tuer et à jeter son corps dans la rivière. On retrouvera le corps à des milles en aval et peut-être même ne le retrouvera-t-on jamais. Personne n'aura l'idée de venir enquêter à Rampart Junction. Cet homme ne devait pas s'y rendre : il allait ailleurs. Je vous ai exposé mon plan. J'ajoute que, à la minute même où il est descendu du train, j'ai reconnu cet homme. Aussi vrai que…

Je m'étais arrêté. Il faisait nuit noire. La lune ne se lèverait pas avant une heure.

— Le feriez-vous ? demandai-je.

— Sans hésitation.

Je devinai le mouvement de sa tête qui regardait vers les étoiles.

— Assez parlé…

Il s'était approché à me toucher sans que je m'en sois aperçu. Il me prit le coude. Sa main était brûlante. Son autre main, sa main droite, était dissimulée, ramassée, fermée dans le fond de sa poche.

— Oui, assez parlé !

Un cri déchira la nuit.

Je rejetai vivement la tête en arrière.

Au loin, l'express de nuit, qui volait presque sur ses rails invisibles, fendait les ténèbres, éclaboussant de ses lumières les collines, les forêts, les fermes, les demeures, les champs, les fossés, les prairies, les terres cultivées, la rivière. Déchaîné, il s'éloigna dans un fracas de tonnerre et disparut à ma vue. Longtemps encore, après son passage, les rails tremblaient. Le silence s'abattit.

Le vieil homme et moi, nous nous regardions dans l'obscurité. Sa main gauche serrait toujours mon coude. Son autre main était toujours dissimulée.

— Me permettez-vous de vous dire quelque chose ? demandai-je enfin.

Le vieil homme acquiesça de la tête.

— … À mon sujet.

Je dus reprendre souffle. J'étais oppressé. Il me fallut beaucoup de volonté pour poursuivre.

— C'est curieux, mais j'ai souvent pensé ce que vous venez de me dire. Ainsi, aujourd'hui, en roulant à travers la campagne, je me disais : « Ce serait parfait, oui, absolument parfait. » Mes affaires n'ont pas été brillantes ces temps derniers. Ma femme est malade. J'ai un ami qui est mort la semaine dernière. La guerre menace le monde. Et par-dessus le marché, j'ai une crise de furonculose. Cela me ferait un bien extraordinaire…

— De quoi ? demanda le vieil homme, la main posée sur mon bras.

— De descendre de ce train dans une petite ville, poursuivis-je, où personne ne me connaîtrait, avec ce revolver sous mon aisselle, de rencontrer quelqu'un, de le tuer, de l'enterrer de mes propres mains, puis de retourner tranquillement à la gare et de reprendre le train suivant. Et personne, même le policier le plus subtil, ne devinerait jamais qui a commis ce crime. Jamais. Ce serait parfait. Ce serait le crime parfait. Et je suis descendu du train…

Nous restâmes un long moment, l'un en face de l'autre, à nous regarder les yeux dans les yeux. Peut-être écoutions-nous le bruit de nos cœurs, qui battaient, je dois l'avouer, très fort.

Le sol vacillait sous moi. Je serrai les poings ; j'aurais voulu tomber, pousser, comme le train, un hurlement strident. Car, soudain, je compris que tout ce que je venais de raconter n'était pas un mensonge quelconque proféré pour sauver ma vie en danger.

Ce que je venais de dire à cet homme était l'exacte vérité.

Je savais maintenant pourquoi j'avais quitté mon train et pourquoi j'avais erré des heures durant dans cette ville. Je savais ce que j'étais venu y chercher…

J'entendais la respiration saccadée et rapide du vieil homme. Sa main pesa davantage sur mon bras comme s'il manquait tomber. Sa mâchoire se contracta. Il se pencha vers moi dans le même temps que je me penchai vers lui. Un silence oppressant, semblable à celui qui précède une explosion longtemps attendue, s'installa.

Il se contraignit le premier à le rompre. Sa voix était celle d'un homme écrasé sous un énorme fardeau.

— Comment pourrais-je savoir que vous avez un revolver sous votre aisselle ?

— Vous ne le pouvez pas.

Je parlais d'une voix sourde.

— Vous ne pouvez pas avoir de certitude…

Il ne bougea pas. Je crus qu'il allait défaillir.

— Alors, c'est comme ça ? dit-il.

— C'est comme ça, répondis-je.

Il serra très fort les paupières. Il pinça très fort les lèvres.

Cinq autres secondes s'écoulèrent, puis, avec une infinie lenteur, dans un effort douloureux, il arracha sa main de mon bras, qui me semblait changé en plomb. Il baissa les yeux sur sa main droite et la sortit, vide, de sa poche.

Lentement, avec une grande difficulté, nous détournâmes nos regards et nous reprîmes notre promenade, marchant à l'aveuglette dans la nuit.

Les phares du rapide de minuit inondaient les voies de leur clarté. Mais c'est seulement lorsque le train fut sorti de la gare qu'appuyé au montant de la portière ouverte, je jetai un regard en arrière.

Le vieil homme était assis, sur sa chaise adossée au mur de la gare, vêtu de sa chemise et de ses pantalons bleu délavé, avec son visage recuit et ses yeux pâlis par le soleil. Lorsque le train, en démarrant, était passé devant lui, il ne m'avait pas adressé le moindre coup d'œil. Il tenait les yeux fixés vers l'est, vers les rails déserts où demain, ou après-demain, ou n'importe quel jour, un train, le train qu'il attendait, arriverait à toute allure, ralentirait et s'arrêterait. Son visage était tendu, ses yeux obstinément rivés vers l'est. Il avait l'air tout à coup d'avoir cent ans.

Le train gémit.

Je me sentis soudain devenu très vieux. Je me penchai à l'extérieur en clignant des yeux.

À présent, l'obscurité qui nous avait rapprochés se dressait comme un mur entre nous. Le vieil homme, la gare, la ville, la forêt, avaient sombré dans la nuit.

Je restai là, dans le grondement de l'air s'engouffrant par la portière ouverte, une heure encore, à regarder la nuit que je laissais derrière moi.

L'odeur de la salsepareille

Mr William Finch resta pendant trois journées entières sans rien faire, dans le grenier sombre et livré aux courants d'air.

Pendant ces trois jours de la fin novembre, il resta seul, à écouter les flocons blancs du Temps tomber doucement de l'infini du ciel gris et froid et mollement, silencieusement, recouvrir le toit, poudrer les gouttières de leur neige. Debout, les yeux clos…

Pendant ces interminables journées sans soleil, le grenier, ballotté par les houles du vent, craquait de toutes ses membrures. Des poussières, accumulées là depuis des siècles, se détachaient de ses poutres. Le bois de ses lattes et de ses charpentes travaillait sous l'effort. Un concert de soupirs et de gémissements montait de cette somme de souffrances, mais, lui, immobile, humait le parfum sec et distingué des vieilles choses conservées en se laissant envahir par les souvenirs du passé.

Du rez-de-chaussée, Cora, sa femme, même en tendant l'oreille, ne l'entendait ni marcher, ni bouger, ni tressaillir. Elle se figurait l'entendre respirer, par de profondes aspirations et expirations, tel un soufflet poussif, seul, là-haut, dans son grenier, dans la maison venteuse.

— Ridicule… marmonna-t-elle.

En redescendant en toute hâte pour déjeuner l'après-midi du troisième jour, il adressa un sourire aux murs ternes, aux assiettes ébréchées, à l'argenterie rayée et même à sa femme.

— Qu'est-ce qui te prend ?

— Je suis de bonne humeur, voilà tout ! D'excellente humeur même, s'écria-t-il en riant.

Sa joie avait un côté hystérique. Il était la proie d'une agitation qu'il avait, manifestement, du mal à cacher. Sa femme fronça le sourcil.

— Qu'est-ce que c'est que cette odeur ?

— Cette odeur ? Quelle odeur ?

Elle renifla d'un air soupçonneux.

— La salsepareille… Ça sent la salsepareille !

— Oh ! Mais c'est absolument impossible !

Son accès de gaieté s'était brisé net. On eût dit qu'elle avait coupé le courant. Il prit un air étonné, mal à l'aise et devint soudain très attentif.

— Où étais-tu ce matin ?

— Tu *sais* bien que je faisais des rangements au grenier.

— Tu rêvassais, oui, sur un tas de vieilleries ! Je n'ai pas entendu le moindre bruit. Je me suis dit qu'après tout, peut-être n'y étais-tu même pas. Qu'est-ce que c'est que cela ?

Elle pointait un index accusateur.

— Ah ça ! Mais, comment ont-*elles* fait pour arriver jusqu'ici ?

Elle semblait prendre le monde à témoin.

Il baissa les yeux sur une paire de pinces noires de cycliste qui ajustaient le bas de ses pantalons sur ses maigres chevilles.

— Je les ai trouvées au grenier, dit-il machinalement. Cora, te souviens-tu de cette matinée, il y a quarante ans et de l'allée sablée sur laquelle nous roulions en tandem au milieu d'une nature qui s'éveillait au jour ?

— Si tu n'as pas terminé ce grenier aujourd'hui, je monte et je jette tout !

— Ça non ! s'écria-t-il un peu trop vite, tout y est comme je veux !

Elle lui lança un regard glacial.

— Cora, reprit-il — tout en mangeant, il se détendait et recommençait à s'exalter — t'es-tu jamais demandé ce qu'étaient en réalité les greniers ? Eh bien, je vais te le dire ! Ce sont des machines à remonter le Temps, grâce auxquelles des vieillards comme moi, à l'esprit embrumé, voyagent dans le passé et se retrouvent quelque quarante ans en arrière, lorsque, toute l'année, c'était l'été… Nos enfants prenaient d'assaut les voiturettes des marchands de glace… Cora, te souviens-tu de la saveur qu'elles avaient, ces glaces ? Tu les tenais dans ton mouchoir et tu avais dans la bouche un goût de batiste et de neige…

Cora se trémoussa d'impatience sur sa chaise, sans daigner répondre.

C'est très vraisemblable, poursuivit-il en pensée, les yeux à demi fermés, tendu par son effort d'imagination. Un grenier… Mais son véritable milieu, c'est le Passé !

Il est tout entier tourné vers les années qui nous ont précédés, vers les cocons et les chrysalides d'une époque défunte. Dans les tiroirs des commodes sont ensevelis des milliers d'Hiers. Oui ! Le grenier est un lieu sombre et accueillant, qui baigne dans le Passé. Il suffit de rester immobile au milieu, en redressant la tête et en clignant des yeux, de réfléchir toujours davantage, de respirer le Passé, d'étendre les bras en avant, pour retrouver les beaux jours de jadis et alors…

Il se tut brusquement, dès qu'il s'aperçut qu'il venait d'exprimer certaines de ses pensées à voix haute. Cora mangeait très vite, la tête penchée sur son assiette.

— Ne serait-ce pas passionnant, reprit-il, de *voyager* à travers le Temps ? Et dans ce cas, quel endroit plus évident, plus approprié pour accomplir ce genre d'exploit, que *notre* grenier ? Qu'en penses-tu ?

— Je ne me rappelle pas que c'était toujours l'été autrefois. Ta folle imagination te joue des tours. Tu ne te souviens que des bons moments, tu oublies les autres. Non, ce ne fut pas toujours l'été…

— Mais, Cora, je parle au figuré…

— Non, ce ne fut pas toujours l'été…

— Ce que je veux dire, reprit-il d'une voix excitée et qu'il voulait persuasive, tout en se penchant pour mieux voir l'ombre qu'il dessinait sur le mur ivoire de la salle à manger, c'est que si, avec ton monocycle, tu remontes le cours des années, en t'appliquant à garder ton équilibre, bien sûr, à l'aide de tes bras étendus, méthodiquement, très méthodiquement, en passant d'une année à l'autre, et si tu choisis une semaine en 1909, un jour de 1900, un mois ou quinze jours à un autre moment, en 1905, en 1898, tu conserves tout le reste de ta vie l'impression d'avoir vécu un été, seulement un été.

— Un monocycle ?

— Oui. Tu connais certainement ces grandes bicyclettes chromées à une roue et à un seul siège dont se servent certains acrobates, qui jonglent dans les revues. De l'équilibre, voilà ce qu'il faut pour ne pas tomber et lancer haut, toujours plus haut, ces massues brillantes et gracieuses. Une lumière, un éclair, une pluie d'étincelles aux couleurs éclatantes, rouge, jaune, bleu, vert, blanc, or… Que c'est beau ! Tous les mois de juin, de juillet et d'août, que tu as vécus, se rassemblent, frôlent tes mains, s'envolent, restent un instant suspendus dans les airs et toi, au milieu d'eux, extasiée, tu souris. De l'équilibre, Cora, beaucoup d'*équilibre*. C'est tout…

— Quelle blague ! dit-elle. Quelle bonne blague !

Il monta en frissonnant l'escalier interminable qui menait au grenier.

Certaines nuits d'hiver, il s'éveillait en sursaut, avec l'impression que ses os étaient en porcelaine. Des carillons lui perçaient le tympan. Le froid mettait ses nerfs à vif. Il lui semblait être embrasé de feux d'artifices qui explosaient à tout instant pour retomber en pluie d'étincelles sur le pays silencieux et glacé de son subconscient. Il avait alors si froid qu'il lui faudrait, lui semblait-il, une suite d'étés indéfiniment longs, avec leurs flambées de verdure et leurs soleils de bronze pour dégeler ce fourreau hivernal qui le tenait prisonnier. Engourdi jusqu'à la moelle des os, il n'était plus qu'un bloc de glace prêt à se briser à tous moments, qu'un bonhomme de neige qu'on mettait au lit chaque soir, livré à ses rêves floconneux, à ses tumultes secrets, à son désespoir. Il lui semblait alors que l'hiver s'était installé pour toujours, tel un gigantesque pressoir, qui abaisserait sa coupole de ciel gris pour les écraser tous, broyant couleurs, sensations et personnalités. Il n'épargnait que les enfants qui, sur leurs skis et sur leurs luges, fuyaient sur les pentes gelées reflétant le couvercle de plomb du ciel. Et ce ciel fermé pesait de plus en plus sur la ville tout au long de journées et de nuits qui semblaient ne devoir jamais finir.

Mr Finch poussa la trappe du grenier. Mais une fois là !… Une poussière estivale tourbillonna autour de lui : la poussière du grenier frémissait de la chaleur torride accumulée lors des saisons passées. Posément, il referma la trappe.

Et il se mit à sourire.

Le grenier était aussi calme qu'un nuage d'orage avant la tempête. Pas un souffle, pas un bruit, sinon, de temps à autre, un marmonnement indistinct que Cora Finch percevait, loin, très loin, au-dessus de sa tête.

À cinq heures de l'après-midi, tout en fredonnant « Ô toi, île de mes rêves », Mr Finch apparut à la porte de la cuisine, balançant à bout de bras un chapeau de paille crissant neuf.

— Ouh ! C'est moi !

— Aurais-tu dormi tout l'après-midi ? interrogea sa

femme d'un ton sec. Je t'ai appelé au moins quatre fois. Pas de réponse !

— Dormi ?

Il réfléchit longuement et se mit à rire, en posant aussitôt sa main sur sa bouche pour se cacher.

— Oui, sans doute.

À ce moment-là, elle remarqua son accoutrement.

— Mon Dieu, s'écria-t-elle, mais où as-tu déniché ce costume ?

Il était vêtu d'un veston rouge rayé de miel, de pantalons crème et portait un faux col démodé. Le chapeau de paille avait une bonne odeur de foin fraîchement coupé.

— Je l'ai trouvé dans une vieille malle.

Elle renifla.

— Tu ne sens pas la naphtaline. Il m'a l'air archi-neuf.

— Pas du tout, répliqua-t-il un peu trop vite.

L'air gauche, manifestement mal à l'aise, il subissait son examen.

— On n'est pas au guignol ici, dit-elle.

— On n'a pas le droit de s'amuser un peu de temps en temps ?

— Tu peux parler ! C'est ce que tu as toujours fait ! répliqua-t-elle en rabattant violemment la porte du four. Pendant que je restais ici à tricoter, Dieu m'est témoin, toi, tu aidais galamment les dames à entrer et sortir du magasin.

Il préféra fuir la discussion.

— Cora, dit-il en contemplant le fond de son chapeau de paille qui craquait sous ses doigts, n'aimerais-tu pas faire une promenade du dimanche, comme nous en avions l'habitude autrefois, avec ton ombrelle de soie et ta longue jupe à balayeuse qui cinglait l'air ? On irait s'asseoir sur les chaises en fer du petit café, où l'on respirait l'odeur fraîche et acidulée particulière à ce genre d'endroit en ce temps-là ? Pourquoi les cafés n'ont-ils plus cette odeur ? On commanderait deux salsepareilles, tu m'entends, Cora, puis on repartirait sur notre Ford 1910 pour aller dîner sur la jetée sous une tonnelle en écoutant l'orchestre. Qu'en dis-tu, Cora ?

— Je dis que le dîner est servi et que tu vas m'ôter cet horrible déguisement.

— S'il t'était donné, Cora, de rouler à travers la campagne sur ces routes bordées de chênes comme au temps jadis, avant que les voitures n'y défilent à toute allure, serais-tu heureuse, Cora ? demanda-t-il en épiant son visage.

— Ces routes dont tu parles étaient sales et poussiéreuses. Nous rentrions, je me souviens, noirs comme des nègres. Par ailleurs — elle prit la boîte de sucre qui lui servait de tirelire et la secoua — j'avais ce matin quarante dollars. Ils ont disparu ! N'essaie pas de me faire croire que cet habit sort de chez un fripier, il est flambant neuf, ni qu'il sort d'une malle !

— Je…

Elle lui coupa la parole et se déchaîna pendant une bonne demi-heure. Il ne se décidait pas à interrompre ce flot de sottises. Le vent de novembre ébranlait la maison. La neige hivernale, pendant qu'elle continuait à crier, se remit à tomber du ciel plombé et hostile.

— Mais réponds-moi à la fin ! s'écria-t-elle. Dis quelque chose ! Es-tu devenu fou pour dépenser nos économies en achetant des vêtements que tu ne peux même pas porter ?

— Le grenier… balbutia-t-il.

Elle sortit précipitamment de la pièce et alla s'asseoir au salon.

La neige à présent tombait drue et cette soirée de novembre s'annonçait sombre et glaciale. Elle l'entendit monter à pas lents l'étroit escalier qui conduisait au grenier, à cet endroit poussiéreux, à cet endroit vieillot, à cet endroit noir, qui était le domaine des costumes et des accessoires de théâtre, qui était tourné vers le Passé, et qui lui paraissait si éloigné du monde d'en bas dans lequel elle vivait.

Il referma la trappe. La torche électrique, qu'il avait allumée, lui tenait compagnie. C'est vrai, ici, le Temps était enfermé comme dans les replis d'une fleur de papier japonaise. Le plus petit effort de mémoire et ses pétales se déployaient librement dans l'eau claire de votre esprit, s'épanouissaient en floraisons splendides agitées de brises printanières, l'emportant en magnificence sur la vie réelle. Chaque tiroir de commode, en s'ouvrant, déballait son contenu de cousines, de bonnes mamans, de tantes, protégées des regards indiscrets par l'hermine blanche de la poussière. Oui, le Passé était là. On percevait distinctement ses effluves. On entendait le tic-tac de l'horloge invisible du Temps.

La maison, sous ses pieds, était aussi loin de lui que n'importe laquelle des journées d'autrefois. Il ferma à demi les yeux et regarda intensément tous les côtés du grenier figé dans une éternelle attente.

Ce lustre, aux couleurs du prisme, réfléchissait des matins et des midis aussi clairs que des cours d'eau remontant à leurs sources à travers les étendues du Temps. Les arcs-en-ciel jetaient sur les ténèbres leurs ponts de couleur prune, fraise, de raisin noir, de citron coupé, de ciel d'où les nuages se retirent après la tempête, et tout était bleu. La poussière du grenier s'embrasait, foyer intense et odorant, sans cesse alimenté. La seule chose à faire était d'oser regarder à travers ses flammes. Quelle merveilleuse machine à remonter le Temps, ce grenier ! Il ne s'était pas trompé. On n'avait qu'à toucher ces cristaux, ces boutons de portes, tirer ces glands, faire tinter ces pendeloques, faire claquer les fermoirs ouvragés des malles, écouter la voix humaine du soufflet vétuste qui soufflait dans les yeux la suie de milliers d'anciens feux, jouer en un mot de cet étonnant instrument, de cette machine composée de tant de pièces différentes, caresser ses joints, ses leviers, ses plots, ses clés, ses changeurs, ses moteurs *et*…

Il étendit le bras pour diriger, pour conduire, pour mener à bien cet orchestre. Sa tête bourdonnait de musique. Sa bouche se pinçait sur son secret. De cet orgue magnifique et muet, aux voix de contralto, de ténor, de soprano, tantôt tout bas, tantôt en grand, il tirait des sons, qui, pour finir s'unirent en un accord si magistral qu'effrayé il dut fermer les yeux.

Il pouvait être neuf heures du soir, lorsqu'elle l'entendit appeler.

— Cora ! Cora !

Elle grimpa l'escalier. Il penchait la tête en dehors de la trappe et lui souriait en agitant son chapeau.

— Cora ! Adieu !

— Qu'est-ce que tu dis ?

— J'ai bien réfléchi pendant trois jours, maintenant je te dis « adieu ».

— Veux-tu redescendre de là, espèce de vieux fou !

— J'ai été retirer cinq cents dollars à la banque hier. Crois-moi, Cora, j'ai pesé le pour et le contre. Mais *cela* s'est enfin produit et…

Il lui tendait une main engageante.

— Pour la dernière fois, Cora, veux-tu venir avec moi ?

— Où ? Au grenier ? Abaisse l'échelle, William Finch, je vais y grimper et tu vas voir à quelle vitesse je te sortirai de cet horrible endroit !

— Je pars sur la jetée manger une soupe de poisson. Je demanderai à l'orchestre de jouer « Clair de Lune sur la Baie ». Viens, Cora, viens donc…

Il faisait un geste de la main.

Elle essaya de lire sur son visage. Ses traits exprimaient la bienveillance, l'attente.

Adieu…

De la main, il faisait doucement, tout doucement un geste d'adieu. Puis tout à coup, visage et chapeau de paille disparurent.

— William ! hurla-t-elle.

Le grenier était sombre et silencieux.

Elle se mit à pousser des cris perçants et courut à la recherche d'une chaise dont elle se servit pour accéder, en maugréant, à cette obscurité qui sentait le moisi. Elle brandit une torche électrique.

— William ! William !

Les ténèbres étaient vides. Le vent d'hiver secouait la maison. C'est alors qu'elle remarqua la lucarne de la façade ouest : elle était entrebâillée. Elle marcha à tâtons dans cette direction. Après une brève hésitation, retenant son souffle, tout doucement, elle l'ouvrit toute grande. L'échelle était à l'extérieur, appuyée sur le toit du porche.

Elle recula vivement.

Voilà que, tout à coup, dans l'embrasure de la fenêtre s'encadraient des pommiers, des pommiers d'un vert lumineux comme au crépuscule d'une chaude journée de juillet. Elle entendait au loin exploser des pétards, puis des rires et des éclats de voix. Des fusées jaillissaient et retombaient dans l'air tiède, rouges, blanches et vertes, en pluie douce.

Elle referma la lucarne et s'appuya titubante au chambranle.

— William !

La lumière de ce froid mois de novembre se répandait par la trappe ouverte derrière son dos sur le plancher du grenier. Penchée sur ce trou, elle vit la neige frapper de son bruit mouillé les vitres glacées de ce monde hivernal où elle passerait les trente années qui lui restaient à vivre.

Elle ne retourna pas à la lucarne. Elle s'assit, seule, dans le grenier obscur et huma le parfum qui lui paraissait à présent ne jamais devoir disparaître. Il flottait, tel un soupir de satisfaction, épanoui dans les airs. Elle prit une profonde, une large inspiration.

C'était l'odeur oubliée et retrouvée, l'odeur inoubliable de la salsepareille du petit café d'autrefois.

Icare Montgolfier Wright

Il était couché et le vent qui entrait par la fenêtre ouverte soufflait sur ses oreilles et sur sa bouche, en lui parlant tout bas tandis qu'il rêvait. On eût dit le porte-parole du Temps, érodant les cavernes de Delphes pour dévoiler le Passé, éclairer le Présent et prédire l'Avenir. Une voix s'élevait, très lointaine, puis deux, puis trois… puis une douzaine… Une nation tout entière d'hommes criait par sa bouche. Et toutes ces voix disaient :

— Vois ! Vois ! Nous, nous avons réussi !

Car lui, eux, un individu, une foule, avaient osé s'élancer et volaient. Le ciel s'étendait tout autour de lui, tel une mer chaude et étale, dans laquelle il nageait, incrédule.

— Vois ! Vois ! Ça y est !

Mais il n'attendait pas du monde qu'il observât à sa place. Il secoua ses sens engourdis, pour voir, toucher, sentir, tâter, l'air, le vent, la lune qui montait à l'horizon. Pour ce nageur solitaire, la terre et sa pesanteur n'existaient plus.

— Attendez-moi ! Attendez-moi !

Ce soir… Mais quel soir sommes-nous, au fait ?

Nous sommes hier soir. Naturellement ! La veille du premier départ d'une fusée vers la Lune. Derrière les murs de cette chambre. À cent mètres d'ici, sur le sol brûlant du désert, la fusée m'attend.

Oui, mais est-ce vrai ? Cette fusée est-elle réellement là ?

Il s'agita, mouillé de sueur, et se retourna, les yeux toujours fermés, vers le mur. Le murmure fier du vent reprenait sur ses lèvres. Voyons la chose de plus près ! Vous, d'abord qui êtes-vous ?

— Moi ? Vous voulez savoir comment je m'appelle ? Mon nom est Jerediah Prentiss. Né en 1938, licencié ès sciences en 1959, breveté pilote en 1965.

Jerediah Prentiss… Jerediah Prentiss… Le vent emportait son nom. Il le clamait à tous les échos. Affolé, il tenta de le rattraper.

Puis, calmé, il attendit que le vent le lui ramenât. Il attendit, longtemps, très longtemps, dans un silence absolu jusqu'à ce qu'enfin, après un millier de battements de cœur, il perçut un léger bruit.

La molle corolle du ciel s'épanouissait. La mer Égée agitait l'éventail blanc de ses écumes sur les récifs couleur lie de vin.

Dans le clapotis des vagues mourant sur le rivage, il crut discerner son nom.

Icare…

Puis plus nettement, il entendit murmurer :

Icare…

On lui remuait le bras : c'était son père qui, l'appelant par son nom, faisait reculer la nuit. Il était replié sur lui-même et tourné à demi vers la fenêtre, le rivage et l'infini du ciel. La brise matinale ébouriffait les plumes d'or fixées par la cire couleur d'ambre, déposées à côté de sa couche. Les ailes d'or frémissaient de vie dans les bras de son père. Il sentit le fin duvet de ses épaules se durcir, se transformer en duvet d'oiseau pendant qu'il les regardait sans les voir, car il ne pensait qu'à la falaise.

— Père, comment est le vent ?

— Suffisamment fort à mon gré, pas assez fort cependant pour l'entreprise folle que tu tentes.

— Père, pourquoi t'inquiéter ? Je t'accorde que ces ailes ont une apparence grossière, mais mes os leur donneront de la force et mon sang, de la vie.

— Tu veux dire mes os et mon sang ! Rappelle-toi, ô mon fils, que tout homme ne fait que prêter sa chair à ses enfants. Il attend d'eux qu'ils aient soin d'elle. Icare, promets-moi de ne pas voler trop haut ! Je redoute à la fois et *le* soleil et *mon* fils. La fournaise de l'un, la fièvre de l'autre, ont, toutes deux, le pouvoir de faire fondre ces ailes. Icare, prends soin de toi !

Ils emportèrent les ailes merveilleuses vers le matin clair. Elles bruissaient entre leurs bras, murmurant inlassablement un nom, le sien ou celui d'un autre, qui voletait, tournoyait et se laissait porter, telle une plume légère, dans l'air calme.

Montgolfier.

Ses mains effleurèrent la corde de feu, la toile éclatante de blancheur, les piqûres de fil brûlant comme l'été. Ses mains alimentèrent de laine et de paille la flamme vacillante.

Montgolfier.

Il suivit des yeux le doux balancement, la houle et le roulis de l'immense poire argentée, indéfiniment bercée, que les poussées de gaz canalisé gonflaient petit à petit. Aussi muette qu'un dieu, dont la tête assoupie retomberait sur la terre de France, la diaphane enveloppe de toile, ce grand sac d'air chauffé par la flamme, allait, d'un instant à l'autre, s'arracher à la force de la pesanteur et s'envoler, libre, dans les airs. Attirés toujours plus haut vers les mondes bleutés du silence, son frère et lui navigueraient, calmes et apaisés, au milieu des îlots de nuages où dorment les éclairs farouches. Dans ces gouffres et ces abîmes inexplorés, où ne parviennent jamais ni chant d'oiseau, ni cri d'homme, le ballon s'apaiserait à son tour. Ainsi lancés à la dérive, aussi bien lui, Montgolfier, que tous les hommes à travers lui, entendraient le souffle démesuré de Dieu et le pas solennel de l'Éternité.

— Oh !

Il s'avança et la foule entière le suivit à l'ombre du ballon d'air chaud.

— Tout est paré… Tout est en ordre…

En ordre ! Dans son rêve, ses lèvres se crispaient. Un sifflement d'air, un murmure qui s'enfle, une bousculade…

Des mains de son père un jouet s'envola, monta au plafond, emporté dans son propre tourbillon et resta miraculeusement suspendu dans les airs, pendant que son frère et lui suivaient avec la plus grande attention ses voltiges et, dans son crépitement et son sifflement, reconnaissaient leurs noms.

Wright.

Il entendit chuchoter les mots : « vent », « ciel », « nuage », « espace », « aile », « vol » !

— Wilbur ? Orville ? Qu'est-ce que vous dites de *cela* ?

— Oh !

Dans son sommeil, sa bouche soupirait.

L'hélicoptère d'enfant bourdonnait, se cognait contre le plafond. Dans son ronronnement régulier, il reconnut les mots « aigle », « corbeau », « hirondelle », « rouge-gorge », « faucon ». Le ronronnement s'enflait. « Aigle », « corbeau », « hirondelle », « rouge-gorge », « faucon ». Il diminuait d'intensité. « Aigle », « corbeau »... Jusqu'à ce qu'enfin, voletant vers leurs mains tendues pour le saisir, il l'entendit susurrer dans un bruissement de tempêtes d'été encore dans les limbes, chuchoter, comme à bout de souffle, le mot : « épervier ».

Dans son rêve, il souriait.

Il vit les nuages déferler dans le ciel au-dessus de la mer Égée.

Il sentit le ballon osciller comme un homme ivre, sa masse imposante sur le point de se laisser emporter par le vent, qui s'était soudain levé.

Au décollage, il entendit le sifflement du sable sur les dunes de l'océan Atlantique, dont la douceur lui sauverait la vie si, tel un jeune oiseau qui quitte son nid pour la première fois, il venait à tomber. Les montants bourdonnaient et vibraient, tels des cordes de harpe, et lui-même se joignit bientôt à leur chant.

Derrière les murs de sa chambre, il sentait l'amorce du départ de la fusée, ses ailes de feu étaient encore repliées, sa respiration de feu, contenue. Elle était prête à parler à trois milliards d'hommes. Dans un instant, il se réveillerait et, d'un pas lent, se dirigerait vers cette fusée sur le sol du désert.

Il avancerait jusqu'à l'extrême pointe de la falaise.

Il s'abriterait de l'ardeur du soleil à l'ombre fraîche du ballon d'air chaud.

Il serait fouetté par le sable qui crépiterait sur les dunes de Kitty Hawk*.

Il gainerait ses poignets fragiles, ses bras, ses mains, ses doigts dans les ailes d'or fixées par la cire d'or.

Il jouerait de ce magnifique instrument qui avait capté le souffle de l'homme, aspiré et enfermé dans un sac de toile la chaude suffocation de sa peur et de son étonnement pour élever ses rêves à la hauteur de réalités.

Il mettrait le contact.

Il prendrait la main de son père et lui souhaiterait bonne chance avec ses propres ailes, repliées et prêtes, sur le bord du précipice.

Et il tournoierait sur lui-même et sauterait.

Et il sectionnerait les cordes qui retenaient à terre le grand ballon.

Et il ferait tourner l'hélice de l'avion.

Et il abaisserait le levier pour faire partir la fusée.

Alors dans un élan unique, ils nageraient de conserve, ils sauteraient, ils s'élanceraient, ils oscilleraient, ils

* Kitty Hawk est un village de l'état de Caroline du Nord, situé sur une barre de sable au bord de la mer, où a été effectué, le 17 décembre 1903, le premier vol en aéroplane aux U. S. A. (*N.d.T.*)

navigueraient, et, la face tournée vers le soleil, la lune et les étoiles, ils survoleraient l'Atlantique, la Méditerranée, les campagnes, les déserts, les villes ou les bourgades, dans l'air silencieux, le bruissement des plumes ou le crépitement de la charpente, dans le fracas du tonnerre ou un ronflement timide et crachotant. Après le départ, son choc et son hésitation, viendrait la majestueuse ascension… Merveilleusement suspendus dans les airs, magiquement transportés, tous laisseraient alors éclater leur joie et, pour eux seuls, crieraient leurs propres noms. Peut-être même clameraient-ils les noms d'hommes qui ne sont pas encore nés, peut-être ceux d'hommes morts depuis des siècles, tandis qu'inlassablement, le vent salé, la poussée du ballon ou le feu chimique les emporteraient toujours plus loin.

Chacun sentirait frémir au plus profond de sa chair les ailes brillantes avant de se détacher de leurs omoplates écartelées.

Chacun laisserait après lui l'écho de son vol, et les vents qui tournent tout autour de la Terre répéteraient à l'infini aux fils des fils de leurs fils, dans leur sommeil, leurs noms dans le grand ciel de minuit qui jamais ne connaît de repos.

Montons plus haut, toujours plus haut ! Marées, flots, tourbillons infinis d'ailes…

Une sonnerie tinta faiblement.

Non ! Je me réveille dans un instant. Attendez encore un peu…

Dans une glissade l'Égéen disparut. Il avait sauté. Les dunes de l'océan Atlantique, la campagne française se fondirent, s'évanouirent. Seul restait le désert du

Nouveau-Mexique. Dans sa chambre, à côté de sa couche, plus de plumes frémissant dans la cire d'or. Au-dehors, le vent ne façonnait plus à sa guise la Montgolfière. Au-dehors, il n'y avait qu'une fusée, un rêve combustible qui, sur un geste bref de sa main, décollerait.

Au cours de ces ultimes instants de sommeil, il s'entendit appeler par son nom.

Sans s'émouvoir, il répondit par les trois noms qui, depuis minuit, n'avaient cessé de le hanter à toutes les heures de la nuit :

« Icare Montgolfier Wright. »

Il les répéta lentement pour que celui qui le questionnait pût se souvenir de leur ordre et en les épelant soigneusement.

« Icare Montgolfier Wright. »

Né en l'an 900 av. J.-C. Baccalauréat à Paris en 1783. Licence à Kitty Hawk en 1903. Diplômé de la Terre à la Lune, aujourd'hui, 1er août 1970, si Dieu le veut. Mort et enterré par un heureux hasard sur Mars, en l'an de grâce 1999. »

Puis il consentit peu à peu à se réveiller.

Quelques instants plus tard, en traversant le désert de Tarmac, il entendit crier. Un cri qui se répéta et ne cessa pas.

Il était incapable de dire si quelqu'un marchait ou non derrière lui.

Et, de même, s'il n'y avait qu'une voix ou s'il y en avait plusieurs, si ces voix appartenaient à des hommes jeunes ou à des hommes âgés, si elles étaient proches ou lointaines, si elles augmentaient ou diminuaient d'intensité, si elles lui chuchotaient ou si elles lui hurlaient à l'oreille, les trois nouveaux noms de héros qui lui étaient appliqués, il était absolument incapable de le dire et il ne se retourna pas pour s'en assurer.

Car le vent s'était levé et il le laissa s'enfler et le pousser en avant pendant tout le chemin qui lui restait à parcourir dans le désert avant de rejoindre la fusée et d'accomplir sa destinée.

Le casque

Le paquet arriva par le courrier du soir. Mr Andrew Lemon n'eut qu'à le secouer pour savoir ce qu'il contenait. On eût dit qu'une grosse tarentule s'agitait à l'intérieur.

Il lui fallut plusieurs minutes pour trouver le courage de défaire, d'une main tremblante, le papier d'emballage et de soulever le couvercle de la boîte de carton.

Sur un lit d'ouate, d'un blanc immaculé, reposait la chose, aussi rêche, aussi noire, aussi impersonnelle que les touffes de crin qui garnissent les vieux canapés. Andrew Lemon gloussa de joie.

— Bel échantillon d'un massacre ! Voilà l'avertissement laissé par les Indiens ! Signe qu'ils sont venus puis repartis. Bravo ! *Essayons-le !*

Et il ajusta sur son crâne nu la perruque neuve et brillante de cuir bouilli noir. Il tira dessus comme on touche sa casquette pour saluer un passant.

Le toupet lui allait à ravir et dissimulait parfaitement le rond, de la dimension d'une pièce de cent sous, qui détruisait l'esthétique du sommet de son front. Andrew contempla avec complaisance l'étranger que lui renvoyait son miroir et, dans un transport d'allégresse, s'écria :

— Hé ! Vous là-bas ? Qui êtes-vous donc ? J'ai déjà vu votre tête quelque part, mais bon Dieu, je vous croiserais dans la rue sans me retourner ! Pourquoi ? Eh bien, parce qu'il a disparu ! Ce sacré trou est caché et personne ne peut deviner qu'il ait jamais existé. Monsieur, j'ai bien l'honneur !

Il se mit à arpenter, l'air radieux, son petit appartement. Il éprouvait le besoin impératif de faire quelque chose, sans être pour autant résolu à ouvrir sa porte et stupéfier les gens. Il passait et repassait devant le miroir, en jetant des regards de biais sur son double et, à chaque fois, il riait et secouait la tête. Il finit par s'asseoir dans son rocking chair et, épanoui d'aise, se mit à se balancer. Il tenta de s'intéresser à divers numéros de son hebdomadaire favori, le *Wild West Weekly* et à un magazine de cinéma passionnant, le *Thrilling Movie Magazine*. En vain. Son esprit était ailleurs et il ne pouvait empêcher sa main droite de ramper nerveusement le long de sa joue jusqu'à ce que ses doigts sentent, un peu au-dessus de son oreille, la lisière de ce foin rêche auquel ils n'étaient pas encore habitués.

— On arrose ça, vieux ?

Il ouvrit une armoire à pharmacie pleine de chiures de mouches et avala trois gorgées à même la bouteille. Les yeux légèrement embués, il s'apprêtait à se couper une chique lorsqu'il suspendit son geste, l'oreille aux aguets.

Dehors, dans le couloir obscur, il y avait du bruit. On eût cru une petite souris qui trottinait sur le tapis usé.

— C'est Miss Fremwell ! s'écria-t-il à l'adresse du reflet dans le miroir.

Aussitôt la perruque quitta sa tête et réintégra prestement sa boîte comme si, effrayée, elle s'y réfugiait d'elle-même. Il rabattit brusquement le couvercle, trempé de sueurs froides à la pensée que ce léger bruit ne chassât le cher objet de sa flamme.

Sur la pointe des pieds il gagna la porte condamnée dans la cloison mitoyenne et inclina son crâne, à présent privé de tout ornement et empourpré de désir.

Il entendit Miss Fremwell tourner sa clé dans la serrure, refermer sa porte puis aller et venir de son petit pas rapide à l'intérieur de sa chambre, faisant tinter sa vaisselle de porcelaine, cliqueter ses couverts en argent, tournant gaiement en rond, bref, répétant le manège quotidien de la préparation de son dîner. Il s'éloigna à reculons de cette porte, verrouillée, fermée à clef à double tour et dont la serrure était fixée par des vis d'au moins dix centimètres de long.

Il songeait aux soirs où il manquait défaillir, tant son cœur battait vite, lorsque, couché dans son lit, il se persuadait qu'il l'entendait retirer les vis, manœuvrer le verrou, peser sur la clenche. Et l'heure d'insomnie que de telles pensées lui valaient par la suite…

Elle allait continuer à s'agiter dans un frou-frou soyeux pendant une heure. Il ferait de plus en plus noir. Les étoiles seraient levées et brilleraient au firmament lorsqu'il frapperait à sa porte pour lui demander si elle consentait à s'asseoir en sa compagnie sous la véranda ou si elle acceptait d'aller se promener avec lui dans le parc municipal.

La seule manière de lui révéler l'existence sur sa tête de ce troisième œil aveugle et grand ouvert, serait de le lui faire toucher du doigt, comme on lit l'écriture Braille. Ses petits doigts blancs ne s'étaient jamais jusqu'ici approchés à moins de mille kilomètres de cette cicatrice, qui ne représentait guère plus à ses yeux que l'un des cratères de la lune, ce soir-là précisément en son plein.

Son orteil écrasa un numéro du *Wonder Science Tales*. Si tant est qu'elle daignât se poser des questions sur sa pauvre tête abîmée — après tout, elle écrivait de temps à autre des chansons et des poèmes, n'est-ce pas ? Donc elle avait de l'imagination — elle pourrait se figurer qu'il y a fort longtemps un météore était tombé, l'avait heurté et s'était volatilisé. Le point de chute n'avait ni buissons, ni arbres, c'était simplement un tout petit espace blanc au-dessus de ses yeux. Il renifla de nouveau et secoua la tête. Quoi qu'elle dût penser à son sujet, une chose était certaine : il s'arrangerait pour la voir après le coucher du soleil.

Il attendit encore une heure, crachant de temps en temps sa chique dans la tiède nuit d'été.

— 8 heures et demie ! C'est le moment !

Il ouvrit la porte qui donnait sur le couloir et resta quelques instants, sans la franchir, tourné vers la ravissante perruque neuve dissimulée dans sa boîte. Non, décidément, il ne la mettrait pas.

Il suivit le couloir en direction de la porte de Miss Naomi Fremwell, une porte à la paroi si mince qu'elle semblait battre au même rythme que le cœur qu'elle abritait des regards indiscrets.

— Miss Fremwell ? appela-t-il à mi-voix.

Il aurait voulu la tenir prisonnière dans ses mains fermées, telle un petit oiseau blanc, auquel il parlerait doucement pour ne pas l'effaroucher. En essuyant d'un revers de main la sueur qui perlait à son front, il retrouva la cicatrice et il eut les plus grandes peines à s'empêcher de s'écrouler en poussant un cri de douleur. Il appliqua sa main sur l'horrible endroit pour en couvrir la nudité, il l'y tint appuyée un long moment, mais craignit ensuite de la retirer. Sa peur avait changé de nature. Ce n'était pas tant de s'effondrer sur place qu'il craignait, mais que quelque chose de terrible ne jaillît du tréfonds de son être et submergeât sa volonté.

Il passa sa main libre sur la porte, ne dérangeant qu'une mince couche de poussière.

— Miss Fremwell ?

Il se courba pour voir s'il n'y avait pas trop de lampes allumées chez elle et si une lumière trop vive ne filtrait pas sous sa porte qui le frapperait de plein fouet lorsqu'elle l'ouvrirait toute grande. Une lumière trop forte éloignerait sa main de son front, démasquant sa cicatrice en creux. Peut-être en ce cas, Miss Fremwell verrait-elle clair en lui, comme on pénètre dans l'intimité d'autrui, par le trou d'une serrure ?

Le seuil de la porte n'était que chichement éclairé.

De son poing fermé, posément, nettement, par trois fois, il cogna à la porte de Miss Fremwell.

La porte s'ouvrit en dedans, comme à regret.

Plus tard, sur la terrasse qui prolongeait la maison, tout en croisant et décroisant fiévreusement ses jambes sans qu'il pût leur trouver une bonne position, les mains moites d'émotion, il chercha le biais pour lui demander de l'épouser. La lune en montant dans le ciel faisait ressembler le trou dans son front à une feuille qui s'y serait plaquée. Il s'arrangeait pour ne lui montrer que son profil, ainsi le cratère ne se voyait pas : il se trouvait rejeté sur l'autre versant. Il lui semblait toutefois qu'en se présentant de cette manière, il ne disposait que de la moitié de son vocabulaire, qu'il n'était plus qu'une moitié d'homme.

— Miss Fremwell… finit-il par dire.

— Oui…

Elle le regardait d'un air vague.

— Miss Naomi… Je ne crois pas que vous ayez beaucoup fait attention à moi…

Elle se taisait. Il poursuivit :

— Moi, je vous ai remarquée… D'ailleurs, à quoi bon tourner autour du pot ? Cela fait un certain nombre de mois que nous prenons le frais tous les deux sur cette terrasse. Nous sommes de vieilles connaissances. Bien sûr, vous avez bien quinze ans de moins que moi, mais verriez-vous quelque chose de mal à ce que nous nous fiancions ?

— Je suis très touchée, Mr Lemon, dit-elle vivement, avec une exquise politesse. Mais…

— Oui, je sais… répondit-il en cherchant ses mots. C'est… à cause de ma tête, à cause de ce satané truc sur ma tête…

Elle se tourna vers son profil qu'elle voyait mal dans la pénombre.

— Comment ? Mais pas du tout, Mr Lemon ! Je ne pense pas, je ne pense pas du tout que cela entre en cause. Évidemment, je me suis posé des tas de questions à ce sujet, mais je ne crois pas que cette cicatrice représente le moins du monde un obstacle à une union. Une de mes amies, une amie que j'aime infiniment, a épousé un jour un homme avec une jambe de bois. Eh bien, elle m'a affirmé qu'au bout d'un certain temps elle avait oublié son existence.

— C'est ce sacré trou… gémit amèrement Mr Lemon.

Il sortit sa carotte de tabac, la considéra gravement comme s'il allait mordre dedans, se ravisa et la posa à côté de lui. Il serra les poings et les contempla d'un air méditatif comme s'ils étaient deux énormes rocs.

— Je pense, Miss Naomi, qu'il faut que je vous raconte l'histoire dans tous ses détails. Je vais vous dire comment cela m'est arrivé.

— Vous n'êtes pas obligé, si cela vous ennuie.

— Miss Naomi, j'ai déjà été marié. Pour ça, oui, nom de Dieu ! Et, un jour, ma femme a pris un marteau et m'a tapé sur la tête.

Miss Fremwell fit « Oh ». On pouvait croire qu'elle avait elle-même reçu le coup.

Mr Lemon brandit son poing fermé dans l'air tiède du soir.

— C'est comme j' vous dis, Mam'selle, elle m'a frappé de toutes ses forces avec ce marteau, la bougresse. Je peux vous dire que ça s'est drôlement mis à tourner autour de moi. Tout me tombait dessus. C'était comme si la maison tout entière m'était dégringolée dessus. Ce marteau m'enterrait, je dis bien, *m'enterrait* ! La douleur ? Indescriptible…

Miss Fremwell se ratatina sur elle-même. Elle ferma les yeux et se recueillit en se mordillant les lèvres.

— Pauvre Mr Lemon ! soupira-t-elle.

— Elle a agi avec un calme et une autorité ! J'étais couché sur le sofa. C'était un mardi et il pouvait être deux heures de l'après-midi. Elle s'est penchée sur moi et elle m'a dit : « Andrew, réveille-toi ! » J'ai ouvert les yeux, je l'ai regardée. Alors elle m'a frappé avec ce marteau. Bon Dieu !

— Mais pourquoi ? interrogea Miss Fremwell.

— Pour rien, pour rien du tout… Quelle femme compliquée !

— Enfin pourquoi a-t-elle fait une chose pareille ? insista Miss Fremwell.

— Je vous ai dit : pour rien.

— Avait-elle toute sa raison ?

— Je pense que oui. Oh, oui, très certainement.

— Avez-vous porté plainte ?

— Moi ? Non ! Après tout, elle ne devait pas savoir ce qu'elle faisait.

— Mais ce coup a dû vous assommer ?

Mr Lemon ne répondit pas tout de suite. Il revoyait la scène avec une précision et un luxe de détails qu'il traduisit en ces termes :

— Non. Je me souviens que je me suis levé. Je me suis levé et j'ai dit : « Qu'est-ce que tu as fait là ? » J'ai marché vers elle en titubant. Il y avait une glace. J'ai vu le trou dans ma tête. Il était profond. Le sang jaillissait. J'avais l'air d'un Indien. Elle, ma femme, était immobile. Finalement, elle a poussé trois hurlements, de plus en plus aigus, elle a jeté le marteau sur le plancher et elle est partie en courant.

— C'est à ce moment que vous vous êtes évanoui ?

— Non. Je ne me suis pas évanoui à ce moment-là. Je suis sorti dans la rue, comment, ça, je ne sais pas, j'ai dit à un passant que j'avais besoin d'un docteur. J'ai pris l'autobus, vous vous rendez compte, hein, j'ai payé ma place et j'ai dit qu'on me dépose devant un docteur. Les gens poussaient des cris… J'ai dû tomber dans les pommes et la seule chose dont je me souvienne ensuite c'est du docteur qui s'activait sur ma pauvre tête. Il avait nettoyé le trou, il était aussi propre qu'un dé à coudre tout neuf, qu'une bonde de tonneau…

Il leva le bras et toucha l'endroit. Ses doigts s'attardaient sur lui avec insistance comme la langue frôle le vide laissé par une dent qu'on vient d'arracher.

— Du beau travail ! Le docteur me regardait comme s'il s'attendait, d'un instant à l'autre, à me voir tomber raide mort.

— Combien de temps êtes-vous resté à l'hôpital ?

— Deux jours. Ensuite, cela n'a été ni mieux, ni pire. Ma femme, pendant que j'étais à l'hôpital, s'était débinée.

— Ô mon Dieu ! Quelle terrible chose, s'écria Miss Fremwell en reprenant sa respiration. Mon cœur bat comme un fouet à œufs. C'est comme si j'y avais assisté, Mr Lemon. Pourquoi, mais pourquoi a-t-elle fait cela ?

— J' vous l'ai dit. Pour rien. C'est une idée qui a dû lui passer par la cervelle.

— Mais vous vous étiez sans doute disputés ?

Le sang battit aux joues de Mr Lemon. L'endroit en question rougit comme un cratère en feu.

— Non, nous ne nous étions pas disputés. J'étais assis bien paisiblement. Après le déjeuner, j'aime m'asseoir confortablement après avoir ôté mes chaussures et dégrafé mon col de chemise.

— Aviez-vous une autre femme dans votre vie ?

— Moi ? Non. Jamais…

— Est-ce que… vous buviez ?

— Un petit coup de temps en temps, vous savez ce que c'est !

— Jouiez-vous à des jeux d'argent ?

— Pas du tout !

— Enfin, Mr Lemon, un trou pareil ! Quand même il n'a pas été fait sans raisons !

— Vous êtes toutes les mêmes, vous autres femmes ! S'il y a quelque chose d'insolite, aussitôt vous vous attendez au pire… Il n'y avait aucune raison, je vous dis. Elle avait un faible pour les marteaux, c'est tout !

— Mais qu'a-t-elle dit, juste avant de vous frapper ?

— « Andrew, réveille-toi ! », elle a dit.

— Oui, mais avant ?

— Rien. Pendant peut-être une demi-heure ou une heure. Et avant elle a parlé de sortir pour acheter je ne sais plus quoi et je lui ai répondu qu'il faisait trop chaud, que j'aimerais mieux rester allongé, que je ne me sentais pas bien. Elle n'a pas paru contente. Elle a dû se fâcher, ruminer sa colère pendant une heure, elle a été chercher ce marteau, elle est revenue et elle a perdu la boule. La chaleur devait y être pour quelque chose.

Miss Fremwell, songeuse, se rencogna dans l'ombre du treillage. Elle plissait et déplissait lentement le front.

— Depuis combien de temps étiez-vous mariés ?

— Depuis un an. Je me rappelle que nous nous sommes mariés en juillet et que c'est en juillet que je suis tombé malade.

— Malade ?

— Je n'étais pas très costaud. Je travaillais dans un garage. C'est là que j'ai attrapé ces douleurs dans le dos. Je n'ai plus pu continuer à travailler et il a fallu que je reste allongé tous les après-midis. Ellie, elle, travaillait dans une banque, à la First National Bank.

— Je vois… dit Miss Fremwell.

— Qu'est-ce que vous voyez ?

— Rien…

— Je suis un homme facile à vivre, vous savez. Je parle peu. Je suis toujours de bonne humeur. Je ne gaspille pas l'argent, je suis même plutôt économe. Même Ellie le reconnaissait. J'ai horreur des disputes. Souvent, Ellie était après moi, à me disputer, à me lancer des reproches à la figure, ils rebondissaient sur le mur de mon indifférence. Je restais tranquillement sur mon canapé. Je ne m'en faisais pas une miette. À quoi bon toujours s'agiter et parler, non ?

Miss Fremwell regarda le front de Mr Lemon éclairé par la lune. Elle remua les lèvres, mais il n'entendit pas ce qu'elle disait.

Tout à coup elle se redressa sur son siège, prit une profonde inspiration et promena tout autour d'elle des regards qui semblaient surpris de retrouver la rue et le monde de l'autre côté du treillage. Les bruits de la circulation avaient monté d'un cran et entraient à présent dans la véranda ; ils avaient été si atténués pendant un long moment…

Miss Fremwell poussa un profond soupir.

— Comme vous dites, Mr Lemon, les disputes n'arrangent jamais rien.

— Parfaitement. J'ai un excellent caractère. Je vous ai dit que…

Mais Miss Fremwell avait fermé les yeux et sa bouche avait une expression étrange. Il sentit qu'elle s'éloignait de lui et laissa sa phrase en suspens. Le vent de la nuit faisait voleter la robe légère et plaquait sur son bras ses manches de chemise.

— Il se fait tard, dit Miss Fremwell.

— Il n'est que neuf heures !

— Oui, mais je me lève tôt demain matin.

— Miss Fremwell, vous n'avez toujours pas répondu à ma question…

— Votre question… Quelle question ?

Elle cligna des yeux.

— Ah oui ! J'y suis.

Elle se leva de son siège d'osier et, dans le noir, chercha la poignée de la porte vitrée.

— Allons ! Mr Lemon, laissez-moi réfléchir, voulez-vous ?

— J'ai compris, dit-il. Ça ne vaut pas le coup de se disputer…

La porte vitrée claqua. Il l'entendit se diriger d'un pas hésitant dans le couloir obscur et chaud. Il retenait sa respiration, toutes ses pensées tournées vers le troisième œil qu'il avait sur la tête, cet œil qui ne voyait pas.

Une déception indéfinissable l'envahissait, pesait sur sa poitrine, le rongeait comme un mal d'avoir trop parlé. Il se souvint alors de la boîte en carton blanc avec son couvercle fermé qui l'attendait dans sa chambre. Et il reprit courage. Ouvrant à son tour la porte vitrée, il longea le couloir silencieux et pénétra dans sa chambre. Il glissa sur la couverture glacée d'un magazine sentimental, le *True Romance Tales*, et manqua tomber. Il alluma. Le sourire aux lèvres, fiévreusement, il ouvrit la boîte et y prit la perruque posée sur sa couche d'ouate. Devant son miroir, il suivit scrupuleusement les instructions, tirant sur un ruban, collant là, et la mit bien en place. Puis il la peigna avec soin.

Il ouvrit sa porte et alla frapper à celle de Miss Fremwell.

— Miss Naomi ? appela-t-il, très excité.

Au son de sa voix, la lumière sous la porte s'éteignit.

Il contemplait sans en croire ses yeux le trou noir de la serrure.

— Eh ! Miss Naomi ! fit-il d'une voix pressante.

Aucun effet. La chambre resta obscure. Au bout d'un moment, il essaya de manœuvrer la poignée de la porte. La poignée grinça. Il entendit Miss Fremwell soupirer, puis dire quelque chose. Mais cette fois encore ses paroles lui échappèrent. Ses petits pieds trottinèrent en direction de la porte. La lumière s'alluma.

— Oui ? demanda-t-elle à travers le battant de la porte.

— Miss Naomi ! Ouvrez, je vous en prie !

Le verrou de la serrure glissa avec un déclic. Elle entrebâilla la porte de quelques centimètres. Il ne voyait qu'un de ses yeux qui le considérait sans aménité.

— Regardez ! dit-il fièrement en ajustant sa perruque de façon à ce qu'elle dissimule admirablement et pour toujours le cratère.

Il s'imaginait se voir dans le miroir de sa commode et était tout heureux.

— Regardez ça, Miss Fremwell !

Elle ouvrit un peu plus sa porte et regarda. Puis elle la referma brusquement et tira le verrou. À travers la mince boiserie lui parvint sa voix, qui lui dit sans émotion :

— Je vois quand même le trou, Mr Lemon.

Ils avaient la peau brune et les yeux dorés

Le métal de la fusée refroidissait aux vents de la plaine. Son couvercle sauta comme un bouchon de champagne. De son intérieur hermétique sortirent un homme, une femme, puis trois enfants. Les autres passagers s'éloignèrent en devisant à travers la plaine de Mars, laissant l'homme avec sa famille un peu en arrière.

L'homme sentit ses cheveux se dresser sur sa tête, ses chairs se contracter. Il lui semblait être au milieu du vide. Sa femme, qui marchait devant, paraissait prête à s'envoler à chaque pas, telle une spirale de fumée. Ses enfants, plus légers, pouvaient, comme des graines, être à tous moments dispersés sur l'immensité martienne.

Les enfants se tournèrent vers lui. Il lut dans leurs yeux une angoisse. Ils le regardaient comme on regarde le soleil pour savoir à quelle heure de sa vie on en est. Son visage resta fermé.

— Qu'est-ce qui ne va pas ? demanda sa femme.

— Retournons à la fusée.

— Tu veux dire à la Terre ?

— Oui. Écoutez…

Le vent soufflait avec une violence telle qu'on eût dit qu'il voulait les briser. Tôt ou tard, l'air de Mars lui ôterait son âme comme on extrait la moelle d'un os cuit. Il se sentait plongé dans un acide capable de dissoudre sa personnalité et d'abolir en lui le souvenir de son passé.

Ils levèrent les yeux vers les montagnes de Mars si vieillies, si usées par l'érosion et le laminage des ans. Ils virent les antiques cités abandonnées, éparpillées telles des ossements d'enfants, sur les étendues ondulantes d'herbe rase.

— Courage ! Harry ! dit sa femme. Il est trop tard. Nous avons fait plus de soixante millions de kilomètres pour arriver ici.

Les enfants aux cheveux jaunes poussaient des cris aigus vers le ciel étranger. Mais seul leur répondait le sifflement du vent qui soufflait sur l'herbe drue.

Il prit la valise dans ses mains glacées.

— Allons-y, dit-il sur le ton d'un homme qui quitte le rivage et s'apprête à marcher dans la mer jusqu'à ce qu'il perde pied et s'engloutisse dans les flots.

Ils entrèrent dans la ville.

Ils s'appelaient Bittering. Harry Bittering, sa femme Cora, Dan, Laura et David. Ils construisirent de leurs mains un petit chalet tout blanc et y prirent d'excellents petits déjeuners en famille. Leur peur, cependant, ne les quittait pas. Elle était toujours là entre Mr et Mrs Bittering, lorsqu'ils bavardaient avant de s'endormir, comme, chaque matin, lorsqu'ils se réveillaient.

— J'ai l'impression d'être un cristal de sel roulé par les eaux d'un torrent de montagne qui l'entraîne et le dissout. Nous ne sommes pas d'ici. Nous sommes des Terriens. Ici, c'est Mars, une planète créée pour les Martiens. Je t'en prie, Cora, pour l'amour de Dieu, prenons nos billets de retour !

Mais elle se contentait de secouer la tête.

— Un de ces quatre matins, avec la bombe atomique, notre bonne vieille Terre aura son compte. Ici, nous serons sauvés.

— Sauvés, mais timbrés !

Tic-tac-teur, il est sept heures ! chantonna le réveille-matin. *L'heure de se lever !*

Ce qu'ils firent.

Chaque matin, son premier travail était de tout vérifier : la tiédeur de l'âtre, l'aspect des géraniums rouges en pot, exactement comme s'il s'attendait à ce que quelque chose clochât. Le journal arrivait, l'encre encore humide, par la fusée terrestre de 6 heures. Il déchirait la bande et le posait devant lui à la table du petit déjeuner. Il se forçait à commenter les nouvelles sur un ton joyeux.

— Nous voici revenus au bon vieux temps des colonies. D'ici dix ans, il paraît qu'il y aura sur Mars un million de Terriens ! On va construire des grandes villes, et on aura tout comme sur la Terre ! On dit aussi que nous pourrions échouer, que les Martiens seraient froissés par notre invasion. En avons-nous seulement vu, des Martiens ? Pas la queue d'un ! Nous avons vu leurs villes, mais elles étaient désertes ! C'est vrai, non ?

Une rafale de vent submergea la maison. Quand les carreaux cessèrent de vibrer, Mr Bittering avala sa salive et se tourna d'un air interrogateur vers ses enfants.

— Moi, dit David, je crois qu'il y a des Martiens autour de nous, que nous ne voyons pas. Parfois, la nuit, il me semble les entendre. J'écoute le bruit du vent, le bruit du sable qui frappe contre les carreaux et j'ai peur. Je revois ces villes accrochées aux flancs des montagnes où les Martiens vivaient il y a très longtemps. Tu sais, Papa, il me semble qu'il y a des êtres qui bougent dans ces villes. Je me demande si les Martiens savent que nous sommes là, je me demande s'ils ne vont pas nous faire du mal pour être venus chez eux…

— Tu dis des bêtises ! Nous sommes corrects, nous sommes convenables…

Mr Bittering regardait au loin par la fenêtre, puis il revint à ses enfants.

— Toutes les villes mortes sont habitées par des fantômes, je veux dire, par des souvenirs.

Il contempla de nouveau les montagnes.

— Il est normal qu'en voyant un escalier vous vous demandiez comment étaient faits les Martiens qui l'utilisaient, qu'en voyant leurs fresques, vous vous demandiez à quoi ressemblaient les peintres qui les ont faites. Vous créez vous-même un fantôme, vous donnez forme à un souvenir. Mais tout cela ne relève que de votre propre imagination. Dis-moi, tu n'aurais pas été rôder dans les ruines, par hasard ?

— Non, Papa.

David fixait la pointe de ses chaussures.

— Avise-toi de ne jamais y mettre les pieds !

Et, sur un autre ton :

— Veux-tu me passer la confiture, s'il te plaît ?

— Et pourtant, dit le petit David, quelque chose va arriver.

Cette prédiction se vérifia l'après-midi même. Laura, aveuglée par les larmes, traversa en courant la petite colonie. Elle se précipita dans le vestibule.

— Mère ! Père ! La Terre !

Et, dans un flot de paroles entrecoupées de sanglots :

— … La guerre ! Un câble radio vient d'arriver. Des bombes atomiques sur New York ! Toutes les fusées spatiales anéanties ! Plus de fusées pour Mars ! Jamais plus !

— Mon Dieu ! Harry !

La mère se raccrocha à son mari et à sa fille.

— Tu es bien sûre de ce que tu dis, Laura ? interrogea le père d'une voix calme.

— Oui, oui…

Laura pleurait à fendre l'âme.

— … Nous sommes abandonnés sur Mars ! Pour toujours, toujours !

Longtemps, seul le gémissement du vent troubla le silence de cette fin d'après-midi.

Nous sommes abandonnés, se répétait Bittering. Nous sommes à peine un millier ici, livrés à nous-mêmes, sans possibilité de retour, sans possibilité… Sans possibilité… La sueur perlait à son front, mouillait ses paumes. Son corps tout entier était baigné de sueur. Il trempait dans sa peur. Il aurait voulu battre sa fille, lui crier qu'elle n'était qu'une sale petite menteuse, que les fusées allaient revenir. Au lieu de cela, il pressait la tête de Laura contre son flanc et lui disait :

— Ma petite fille, les fusées réussiront à revenir un jour.

— Père, qu'allons-nous faire ?

— Continuer comme par le passé à cultiver des céréales, à élever nos enfants. Avoir de la patience. Maintenir les choses en état jusqu'à ce que la guerre se termine et que les fusées reviennent.

Ses deux fils sortirent sur la véranda.

— Garçons, leur dit-il, en regardant par-dessus leurs têtes, j'ai une nouvelle à vous apprendre.

— Nous savons.

Les jours suivants, Bittering resta de plus en plus au jardin pour rester en tête à tête avec sa peur. Aussi longtemps que les fusées avaient tissé leurs fils argentés à travers l'espace, il avait pu accepter Mars, car il se répétait : « Demain, si je veux, je prends mon billet et je retourne sur la Terre. »

Mais, à présent… Plus de fils argentés… Les fusées devenues des tas de ferrailles fondues, de fer laminé, gisaient, écrabouillées au sol. Les Terriens étaient livrés à Mars, à ses poussières cannelle, à ses vents lie de vin, pour être cuits au four de ses étés et conservés dans la glace de ses hivers. Qu'allait-il leur arriver, à lui et à ses compagnons ? Le moment attendu par Mars était venu. Désormais rien ne l'empêcherait de les absorber.

Il s'agenouilla dans un massif de fleurs, une petite

bêche dans ses mains fébriles. Travaille, se disait-il, travaille pour oublier…

Il leva les yeux vers les montagnes de Mars. Il pensait aux noms pleins de fierté qui leur avaient jadis été dévolus. Au cours de leur descente sur Mars, les Terriens avaient eu le loisir de contempler les montagnes, les rivières et les mers, qui n'avaient plus de nom. Jadis les Martiens avaient bâti ces villes, et ils leurs avaient donné des noms. Ils avaient gravi ces montagnes, et ils leur avaient donné des noms. Ils avaient navigué sur ces mers, et ils leur avaient donné des noms… Les montagnes s'étaient érodées, les mers asséchées, les villes effondrées. Et cependant, les Terriens se sentaient coupables en leur for intérieur de donner de nouvelles appellations à ces montagnes et à ces vallées.

Pourtant les caractérisations et les classifications sont nécessaires à l'homme. Et elles avaient reçu de nouveaux noms.

Mr Bittering éprouvait dans son jardin une pénible impression de solitude. Occupé à planter dans un sol étranger, sous un soleil martien, des plantes terrestres, il se sentait un anachronisme vivant.

« Pense… Oblige-toi à penser. Pense à n'importe quoi. Mais chasse de ton esprit la Terre, la guerre atomique et les fusées détruites. »

Il transpirait. Il regarda tout autour de lui. Personne ne l'observait. Il défit sa cravate. « Eh bien ! se dit-il. Tu ne manques pas de souffle ! Tu commences par ôter ta veste, ensuite tu ôtes ta cravate… » Il alla la suspendre soigneusement à un pêcher qu'il avait fait venir du Massachusetts.

Et il recommença à philosopher sur les noms des montagnes. Donc, les Terriens avaient changé les noms. On disait à présent la vallée Hormel, la mer Roosevelt, le mont Ford, le plateau Vanderbilt, la rivière Rockefeller. Et l'on avait tort. Les colons américains avaient montré plus de sagesse en reprenant les vieux noms indiens de la Prairie, tels que Wisconsin, Minnesota, Idaho, Ohio, Utah, Milwaukee, Waukegan, Osseo. Ces vieux noms avaient une signification.

Les yeux fixés sur les montagnes comme s'il les regardait pour la première fois, il se demandait : « Martiens, vous seriez-vous réfugiés là ? Êtes-vous vraiment tous morts ? Qu'attendez-vous ? Nous voici, abandonnés à nous-mêmes, coupés de notre base… Qu'attendez-vous pour descendre de vos montagnes et nous chasser ? Je vous dis que nous sommes sans défense… »

Un coup de vent fit tomber une pluie de fleurs de pêcher. Il tendit sa main bronzée et poussa un léger cri. Il ramassa les fleurs, les toucha, les tourna et les retourna dans tous les sens puis il appela sa femme :

— Cora !

Elle apparut à une fenêtre. Il courut vers la maison.

— Cora ! Regarde les fleurs !

Elle les prit dans ses mains.

— Est-ce que tu remarques le changement ? Elles sont différentes. Ce ne sont plus tout à fait des fleurs de pêchers…

— Elles m'ont l'air tout à fait normales.

— Elles ne sont *pas vraies*. Je ne peux pas te dire en quoi exactement. Peut-être est-ce un pétale de plus, peut-être est-ce la couleur, le parfum ?

Les enfants arrivèrent juste au moment où leur père s'affairait à déterrer tous les radis, les oignons et les carottes.

— Cora ! Viens voir !

Ils se tendaient mutuellement les oignons, les radis et les carottes.

— D'après toi, est-ce qu'elles ont tout à fait l'air de carottes ?

— Oui… Non… Je ne sais pas.

— Elles sont différentes.

— Peut-être…

— Tu sais bien que si ! Ce sont des oignons qui ne sont pas tout à fait des oignons, des carottes qui ne sont pas tout à fait des carottes. Leur goût est le même mais pas exactement. L'odeur n'est pas tout à fait leur odeur habituelle.

Son cœur se mit à battre très vite, il avait soudain très peur. Il plongea les doigts dans la terre meuble.

— Cora ! Mais qu'est-ce qui se passe ? Il ne faut plus y toucher, tu m'entends ?

Il se mit à courir à travers le jardin en touchant chaque arbre au passage.

— Les roses ! Mais regarde donc les roses ! Elles deviennent vertes !

Et ils observèrent le changement de coloris des roses.

Deux jours après, Dan arriva au pas de course.

— Venez tous voir la vache ! J'étais en train de la traire et tout d'un coup…

Ils se réunirent dans l'étable devant leur unique vache.

Une troisième corne lui poussait au front.

Puis ce fut la pelouse devant la maison qui insensiblement vira au violet. Les graines ne donnaient plus naissance à des pousses vertes, mais d'un beau pourpre violacé.

— Il ne faut plus y toucher, dit Bittering. Si nous mangeons de ces trucs-là, nous nous transformerons à notre tour et qui sait jusqu'où cela nous conduira ? Je ne le permettrai pas. Il n'y a qu'une chose à faire : brûler cette nourriture.

— Mais elle n'est pas empoisonnée !

— Si, mais de façon subtile. Un tout petit peu seulement. J'interdis qu'on y touche.

Il regarda leur maison d'un air dégoûté.

— Même le chalet a changé. Le vent a attaqué ce chalet. L'air l'a brûlé. Le brouillard, la nuit, l'ont détérioré. Les planches se sont gondolées. Ce n'est plus tout à fait une maison de Terriens.

— Quelle imagination tu as !

Il enfila son veston et remit sa cravate.

— Je sors. Il faut agir et sans tarder. Je reviens tout de suite.

— Harry ! Attends une seconde ! cria sa femme.

Mais il était déjà parti.

Sur les marches du magasin d'alimentation générale, les hommes étaient assis à l'ombre, les mains sur les genoux, bavardant avec un plaisir manifeste.

Mr Bittering aurait voulu tirer un coup de pistolet en l'air pour les sortir de leur indifférence.

« Mais qu'est-ce que vous faites-là, bougres d'idiots, se disait-il, à rester assis à ne rien faire. Vous avez pourtant entendu les nouvelles. Nous sommes échoués sur cette planète hostile. Allons remuez-vous ! Ne ressentez-vous aucune peur, aucune inquiétude ? Vous avez bien un plan, non ? »

— Salut, Harry ! dit quelqu'un.

— Dites-moi, vous avez bien entendu les nouvelles, l'autre jour ?

Ils opinèrent de la tête et se mirent à rire.

— Bien sûr, Harry.

— Alors ? Qu'est-ce que vous faites ?

— Mais, Harry, qu'est-ce que nous *pouvons* faire ?

— Vous pouvez construire une fusée, parbleu !

— Une fusée ? Pour retourner vers tous ces ennuis ? Oh, tu n'y penses pas, Harry !

— Mais il *faut* nous apprêter à repartir. Avez-vous remarqué le changement dans les fleurs de pêchers, dans les oignons, dans l'herbe ?

— Oui, il me semble que oui, Harry, dit l'un.

— Et vous n'avez pas peur ?

— On ne peut pas dire que cela nous dérange beaucoup, Harry.

— Imbéciles !

— Mais, Harry !

Bittering avait soudain envie de pleurer.

— Écoutez ! Il faut absolument que vous m'aidiez. Si nous restons ici, nous changerons tous. L'air… Vous ne sentez pas l'air ? Vous ne trouvez pas qu'il a une odeur bizarre ? Un virus martien, sans doute. Une graine ou un pollen. Écoutez-moi !

Ils le regardaient, éberlués.

— Sam ! dit-il en s'adressant à l'un d'eux.

— Oui, Harry ?

— Veux-tu m'aider à construire une fusée ?

— Écoute, Harry. J'ai tout un stock de métal et des plans. Si tu veux travailler chez moi, tu n'as qu'à venir. Je te vends le métal cinq cents dollars. Tu as de quoi te construire une jolie fusée qui marchera à la perfection. Mais si tu y travailles tout seul, il te faudra environ trente ans pour la terminer.

Tous s'esclaffèrent.

— Assez !

Sam, nullement fâché, leva sur lui des yeux pétillants de malice.

— Sam ! Tes yeux…

— Qu'est-ce qu'ils ont, mes yeux ? Harry ?

— N'étaient-ils pas gris ordinairement ?

— Tu sais, pour savoir exactement…

— Mais si ! Ils étaient gris, n'est-ce pas ?

— Et après ? Pourquoi me poses-tu cette question, Harry ?

— Parce qu'à présent ils sont jaunâtres.

— Tiens, c'est curieux, dit Sam sans s'émouvoir outre mesure.

— Et tu as aussi grandi et minci.

— Ça se pourrait, Harry.

— Sam ! Tu ne devrais pas avoir les yeux jaunes !

— Et toi, Harry ! Quelle est la couleur de tes yeux ?

— Moi ! Ils sont bleus, bien sûr.

— Eh bien, regarde, Harry !

Sam lui tendait un miroir de poche.

— Constate par toi-même !

Après une brève hésitation, M. Bittering leva le miroir à la hauteur de son visage.

De minuscules paillettes d'or émaillaient le bleu de ses prunelles.

— Regarde ton œuvre, dit Sam, quelques instants plus tard. Tu as brisé mon miroir !

Harry Bittering entra dans l'atelier de serrurerie et se mit en devoir de construire sa fusée. Devant la porte grande ouverte, les hommes devisaient et plaisantaient sans toutefois oser élever la voix pour ne pas le déranger dans son travail. De temps à autre ils lui donnaient la main pour soulever quelque pièce trop lourde. Mais la plupart du temps, ils se contentaient paresseusement de le regarder faire de leurs yeux dont la couleur jaune se précisait de plus en plus.

— C'est l'heure de ton déjeuner, Harry ! lui dirent-ils.

Sa femme venait d'apparaître avec son repas dans un panier.

— Je n'y toucherai pas, dit-il. Je ne veux que des aliments congelés de notre réfrigérateur, des aliments venus de la Terre, et rien qui ait poussé dans notre jardin.

Sa femme resta un moment à l'observer.

— Tu n'y arriveras pas !

— J'ai travaillé chez un serrurier quand j'avais vingt ans. Je m'y connais. Il suffit que je commence et les autres viendront m'aider, lui répondit-il sans tourner la tête, tout à ses plans.

— Harry ! Ô Harry ! dit-elle d'une voix plaintive.

— Comprends-moi, Cora ! Il faut que nous partions d'ici, il le *faut*, tu m'entends ?

Toutes les nuits le vent ne cessait de souffler sur les étendues marines qu'aucun clair de lune ne baignait jamais, au-delà des cités blanches disposées depuis douze mille ans comme des pions sur un gigantesque échiquier. Dans la petite colonie des Terriens, le chalet des Bittering était secoué de façon étrange.

Mr Bittering avait le sentiment que ses os changeaient de place, changeaient de forme, devenaient de l'or fondu. Sa femme, couchée à côté de lui, était bronzée par tous ces après-midis de soleil. Elle avait les yeux dorés et la peau très brune, presque marron. Elle dormait, comme les enfants à la peau couleur de métal dormaient dans leurs petits lits, et l'on entendait le vent hurler désespérément, poursuivant son œuvre destructrice sur les vieux pêchers, l'herbe violette et les roses dont il faisait tomber les verts pétales.

Jamais il ne pourrait se libérer de sa peur. Elle lui serrait la gorge, elle lui broyait le cœur. Elle mouillait son bras, sa tempe, sa paume tremblante.

À l'est une étoile verte se leva.

Un mot aux consonances étranges monta aux lèvres de Mr Bittering.

— *Iorrt ! Iorrt !*

C'était un mot martien. Or, il ne connaissait pas de Martien.

Au milieu de la nuit, il sauta du lit et fit le numéro de téléphone de Simpson, l'archéologue.

— Simpson ! Que signifie le mot *Iorrt* ?

— C'est l'ancien mot martien pour désigner notre planète, la Terre. Pourquoi cette question ?

— Pour rien.

L'appareil lui échappa des mains.

— Hé ! demanda-t-il en contemplant intensément l'étoile verte au firmament, hé ! Bittering ! Harry ! Es-tu là ?

Ses journées retentissaient du fracas du métal qu'il travaillait. Ce jour-là il ajusta la carcasse de la fusée, aidé sans grand enthousiasme par trois de ses camarades. Au bout d'une heure il se sentit soudain très las et il lui fallut s'asseoir.

— C'est l'altitude, ricana l'un de ses assistants.

— Te nourris-tu suffisamment, Harry ? demanda l'autre.

— Évidemment, répliqua-t-il, furieux.

— Toujours avec les provisions de ton réfrigérateur ?

— Oui…

— Tu as minci, Harry.

— Et on dirait que tu grandis.

— Tu mens !

Quelques jours plus tard, sa femme le prit à part et lui dit :

— Harry, j'ai fini tous les aliments congelés. Le réfrigérateur est vide. Il faut pour mes sandwichs que je prenne ce qui pousse sur Mars.

Il s'assit, accablé.

— … Harry, il faut que tu manges ! Vois, tu n'as pas de forces !

— C'est vrai.

Il prit un sandwich qu'elle lui tendait et se mit à le grignoter sans entrain.

— Donne-toi congé pour l'après-midi. Il fait très chaud. Les enfants voudraient aller se promener et se baigner dans les canaux.

— Je n'ai pas de temps à perdre. Nous arrivons à un moment critique.

— Une heure seulement ! Je t'assure qu'un bain te fera du bien.

Il se leva. Il était en sueur.

— Bon, bon, je viens. Laisse-moi !

— Le plus grand bien, Harry !

Le soleil était brûlant, la journée sans un souffle de vent, la campagne une véritable fournaise. Ils longeaient la rive du canal, le père, la mère et les enfants, tous en maillots de bain. Les enfants jouaient à se poursuivre. Ils s'arrêtèrent et mangèrent des sandwichs au jambon. Il remarqua que leur carnation était de plus en plus foncée et fut frappé par la couleur jaune des yeux de sa femme et de ses enfants. Il fut pris de tremblements, mais sous les ondes de chaleur qui l'envahirent lorsqu'il s'étendit au soleil, ceux-ci ne tardèrent pas à cesser.

Il se sentait trop fatigué pour avoir peur.

— Cora, depuis quand tes yeux sont-ils jaunes ?

— Depuis toujours, je pense.

— Ils n'ont pas éclairci ces derniers mois ?

Elle réfléchit en se mordant les lèvres.

— Non. Pourquoi me demandes-tu cela ?

— Pour rien…

Ils s'étaient assis.

— Les yeux des enfants… Ils sont jaunes, eux aussi !

— Quelquefois, en grandissant, les enfants ont la couleur de leurs yeux qui changent.

— Alors nous sommes peut-être des enfants. Du moins au regard de Mars. C'est une idée à creuser…

Il se mit à rire.

— Je crois que je vais me baigner.

Ils plongèrent dans l'eau du canal.

Il se laissa couler à pic, tel une statue d'or et se coucha sur le fond dans le silence vert de l'eau. Autour de lui, tout n'était que calme et profondeur, tout n'était que paix. Lentement, il dérivait au fil du courant…

« Si je demeure suffisamment longtemps, se disait-il, l'eau attaquera, rongera petit à petit ma chair jusqu'à ce que mes os ressemblent à des coraux. Il ne restera de moi que mon squelette. Alors, à partir de ce squelette l'eau recréera des formes nouvelles, des formes vertes, des formes que l'on ne trouve que dans les grands fonds, des formes rouges, des formes jaunes… Une transformation s'opérera, une transformation lente, totale, silencieuse. N'est-ce pas d'ailleurs ce qui est en train de se passer ici ? »

Il voyait le ciel par transparence au-dessus de sa tête et le soleil que l'atmosphère, le temps et l'espace rendaient martien.

« Au-dessus de moi, se disait-il, coule un grand fleuve, un fleuve martien et nous sommes tous couchés dans son lit, dans nos maisons de galets, dans nos maisons englouties, cachés dans nos repaires tels des écrevisses, et son eau dissout nos corps, délite nos os si bien que… »

D'un coup de rein, il remonta à la surface et traversa la lumière glauque.

Dan, assis sur le bord du canal, regardait son père, le visage grave.

— *Utha*, dit-il.

— Quoi ?

Le garçon expliqua en souriant :

— Tu sais bien que Utha est le terme martien pour dire « père ».

— Où as-tu appris cela ?

— Je l'ignore. Quelque part, sans doute. *Utha !*

— Qu'est-ce que tu me veux ?

— Je voudrais changer de prénom.

— Changer ton prénom ?

— Oui.

Sa mère s'approcha à la nage.

— Ton prénom ne te plaît plus ?

Dan s'agita.

— L'autre jour, tu criais à tous les échos, Dan, Dan, Dan… Je ne t'écoutais même pas. Je me disais : ce n'est pas ainsi que je m'appelle, j'ai un nouveau nom dont j'entends qu'on se serve.

Mr Bittering, accroché au rebord du canal, sentit le froid l'envahir. Son cœur battait à grands coups espacés.

— Et quel est ce nouveau nom ?

— *Linnl.* N'est-ce pas beau ? Est-ce que je peux être appelé comme ça, dis-moi, tu n'y vois pas d'inconvénient ?

Mr Bittering porta la main à son front. Il pensait à cette fusée rudimentaire, à son labeur solitaire, à sa solitude jusqu'au sein même de sa propre famille, à sa terrible solitude.

Il entendit sa femme demander :

— Pourquoi pas, en effet ?

Il s'entendit répondre :

— Mais oui bien sûr, si tu y tiens.

— Hourrah, s'écria le petit garçon. Ça y est ! Je m'appelle Linnl ! Je m'appelle Linnl !

Et il dévala le pré en sautant comme un cabri et en poussant des cris de joie.

Mr Bittering se tourna vers sa femme.

— Qu'est-ce qui nous a pris ?

— Je ne sais pas... Cela me semblait une bonne idée...

Ils se dirigèrent à pas lents vers les montagnes. Ils gravirent paresseusement les chemins pavés de mosaïque qui côtoyaient des sources qui ne tarissaient jamais. Un filet d'eau glacée courait tout l'été sur ces anciens chemins si bien que vous avanciez en pataugeant dans un ruisseau peu profond et que, pendant les heures de grande chaleur, vos pieds nus s'en trouvaient délicieusement rafraîchis.

Ils parvinrent à une petite maison de campagne martienne d'où l'on avait une jolie vue sur la vallée. Elle était située au sommet d'une montagne. Vestibules en marbre bleu, fresques de nobles proportions, piscine, l'agrémentaient. Par cette canicule, elle donnait une agréable impression de fraîcheur. Les Martiens n'avaient jamais cru aux grandes agglomérations.

— Quel charmant endroit ! s'écria Mrs Bittering. Nous devrions déménager et venir passer l'été dans cette villa.

— Allons ! Viens ! dit-il. Il faut retourner. Il y a encore beaucoup à faire sur cette fusée.

Mais tout en travaillant cette nuit-là, la fraîche villa de marbre bleu l'obsédait. Au fur et à mesure que s'écoulaient les heures, la fusée diminuait d'importance à ses yeux.

Au fil des jours et des semaines qui suivirent, elle passa à l'arrière-plan de ses préoccupations. La fièvre du début était tombée. Quand il se rendait compte qu'il n'avait pas su la maintenir, la peur le reprenait. Mais la chaleur, l'air, les conditions dans lesquelles il travaillait, lui paraissaient d'excellentes excuses à son manque d'entrain.

Il entendit qu'on chuchotait à la porte de l'atelier :

— Tout le monde y part. Tu entends ?

— Ils y vont tous, c'est exact.

Bittering sortit dans la rue.

— Qui va où ?

Deux camions identiques, chargés d'enfants et de mobilier, passèrent en soulevant un nuage de poussière.

— Dans les villas ! répondit celui qui avait engagé la conversation.

— Tu sais, Harry ! J'y vais ! Et Sam aussi, n'est-ce pas, Sam ?

— Oui, Harry. Et toi, qu'est-ce que tu fais ?

— Moi, j'ai du travail.

— Du travail ! Tu termineras ta fusée cet automne, quand il fera moins chaud.

Il respira profondément.

— J'ai toute ma charpente à assembler.

— À l'automne, ça ira mieux.

— Mais mon travail…

— Cet automne… répliquaient-ils sur un ton qui, à cause de la chaleur, manquait de conviction.

Après tout, ils le comprenaient, ils ne le décourageaient pas. Ne tenaient-ils pas le langage de la raison ?

— Cet automne, ça ira tout seul, se dit-il. J'aurai tout mon temps à ce moment-là.

« Non ! criait une voix tout au fond de lui-même, une voix qu'il se refusait à écouter, qu'il faisait taire, qu'il étouffait et qui répétait, en mourant : non, non, non ! »

— Cet automne…

— Viens avec nous, Harry ! s'écrièrent-ils en chœur.

— Oui, je viens.

Il lui semblait que sa chair fondait, tant l'air était brûlant.

— Oui. À l'automne, je me remettrai au travail.

— J'ai ma villa près du Canal Tirra, dit quelqu'un.

— Tu veux dire près du Canal Roosevelt ?

— Non, Tirra. C'est l'ancien nom martien.

— Mais, sur la carte…

— Laisse la carte tranquille. Maintenant, c'est Tirra qu'il s'appelle. J'ai découvert un endroit sur les monts Pillan qui…

— Tu veux parler de la chaîne Roosevelt ? intervint à nouveau Bittering.

— Je parle des monts Pillan, dit Sam d'un ton sans réplique.

— Bon, admit Bittering, à moitié suffoqué par les tourbillons d'air chaud. Va pour les monts Pillan !…

Le lendemain après-midi, alors qu'il faisait encore plus chaud que de coutume, tout le monde mit la main au chargement du camion. Laura, Dan et David apportaient des paquets, ou, comme ils préféraient qu'on les nommât, Ttil, Linnl et Werr apportaient des paquets.

On décida de laisser en place le mobilier du petit chalet blanc.

— Il va bien pour Boston, dit la mère. Et, à la rigueur, ici, dans ce chalet. Mais dans notre villa de montagne, pas du tout. Nous le retrouverons cet automne, au retour.

Même Bittering avait l'esprit en paix.

— J'ai des idées pour meubler la villa, dit-il au bout d'un moment. Il ne faudrait que peu de meubles, mais de gros meubles, cossus.

— Et ton encyclopédie ? Tu l'emportes, naturellement ?

Mr Bittering répondit, le regard lointain :

— Je reviendrai la chercher la semaine prochaine.

Ils se tournèrent vers leur fille.

— Tu ne prends pas tes robes de New York ?

Troublée, la petite fille leva les yeux.

— Pourquoi ? Je ne veux plus les mettre.

Ils coupèrent le gaz, l'eau, fermèrent leur porte à clef et s'en allèrent. Le père jeta un coup d'œil à l'intérieur du camion.

— Diable, mais nous n'avons guère de bagages ! En comparaison avec ce que nous avons emporté sur Mars, ce n'est presque rien.

Il mit le moteur en marche. Son regard s'attarda un long moment sur le petit chalet blanc et une envie soudaine le prit de courir vers lui, de le toucher, de lui faire ses adieux. Il savait obscurément qu'il partait pour un long voyage en laissant derrière lui quelque chose qu'il ne retrouverait pas tout à fait, qu'il ne comprendrait jamais plus.

C'est alors que Sam et les siens le dépassèrent.

— Hello ! Bittering. Nous partons !

Le camion suivit cahin-caha l'ancien chemin qui menait hors de la ville. Six autres camions avaient pris la même direction. Leur passage recouvrait la ville d'un linceul de poussière. L'eau du canal était bleue, le soleil brillait et un vent léger agitait les branches des arbres.

— Adieu, ville ! s'écria Mr Bittering.

— Adieu ! Adieu ! s'écria la famille en agitant la main. Ils ne jetèrent plus un seul regard en arrière.

L'été fut si chaud qu'il asséchait les canaux. L'été dansait comme une flamme sur la plaine. Dans la petite colonie des Terriens, à présent vidée de la totalité de ses habitants, la peinture des maisons s'écaillait, pelait sous l'effet de la chaleur intense. Les pneus de caoutchouc qui avaient servi à confectionner dans les cours des balançoires pour les enfants pendaient, tels des pendules, dans l'air embrasé.

À l'intérieur de l'atelier, la charpente métallique de la fusée commença à rouiller.

L'automne était déjà très avancé. Mr Bittering, la peau à présent très foncée, les yeux dorés, contemplait la vallée, du haut de la petite crête qui dominait sa villa.

— C'est le moment de repartir, dit Cora.

— Oui. Mais nous ne repartons pas, dit-il très tranquillement. Nous n'avons plus rien là-bas.

Elle lui rappela ses livres, ses costumes :

— Tes *Illes*, dit-elle. Tes *ior uele rre*…

— La ville est déserte. Personne n'y retourne. Je ne vois d'ailleurs aucune raison, absolument aucune raison d'y retourner.

La petite fille tissait, les garçons jouaient des mélodies sur d'anciennes flûtes et d'anciens pipeaux. Leurs rires résonnaient dans la villa aux murs de marbre.

Mr Bittering considérait la petite colonie créée par les gens de la Terre…

— Ils ne savent pas en construire d'autres, dit sa femme d'un air détaché. Qu'ils sont laids, ces gens ! Moi, je suis heureuse qu'ils soient repartis !

Tous deux se regardèrent, stupéfaits par les paroles qu'ils venaient de prononcer. Ils se mirent à rire.

— Et où sont-ils partis ?

Il se posait la question autant à lui-même qu'à sa femme. Il lui jeta un coup d'œil. Elle était dorée et aussi mince que sa propre fille. Elle le regarda. Il paraissait presque aussi jeune que leur fils aîné.

— Je ne sais pas, dit-elle.

— Nous retournerons en ville l'année prochaine ou dans deux ans ou dans trois, dit-il négligemment. J'ai chaud. Si nous allions nous baigner ?

Ils tournèrent le dos à la vallée et, bras dessus bras dessous, sans se parler, empruntèrent le chemin recouvert d'un filet d'eau fraîche, constamment renouvelé, qui menait vers un canal.

Cinq ans plus tard, une fusée tomba du ciel. Elle se posa, toute fumante, dans la vallée. Des hommes en bondirent en criant :

— Nous avons gagné la guerre ! Nous sommes venus vous délivrer ! Ohé ! Où êtes-vous ?

Mais la petite colonie américaine aux chalets de bois, aux pêchers et aux salles de réunions, resta silencieuse.

Ils découvrirent une minable charpente de fusée qui se rouillait dans un coin.

Alors les hommes venus de la Terre se mirent à battre la campagne d'alentour. Le capitaine avait établi son quartier général dans un bar abandonné. Son lieutenant se présenta au rapport.

— Mon capitaine, la ville est entièrement vide, mais nous avons trouvé des autochtones dans les montagnes. Ils ont la peau sombre et les yeux jaunes. Ces Martiens nous ont paru très amicaux. Nous avons pu leur parler. Pas beaucoup. Mais ils apprennent facilement l'anglais. Je suis sûr que nous pourrons entretenir avec eux d'excellentes relations.

— La peau sombre ? répéta le capitaine d'un ton rêveur. Et combien sont-ils ?

— Six à huit cents, peut-être. Ils habitent dans des ruines de marbre. Ils sont grands, l'air bien portant. Leurs femmes sont splendides.

— Vous ont-ils dit ce qu'étaient devenus les hommes et les femmes qui avaient établi ici une colonie terrestre, lieutenant ?

— Ils n'ont pas la moindre idée de ce qui est arrivé à cette ville et à ces gens-là.

— Voilà qui est plutôt curieux ! À votre avis, lieutenant, ces Martiens les auraient-ils massacrés ?

— Ils ont l'air extrêmement pacifiques. Il se peut, mon capitaine, qu'une épidémie ait ravagé cette ville…

— Possible. Je présume que nous nous trouvons devant un de ces mystères à jamais insolubles, un de ces mystères comme on en voit dans les livres.

Le capitaine promena son regard tout autour de la pièce, sur les vitres grises de poussière, sur les montagnes bleutées qu'on voyait se profiler sur le ciel, sur les canaux miroitant sous la lumière crue. Il écouta le murmure de la brise et frissonna. Puis, s'étant repris, il tapota une grande carte vierge de noms qu'il avait punaisée sur la grande table.

— Eh bien, lieutenant, nous avons du travail sur les bras !

D'une voix monotone, il dicta ses ordres tandis que le soleil déclinait derrière les crêtes bleues.

— Fonder de nouvelles colonies. Repérer les gisements miniers… Recenser les richesses naturelles… Prendre des échantillons de la flore microbienne… Un travail gigantesque ! Pratiquement tout est à faire. Les vieux rapports sont perdus. Dresser la carte du pays, redonner un nom aux montagnes, aux rivières, etc… Tout cela nécessite de l'imagination… Que diriez-vous de baptiser ces montagnes du nom de Lincoln, d'appeler ce canal, canal Washington ? À ces collines, nous pourrions donner votre nom, lieutenant ? Simple question de tact. Et vous, en revanche, vous pourriez donner mon nom à une ville, pour me rendre la politesse ? Enfin, pourquoi ne pas appeler cet endroit le val Einstein et… Vous *m'écoutez*, lieutenant ?

Le lieutenant, le regard perdu très loin, vers les montagnes bleutées qu'enveloppait un léger brouillard, revint brusquement à la réalité.

— Comment ? Oh, mais *certainement*, mon capitaine !

Le sourire

À cinq heures du matin, à l'heure où les coqs chantent dans la campagne voisine et où les feux ne sont pas encore allumés, la queue sur la grand-place était déjà formée. Des lambeaux de brume s'accrochaient aux pans d'immeubles en ruine, mais, à présent, dans la lumière toute neuve de 7 heures du matin, elle avait tendance à se disperser. Tout au long de la rue, par groupes de deux ou de trois, des gens se rassemblaient pour le grand jour, le jour de « l'exposition », le jour de la fête.

Le petit garçon était juste derrière deux hommes qui devisaient à voix haute dans l'air cristallin et leurs voix, par ce froid, paraissaient deux fois plus fortes. Il sautillait d'un pied sur l'autre et soufflait sur ses mains rouges en forme de conques. Il leva les yeux sur les deux hommes vêtus de toile à sac maculée, puis suivit du regard la longue rangée d'hommes et de femmes qui le précédaient.

— Dis-moi, petit ! Que fais-tu dehors à cette heure-ci ? demanda celui qui était juste derrière lui.

— Je prends mon tour dans la queue.

— Pourquoi ne vas-tu pas te dégourdir les jambes en

laissant ta place à quelqu'un qui te vouerait une éternelle reconnaissance ?

— Laisse ce garçon tranquille, dit l'homme qui était devant lui, en se retournant brusquement.

— C'était histoire de plaisanter…

L'homme qui était derrière lui posa sa main sur la tête de l'enfant. L'enfant, d'un mouvement d'épaule, s'en débarrassa.

— Je trouvais seulement bizarre qu'un enfant de cet âge soit levé si tôt.

— Ce petit garçon est un grand amateur de tableaux, mets-toi ça dans la tête, dit le défenseur du petit garçon, un certain Grigsby. Comment t'appelles-tu, petit ?

— Tom.

— Eh bien, Tom ! Tu vas cracher tout à l'heure bien gentiment, hein ?

— Oh, oui !

Toute la file de gens se mit à rire.

Un homme, en tête, vendait du café chaud dans des tasses ébréchées. Tom leva les yeux et contempla le petit fourneau et le breuvage qui bouillait dans une casserole rouillée. Ce n'était pas du vrai café. C'était fait avec des baies qu'on trouvait dans les basses terres et on vendait ça un penny la tasse pour leur réchauffer les boyaux. Il y avait peu d'amateurs car il se trouvait là peu de gens assez fortunés pour se l'offrir.

Tom regardait fixement devant lui le début de la queue, par delà un mur de pierre soufflé par une bombe.

— On dit qu'elle sourit… dit le petit garçon.

— Pour sûr ! dit Grigsby.

— On dit qu'elle est peinte sur une toile.

— Oui. C'est d'ailleurs ce qui me fait penser qu'il ne s'agit pas de l'original. L'original, à ce qu'il me semble, est une peinture sur bois datant d'il y a très longtemps.

— On dit qu'elle a quatre siècles.

— Plus, crois-moi. Personne ne sait en quelle année nous sommes pour pouvoir avancer une date précise.

— Nous sommes en 2061 !

— Oui, c'est ce qu'on dit, petit. Mais ce sont tous des menteurs. Nous pouvons être aussi bien en l'an 3000 qu'en l'an 5000. Pendant un bon bout de temps, nous avons subi de tels bouleversements… On peut dire que nous sommes dans un drôle de pastis !

Ils avançaient à tout petits pas en traînant leurs pieds sur les dalles froides de la rue.

— Combien de temps encore avant de la voir ? interrogea Tom timidement.

— Encore quelques minutes de patience… Ils l'ont entourée d'une corde de velours tendue entre quatre piquets en cuivre. C'est une barrière de pure fantaisie qui est censée empêcher les gens d'approcher. Tom, mets-toi bien une chose dans la cervelle : pas de pierres ! Ils interdisent qu'on lui lance des pierres.

— Oui, monsieur.

Au fur et à mesure que le soleil montait dans les cieux, les hommes, du fait de la chaleur croissante, se dépouillaient de leurs haillons et de leurs bonnets crasseux.

— Pourquoi faisons-nous la queue ? finit par demander Tom. Pourquoi sommes-nous tous ici pour cracher sur elle ?

Grigsby ne détourna pas la tête. Il semblait apprécier la hauteur du soleil.

— Tom, il y a un tas de raisons !

Il tâtonna d'un air absent à la recherche d'une poche depuis longtemps disparue, d'une cigarette qui n'existait pas. — Tom avait vu ce geste un million de fois — et poursuivit :

— C'est une espèce de haine, Tom. Une haine pour tout ce qui se rapporte au Passé. Rends-toi compte, Tom ! Comment nous sommes-nous mis dans un pétrin pareil, je te le demande ! Nos villes sont en ruines, nos routes, crevassées par les bombes et impraticables, la moitié de nos champs de blé brillent la nuit par suite de leur radioactivité. Tout est dans un bordel inimaginable, non ?

— Si, monsieur.

— Voilà la raison, Tom. La nature humaine est ainsi faite, que nous haïssons tout ce qui a trait à ce qui est démoli et détruit. C'est incroyable, me diras-tu, mais c'est comme cela.

— En ce cas, il n'y a guère de gens ou de choses que nous ne haïssions, dit Tom.

— Fort juste. En particulier tous ces sacrés zigotos qui menaient le monde autrefois ! C'est à cause d'eux qu'aujourd'hui nous pelons de froid, nous vivons dans des caves, nous n'avons ni de quoi fumer, ni de quoi boire, nous n'avons rien, sinon nos fêtes, tu m'entends, Tom, nos fêtes…

Et Tom se reporta à quelques années en arrière au temps des premières fêtes. L'année par exemple où ils avaient déchiré tous les livres et les avaient brûlés en place publique et où tout le monde s'était saoulé la gueule. Et la fête de la science, il y a un mois à peine, quand on avait amené la dernière automobile qui restait, tiré une tombola et celui qui avait le numéro gagnant était autorisé à donner un grand coup de marteau sur la carrosserie.

— Ah pour un *souvenir*, Tom, *c'est* un souvenir ! Il fallait que je frappe sur le pare-brise, le pare-brise, tu me suis ? Bon Dieu, quel bruit merveilleux il a fait en se brisant. *Crac !*

Tom imagina le crépitement du verre qui vole en éclats.

— Et Bill Henderson ? C'était à lui de défoncer le moteur. On peut dire qu'il s'en est drôlement bien tiré. Quel coup d'envoi, Seigneur ! Mais le plus beau, poursuivit Grigsby, désormais intarrissable, ça a été quand on a mis en miettes l'usine qui s'entêtait à continuer à produire des avions ! Ce que cela nous a semblé bon de la faire sauter ! Ensuite nous sommes tombés sur le matériel d'imprimerie et le dépôt de munitions et nous avons eu la chance de les faire exploser tous les deux du même coup ! Tu me suis, Tom ?

Tom, un peu embarrassé, répondit :

— Oui, je crois.

Il était midi passé. La puanteur de la ville détruite augmentait du fait de la chaleur. Des êtres asexués rampaient le long des immeubles écroulés.

— Est-ce que cela reviendra jamais, monsieur ?

— Quoi ? Tu veux dire, la civilisation ? Personne n'en veut plus. Pas moi en tout cas !

— Pourtant, tout n'était pas si mal, dit quelqu'un dans la queue.

— Ne vous cassez pas la tête ! cria Grigsby. De toute façon, il n'en est plus question.

— Oh ! fit l'homme dans la queue juste derrière. Il se trouvera bien quelqu'un, un jour, pour tout rafistoler, qui aura de l'imagination et, souvenez-vous de mes paroles : du cœur.

— Non, dit Grigsby.

— Je vous dis que si. Et qui aimera les belles choses ! Et qui nous restituera une civilisation simplifiée où nous vivrons en paix !

— La première chose qui arrivera, ce sera la guerre !

— Peut-être pas cette fois-ci.

Enfin, ils parvinrent à la grand-place. Un homme à cheval, venant apparemment de fort loin, entra dans la ville. Il tenait un papier à la main. Au milieu de la place, exposé à tous les regards, il y avait l'espace délimité par des cordes. Tom, Grigsby et les autres faisaient des provisions de salive, tout en avançant lentement, poussés par ceux qui les suivaient. Fin prêts, ils écarquillaient les yeux. Le cœur de Tom battait à coups précipités dans sa poitrine et la terre lui brûlait la plante des pieds.

— C'est à nous, Tom ! Courons !

Quatre policiers se tenaient à chaque coin du carré délimité par des cordes, quatre hommes qui portaient au poignet un cordonnet jaune, signe de leur suprématie sur leurs concitoyens. Ils étaient là pour empêcher qu'on lance des pierres.

— Comme ça, dit Grigsby au dernier moment, chacun a l'impression qu'il a sa chance. À toi, Tom !

Tom s'arrêta devant le tableau et le contempla longuement.

— Qu'est-ce que tu attends ? Tom, crache donc !

Mais la bouche du garçon était sèche.

— Allons ! Tom ! Avance !

— Mais, dit Tom lentement, elle est *belle* !

— Tiens ! Je crache pour toi !

Grigsby cracha et le jet de salive vola dans la lumière dorée du jour. La jeune femme du tableau souriait à Tom et son sourire était serein, mystérieux. Tom se détourna pour la regarder encore une fois, le cœur battant, les oreilles bourdonnantes.

— Elle est belle, répéta-t-il.

— Avance, je te dis, sinon la police…

Soudain il se fit un grand silence. Il y a encore un instant ils tançaient Tom parce qu'il n'avançait pas, à présent ils regardaient l'homme à cheval.

— Comment la nomme-t-on, monsieur ? s'informa Tom sans se laisser distraire.

— Le tableau ? La Joconde, Tom, je pense. Oui, c'est bien la Joconde.

— Avis ! cria l'homme du haut de sa monture. Par ordre du gouvernement, aujourd'hui à midi précis, le portrait exposé sur la grand-place sera livré aux mains de la populace alors présente pour que chacun puisse participer à la destruction de…

Tom n'eut pas le temps de crier. Déjà la foule, avec des hurlements et à coups de poing, se ruait sur le portrait. On entendit comme un déchirement. La police s'enfuit. La foule déchaînée arrachait des lambeaux du portrait comme des oiseaux affamés picorent leur pitance. Tom, sous une poussée plus brutale que les autres, faillit passer à travers la chose brisée. Obnubilé par ceux qui l'entouraient, il étendit la main, saisit un morceau de la toile peinte et tira. Il sentit la toile lâcher, il tomba, il fut piétiné et les coups de pied l'envoyèrent bouler à l'extérieur de la mêlée. En sang, les vêtements déchirés, il regardait les vieilles femmes mâchonner des morceaux de toile, des hommes en briser le cadre, piétiner l'étoffe en lambeaux et la réduire en tout petits morceaux de la taille d'un confetti. Silencieux, Tom se tenait à l'écart du tourbillon. Il contemplait sa main, sa main qui pressait sur sa poitrine le morceau de toile soigneusement dissimulé.

— Ohé, Tom ! cria Grigsby.

Sans répondre, Tom s'enfuit en sanglotant. Il suivit la route parsemée de trous de bombes, passa à gué une rivière peu profonde et continua sa course à travers champs sans se retourner, son poing fermé, rentré sous sa veste.

Au coucher du soleil, il atteignit le petit village et poursuivit son chemin. À neuf heures, il parvint aux bâtiments de ferme en ruine. À côté d'eux, dans la moitié du silo demeurée debout et qu'on avait recouverte d'une bâche, il entendit la respiration régulière des fermiers endormis, toute la famille : sa mère, son père et son frère. Il se glissa furtivement, sans faire de bruit, par la petite ouverture et s'allongea à même le sol, la respiration courte.

— C'est toi, Tom ? appela sa mère dans l'obscurité.

— Oui.

— Où as-tu encore été traîner ? aboya le père. Prépare-toi à une bonne correction demain matin.

Il reçut un coup de pied. C'était son frère, son frère qui avait dû rester pour travailler leur petit bout de terre.

— Dors ! dit la mère d'une voix ensommeillée.

Un autre coup de pied.

Tom retrouvait le rythme de sa respiration. Tout était calme à présent. Sa main était crispée sur sa poitrine. Il demeura dans cette position pendant peut-être une demi-heure, les yeux fermés.

Puis il sentit quelque chose. Et ce quelque chose était une froide lumière blanche. La lune montait dans le ciel et le petit carré de lumière se déplaçait à l'intérieur du silo à blé et lentement s'approchait de Tom. C'est alors et alors seulement que sa main se détendit. Peu à peu, avec une infinie lenteur, prêtant l'oreille au souffle des dormeurs, Tom allongea le bras. Il hésita, prit une profonde inspiration, puis, cessant de respirer, ouvrit la main et déchiffonna le minuscule fragment de toile peinte.

Sous le clair de lune, le monde entier dormait.

Et, dans sa main, il tenait le Sourire.

Il l'admirait, sous l'éclairage fabuleux de minuit en ne cessant de se répéter posément, calmement : c'est *le Sourire, l'adorable Sourire*.

Une heure après, il pouvait encore le voir, bien qu'il l'eût soigneusement replié et enfermé dans sa paume. Il avait les yeux clos. Et dans l'obscurité le Sourire était toujours là, réconfortant, gentil… Et il était toujours là, lorsqu'il s'endormit et que le monde reposait et que la lune poursuivait sa course tout là-haut dans le ciel en attendant que se lève le soleil.

Le premier soir de Carême

Voulez-vous connaître le secret de l'âme irlandaise ? Ce qui pousse ce peuple fier et étrange vers son destin ? En ce cas, accordez-moi toute votre attention. Car, bien que je n'aie connu qu'un seul Irlandais de toute ma vie, je l'ai fréquenté pendant cent quarante-quatre nuits consécutives. Soyez tout oreilles. Et peut-être, par son entremise, comprendrez-vous cette race qui n'émerge de la pluie que pour s'évanouir dans le brouillard. Attention ! Les voici ! Regardez bien ! Ils sont là !

L'Irlandais en question s'appelle Nick.

Durant l'automne de 1953, j'avais entrepris d'écrire un scénario à Dublin et, tous les après-midis, je me faisais mener par une voiture de louage à 45 kilomètres de là, à une immense bâtisse en granit du XVIIIe siècle où mon producteur chassait à courre. C'est là que tout un automne, tout un hiver et le début d'un printemps, nous épluchâmes mes huit pages de pensum quotidien. À minuit, libéré et prêt à revenir vers la mer d'Irlande et l'hôtel du même métal, je réveillai la standardiste du village et lui demandai de me donner l'endroit le plus chaud, sinon le plus chauffé, du coin.

— Je suis bien au Heber Finn's ? criai-je dans l'appareil, une fois la communication établie. Nick est-il là ? Voulez-vous lui dire de venir me chercher ?

En pensée, je les voyais tous, sagement alignés le long du bar, regardant dans le miroir piqueté semblable à un étang gelé, l'image floue et estompée que leur renvoyait la glace ternie.

Au milieu de leurs bousculades, de leurs apartés, de leurs bourrades, il y avait Nick, mon chauffeur de village, qui incarnait la sérénité. J'entendais d'ici le patron du bar crier dans le brouhaha, Nick se lever précipitamment et hurler à la cantonade.

— Visez, les gars, comme je prends la porte !

J'avais appris tout récemment que « prendre la porte » n'était pas l'opération douloureuse que j'appréhendais. Le terme n'insultait pas à la dignité de l'homme, pas plus que l'action ne rompait le fil des discours, dont la beauté, à l'Heber Finn's, passait l'imagination.

L'opération tenait plutôt de la libération progressive, du déplacement de votre centre de gravité qui vous portait insensiblement et sans brusquer les choses vers cette partie déserte de la salle où était la porte, dont tous voulaient oublier l'existence.

Pendant cette lente progression, il s'agissait de repérer, de renouer, de pointer les chaînes et les trames des multiples conversations de façon, le lendemain matin, à pouvoir reprendre les modèles, relancer les navettes, sans qu'il y ait eu la moindre interruption dans le canevas.

Je me disais que l'étape la plus longue de son voyage — c'est-à-dire la traversée de la salle de l'Heber Finn's à minuit — lui prendrait une demi-heure et que la plus courte — celle de l'Heber Finn's jusqu'à l'endroit où je me trouvais, ne lui demanderait pas plus de cinq minutes.

Nous étions à la veille du premier soir de Carême. J'avais téléphoné qu'il vienne. J'attendais.

Au bout d'un temps qui me parut fort long, me parvint enfin de la forêt plongée dans la nuit le bruit d'un moteur. C'était le moteur de la Chevrolet 1931 malmené par Nick. Voiture et conducteur avaient la même couleur brunâtre, celle de la tourbe ; tous deux haletaient, soupiraient, soufflaient de conserve, avec, je dois dire, gentillesse et bonne humeur, en débouchant sans la moindre hâte dans la cour.

Le ciel était sans lune, mais fourmillant d'étoiles. Je descendis à tâtons l'escalier d'honneur. Je jetai un coup d'œil à l'intérieur de la voiture, comme toujours plongé dans l'obscurité. Depuis belle lurette, le tableau de bord ne s'allumait plus.

— C'est vous, Nick ?

— Soi-même, répondit une voix sourde. Fait plutôt chaud, c' soir, non ?

À mon sens, il faisait plutôt frisquet, mais il est vrai que pour Nick la côte d'Azur c'était Tipperary. La température est toujours affaire de relativité.

— Il fait beau en effet.

Je grimpai à l'avant et claquai la portière grinçante d'un grand coup sec, absolument indispensable si je voulais qu'elle restât fermée.

— Nick, qu'avez-vous fait depuis hier ?

— Oh…

Il prit largement son temps avant de répondre. La lourde voiture raclait le chemin inégal de la forêt.

— Je me suis maintenu le moral ! Avec le Carême qui commence demain, y avait que cela à faire !

— Le Carême ? Ah oui, c'est vrai… Et à quoi allez-vous renoncer pendant le Carême, Nick ?

— Je passe mon temps à me le demander…

Nick tira brutalement sur sa cigarette. Le masque rose de son visage émergea de la fumée.

— Pourquoi pas à ces horribles trucs que vous me voyez constamment à la bouche ? poursuivit-il. Qui coûtent les yeux de la tête et vous congestionnent les poumons. Faites le compte et vous aurez le résultat au bout de l'année. Vous ne verrez jamais plus ces sales machins à ma bouche, de tout le Carême et, qui sait, peut-être même après !

— Bravo ! m'écriai-je, d'autant plus enthousiaste que je ne fumais pas.

— Bravo ! que je m' dis à moi-même, dit Nick, de sa voix voilée, l'œil à demi fermé à cause de la fumée.

— Bon courage !

— J'en aurai rudement besoin pour rompre la funeste habitude du péché.

Sous sa poigne ferme qui menait judicieusement notre lourd véhicule par les fondrières et les tourbières, nous poursuivîmes notre route à travers le brouillard en direction de Dublin, avançant allégrement à 47 kilomètres à l'heure.

J'insiste — ne m'en veuillez pas — sur le fait que Nick était le conducteur le plus prudent que la terre ait jamais porté, voire même le coin le plus perdu, le plus petit, le plus paisible, le plus reculé que vous connaissiez.

Surtout, comparé à tous ces automobilistes qui, dès qu'ils se collent à leurs sièges baquets, que ce soit à Los Angeles, à Mexico ou à Paris, appuient sur le petit bouton marqué « folie », Nick était un véritable saint. Également d'ailleurs par rapport à ces aveugles, sans canne et sans sébilles mais porteurs de lunettes noires à la mode d'Hollywood, qui dévalent à fond de train la via Veneto, le visage hilare, en agitant par la portière de leurs voitures de course, comme des serpentins de carnaval, des garnitures de tambours de freins.

Il n'y a qu'à voir les ruines de Rome. Sûr et certain qu'elles sont les vestiges des ravages de ces modernes gladiateurs à moteur surcompressé qui, chaque soir, sous les fenêtres de votre hôtel, font un vacarme à vous casser les oreilles, pétaradant dans les rues noires de la ville, penchés sur leurs volants, tels des Chrétiens allant droit en enfer par les fosses aux lions du Colisée.

Mais revenons à Nick… Je ne me lassais pas de contempler ses mains habiles qui suivaient amoureusement la lente et régulière oscillation du volant, tantôt à droite, tantôt à gauche, doucement, silencieusement, comme la neige qui tombe d'un ciel d'hiver. Sa voix était enrouée par le brouillard, sa voix avait le velouté de la nuit lorsqu'il charmait la route de ses monologues, tout en appuyant par petits à-coups bienveillants et tendres sur l'accélérateur qui ronflait légèrement, maintenant sa vitesse entre 43 et 48 kms à l'heure. Ô Nick ! dont la barque stable naviguait selon un horaire précis sur les eaux paisibles du Temps. Ouvrez les yeux ! Comparez ! Et si jamais vous rencontrez un homme comme lui, comblez-le d'or, d'argent, de pierreries, attachez-le à votre personne, et, le voyage terminé, secouez-lui chaleureusement la main pour lui témoigner votre reconnaissance !

J'étais arrivé à la porte de mon hôtel.

— Bonsoir ! Nick ! À demain !

— Si Dieu le veut, me répondit-il de sa voix cassée.

Et il s'éloigna à faible allure.

Passons, voulez-vous, maintenant sur vingt-trois heures consacrées au sommeil, au petit déjeuner, au déjeuner, au dîner et au dernier verre avant d'aller se coucher.

Passons sur les heures occupées à transformer un mauvais scénario en un bon scénario, laissons-les s'effacer dans un brouillard et une pluie couleur de tourbe, et retrouvons-nous plutôt, à minuit, le lendemain, devant la même demeure victorienne dont la porte projetait devant moi une réconfortante lumière pendant que je descendais le grand escalier d'un pied mal assuré et que je cherchais à déceler, dans le brouillard, comme un aveugle lit l'écriture Braille, l'approche de la voiture qui, je le savais, ne devait pas tarder à apparaître.

Dans l'obscurité totale, j'entendis son souffle court et asthmatique ainsi que la toux précieuse et distinguée de Nick.

— Ah ! Vous voilà, monsieur ! s'écria Nick.

Je grimpai à l'avant sur le siège accueillant et claquai la portière ainsi qu'il le fallait.

— Hello, Nick ! dis-je en souriant.

C'est alors que se produisit une chose qu'on eût cru impossible. La voiture fut projetée en avant, telle l'obus qui jaillit de la bouche du canon ; le moteur s'emballa ; elle démarra, rebondit, dérapa, et se mit à avancer par saccades semblables à des ricochets le long de la route forestière entre deux rangées de taillis clairsemés, de fourrés aux formes étranges. Ma tête cogna le toit pour la quatrième fois. Je me recroquevillai sur moi-même, entourant mes genoux de mes bras et je faillis m'écrier :

— Nick ! Oh Nick !

Des souvenirs de Los Angeles, de Mexico, de Paris dansaient dans mon esprit. Je regardai, parfaitement dégoûté, l'aiguille du compteur de vitesse : 80, 90, 100…

Nous roulions si vite qu'une immense gerbe de graviers giclait derrière nous. Nous prîmes sans ralentir la grande route, nous fîmes osciller un pont à notre passage, nous dévalâmes les rues endormies de la partie ville de Kilcock à 110 km à l'heure. Autant dire que nous n'étions pas plutôt entrés que sortis. Et lorsqu'avec un ronflement puissant de moteur en prise, nous gravîmes allègrement une côte, toutes les herbes d'Irlande courbèrent la tête.

— Oh Nick !

Je le regardai. Il était vissé à son siège, à ses lèvres l'éternelle cigarette qui lui faisait cligner tantôt un œil, tantôt l'autre.

Mais le reste de sa personne avait changé, comme si l'Adversaire l'avait, de sa propre main, malaxé, pressé, modelé, embrasé, recréé. Il tournait frénétiquement son volant tantôt dans un sens, tantôt dans l'autre. Nous passions les ponts, nous débouchions des tunnels comme des fous, nous heurtions les signaux de croisements qui tournoyaient, tels des girouettes, dans les remous d'air.

Quant au visage de Nick… Toute sagesse semblait s'en être retirée. Ses yeux n'étaient plus bienveillants, ses yeux n'étaient plus raisonnables, sa bouche avait perdu sa tolérance, sa bouche avait perdu sa paix. Son visage était lavé, mis à nu, aussi dépouillé qu'une pomme de terre grattée et brossée à l'eau bouillante. À vrai dire, ce n'était plus qu'un phare fouillant la nuit de son œil fixe et indifférent. Ses mains épousaient le volant, elles s'agrippaient nerveusement à lui pour nous faire prendre les virages et grimper une succession de montées qui semblaient ne devoir jamais finir.

« Ce n'est pas possible, me dis-je. Ce n'est pas Nick. C'est un frère qui lui ressemble. Ou bien une chose terrible vient de lui arriver, quelque coup du sort, quelque chagrin subit et cruel, un deuil familial, une maladie, que sais-je ? Voilà la raison du changement radical intervenu dans sa personne. »

C'est alors qu'il se mit à parler. Sa voix, elle non plus, n'était plus la même.

Évanouis la marécageuse et spongieuse tourbière, le gazon humide… le feu chaud couvant sous la pluie froide, l'herbe tendre… Cette voix ressemblait à présent au cri désagréable du râle des marais ; elle résonnait comme un clairon, comme une trompette ; elle claquait, métallique ; faussée ; bref, je ne la reconnaissais plus.

— Comment ça va-t-il ? Qu'est-ce que vous avez fait depuis le temps ? interrogea Nick.

La voiture, elle aussi, avait souffert. Certes, elle se rebiffait contre le nouvel ordre établi, car, vieille chose battue par la vie, ayant fait son temps, elle n'avait plus qu'une envie, celle de continuer à rouler sa bosse sans se presser, comme le trimardeur qui, à l'automne, se dirige vers la mer et le ciel bleus, en prenant grand soin de ménager son souffle et sa carcasse. Nick, apparemment, se moquait pas mal de cela et, s'il trimardait, c'était dans un fracas de tonnerre comme s'il voulait arriver plus vite en Enfer pour y réchauffer à quelque brasier ses mains glacées. Nick se penchait en avant. La voiture lui obéissait. Les gaz du tuyau d'échappement explosaient en véritable feu d'artifice. Nick, moi, la voiture, nous étions secoués si violemment dans une trépidation si intense qu'elle risquait à tout moment de nous anéantir.

Si mon bon sens était sauf, c'était par un acte de foi. Mes yeux essayaient de discerner la raison de notre fuite éperdue sur les traits de mon compagnon, scrutaient son visage empourpré, vapeurs en ignition fusant des abîmes infernaux, cherchant désespérément un indice qui pût leur fournir une réponse.

— Nick, m'écriai-je sur un ton de reproche, mais nous sommes en période de Carême !

— Ah ! Tiens, c'est vrai ! fit Nick d'un ton surpris…

— Si vous vous rappelez votre promesse, que fait cette cigarette dans votre bouche ?

Nick mit du temps à comprendre. Finalement il baissa les yeux, vit les petites bouffées de fumée et fronça le sourcil.

— C'est bon ! fit-il. J'ai renoncé à *l'autre* péché…

Soudain, tout s'éclaira.

Les cent quarante soirs précédents, en m'apprêtant à quitter la vieille demeure victorienne, j'avais accepté de mon employeur une bonne rasade de scotch, de bourbon, ou de quelque boisson du même ordre qui m'aiderait à « chasser le frisson ». Ensuite, le gosier brûlé, corrodé, exhalant des vapeurs de blé, d'orge, d'avoine ou Dieu sait quoi, je me dirigeais vers une voiture conduite par un homme qui avait passé toute la soirée à l'Heber Finn's en attendant que je fasse appel à ses services.

« Imbécile ! me dis-je. Comment n'y avais-tu pas pensé ? »

C'est à l'Heber Finn's, au long des heures de palabres dont la poursuite ressemblait à la conduite d'un jardin par des hommes affairés à y semer et à y planter, chacun apportant sa graine, ou sa fleur, avec, pour outils, sa langue ou son verre levé débordant de mousse de bière, les mains lovées sur la chère boisson, c'est là que Nick s'était imbibé de moiteur et de tendresse !

Cette tendresse tombait en pluie fine sur ses nerfs en feu, chassait de ses membres leur brûlante sauvagerie. C'était cette ondée bienfaisante qui laissait sur son visage les marques de la sagesse, les rides d'un Platon ou d'un Eschyle. C'est cette moiteur qui donnait de la couleur à ses joues, de l'éclat à son regard, de la douceur à sa voix. Elle se répandait dans sa poitrine pour ralentir les battements de son cœur, qui trottinait gentiment. Elle coulait le long de ses bras pour détacher ses mains — farouches destriers — du volant frémissant, elle calait l'homme à sa selle de crin pour nous conduire sans hâte à travers les brumes qui nous séparaient de Dublin.

Le sinus enflammé, avec le goût du malt sur ma langue, je n'avais jamais reniflé sur mon vieil ami assis à mes côtés les relents de l'alcool.

— Oui, dit-il. J'ai renoncé à *l'autre*…

Le dernier morceau du puzzle vint s'ajuster à sa place.

Ce soir, premier soir de Carême.

Ce soir, pour la première fois depuis que je voyageais en sa compagnie, Nick était sobre…

Si donc, les cent quarante soirs précédents, Nick avait conduit prudemment, ce n'était pas pour éviter les accidents, oh non, mais parce que cette tendresse dont il était pétri pesait tantôt d'un côté, tantôt d'un autre et retardait sa marche, à chacun des virages en épingle à cheveux de la route.

Mais comment en vérité connaître l'âme irlandaise ? Quel est, des deux, le vrai visage de Nick ? Quel est le vrai Nick ? Celui d'aujourd'hui ou celui d'hier ?

Je me refuse à m'appesantir sur ce problème. Mon choix est fait. Il n'y a qu'un seul Nick pour moi, celui que l'Irlande a façonné avec ses eaux limpides et ses brumes, ses moissons, et ses récoltes, le moût de son orge et le son de son blé, ses malts brassés, ses mises en bouteille, ses rasades servies à la louche, ses bistrots grouillants de vie de la couleur de l'épi mûr, le vent qui souffle la nuit sur ses champs de blé et d'orge et qui vous berce de son murmure rassurant lorsque vous traversez ses forêts et ses marécages.

Voilà Nick, tout entier, dents, œil, cœur, mains compris. Si vous me demandez ce qui rend les Irlandais tels qu'ils sont, je pointerai le doigt vers un endroit où la route s'enfonce dans une petite vallée et vous montrerai où tourner pour vous rendre droit à l'Heber Finn's.

Le premier soir de Carême, donc, et avant que vous ayez pu compter jusqu'à dix, nous étions à Dublin. Je descendis de voiture et je me penchai pour déposer de l'argent dans la main de mon chauffeur. Avec le plus grand sérieux et en essayant de mettre dans mon ton, toute la chaleur, toute l'exhortation dont j'étais capable, je m'écriai en regardant d'un air implorant ce beau visage, taillé à coups de serpe, étrange et lumineux :

— Nick !

— Monsieur ! répondit-il d'une voix criarde.

— Faites-moi plaisir !

— Tout ce que vous voulez…

— Prenez cet argent et courez vous acheter la plus grande bouteille de bière que vous puissiez trouver. Et, juste avant de venir me chercher demain soir, buvez-la jusqu'à la dernière goutte. Vous le ferez, n'est-ce pas, Nick ? Vous me le promettez ? Jurez-le moi sur votre tête !

Il réfléchit un moment puis sa conviction profonde se fit jour. La flambée inquiétante de ses traits s'éteignit.

— Vous m' rendez les choses terriblement difficiles, dit-il.

Je repliai ses doigts de force sur l'argent. Il finit par le mettre dans sa poche et regarda fixement devant lui sans dire un mot.

— Bonsoir, Nick, dis-je. À demain.

— Si Dieu le veut, répliqua Nick.

Et il s'en fut.

L'heure du grand départ

Pendant trois jours et trois nuits la pensée avait fait son chemin. Durant la journée, il la transportait partout où il allait avec d'infinies précautions, comme un fruit presque mûr. La nuit, il la laissait prendre corps et substance, dans l'air silencieux, coloré par la lune et les étoiles de la campagne. Et, jusqu'à l'aube, il la tournait et la retournait dans sa tête.

Le quatrième jour, il étendit une main invisible, la cueillit au vol et la goba.

Il se leva dare-dare, brûla toutes ses vieilles lettres, mit un peu de linge dans une petite valise, revêtit son costume foncé, une cravate de soie couleur plume de corbeau, comme s'il était en deuil. Il sentait derrière son dos, sur le seuil de la porte, sa femme qui observait son manège avec les yeux du critique capable à tous moments de sauter sur la scène et d'interrompre la représentation. En passant devant elle, il murmura :

— Pardonne-moi !

— Pardonne-moi ! s'écria-t-elle. C'est tout ce que tu trouves à dire ! Alors que tu combines, depuis Dieu sait quand, un voyage et que je te surprends à t'esbigner en douce…

— Je n'ai pas combiné de voyage. C'est une idée qui m'est venue tout d'un coup. Il y a trois jours, j'ai eu une prémonition : j'ai su que j'allais mourir bientôt…

— Cesse de dire des âneries… Tu m'énerves !

L'horizon lointain se reflétait dans ses yeux.

— J'entends battre mon sang : il coule moins vite. J'entends craquer mes os : ils ressemblent aux poutres du grenier sur lesquelles la poussière se dépose.

— Tu n'as que 75 ans ! Tu es solide comme les ponts de Rouen, tu vois, tu entends, tu manges, tu dors. À quoi riment toutes ces sornettes ?

— La nature s'adresse à moi, dit le vieillard. La civilisation nous a coupés de nos origines. Prends, par exemple, les païens des Îles sous le Vent…

— Je m'en moque pas mal !

— Chacun sait que les païens des Îles sous le Vent savent quand l'heure de leur mort est proche. Ils font le tour de leurs amis et connaissances pour leur dire adieu et leur donner tous les biens qu'ils possèdent…

— Et leurs femmes ? Leurs femmes n'ont pas leur mot à dire dans ce partage ?

— Ils en donnent une part à leurs femmes.

— J'espère bien !

— Et le reste à leurs amis…

— Quelle idée !

— Et le reste à leurs amis. Puis, au coucher du soleil, ils sautent dans leurs pirogues et pagayent vers la haute mer sans espoir de retour.

Sa femme le regarda de bas en haut et de haut en bas, comme s'il était du bois à débiter.

— Désertion ! s'écria-t-elle avec mépris.

— Non, Mildred. Tout simplement, la mort. L'heure du grand départ, comme ils l'appellent.

— A-t-on jamais affrété une pirogue pour les suivre et voir ce que ces idiots manigançaient ?

— Bien sûr que non ! répliqua le vieillard d'un ton légèrement piqué. Cela gâcherait tout.

— Tu penses qu'ils vont retrouver d'autres femmes et d'autres amis sur d'autres îles ?

— Pas du tout ! Mais lorsque l'homme sent les humeurs de son corps se refroidir, il a besoin de calme et de solitude.

— Prouve-moi que ces imbéciles sont vraiment morts et je me tais !

Sa femme cligna de l'œil assez vulgairement.

— A-t-on seulement jamais *retrouvé* leurs squelettes ? Non ? Alors ?

— Tout ce qu'on sait, c'est qu'ils partent au coucher du soleil, comme les animaux qui sentent leur dernière heure approcher. Le reste n'a pas d'importance.

— Je vois… dit la vieille dame. Tu as encore lu les articles de la *Revue de l'Institut de Géographie* sur les ossuaires d'éléphants…

— Les cimetières, pas les ossuaires, rectifia-t-il, outré.

— Pourquoi, c'est tout comme. Je croyais avoir brûlé toutes ces revues. Aurais-tu réussi à en cacher ?

— Écoute-moi, Mildred ! dit-il gravement en reprenant sa valise. Je dois aller vers le Nord et rien de ce que tu pourras me dire ne me fera prendre la direction opposée. Mon être sera ainsi en harmonie avec les sources les plus secrètes de l'âme originelle.

— Tu veux dire en harmonie avec ce que tu viens de lire dans cette revue d'explorateurs à la noix.

Elle pointa vers lui un index accusateur.

— Tu te figures peut-être que j'ai tout oublié ?

Il courba le dos.

— Je t'en prie ! Ne recommençons pas cette énumération…

— Et le coup du mammouth à longs poils, hein ? Quand on a retrouvé il y a trente ans l'éléphant pris dans les glaces de la toundra russe ? Toi et Sam Hertz, ce vieux cinglé, avec votre idée géniale de partir en Sibérie faire des conserves de mammouth à longs poils et d'en inonder le marché mondial ? Tu te figures peut-être que je ne vous entends pas répéter : « Imagine le prix que des membres de l'Institut National de Géographie mettront pour avoir, rendue à domicile, la chair succulente du mammouth à longs poils de Sibérie, vieux de dix mille ans, dont la race s'est éteinte il y a dix mille ans. Tu te figures peut-être que mes cicatrices ont disparu ?

— Je les vois toujours…

— Tu te figures que j'ai oublié le jour où tu es parti à la recherche de la tribu disparue des Osséens, ou un nom du même genre, dans un coin perdu du Wisconsin, quand tu cavalais en ville tous les samedis soir pour te noircir la gueule et que tu es tombé dans cette carrière et que tu t'es cassé la jambe et que tu es resté trois nuits à attendre du secours ?

— Tu n'omets aucun détail…

— Alors veux-tu me dire à quoi rime cette histoire d'indigènes des Îles sous le Vent et d'heure de Grand Départ ? Ce serait plutôt le Grand Séjour, tu m'entends, le Grand Séjour à la maison… Si le fruit ne te tombe pas dans la main, il faut que tu ailles le chercher à pied chez l'épicier. Et pourquoi à pied ? Quelqu'un dans cette maison, je ne veux nommer personne, a, il y a quelques années, démonté la voiture en petits morceaux, comme on démonte une horloge, en la laissant éparpillée au bas du pré. Il y aura dix ans, jeudi prochain, que je remonte dans mon jardin les débris de ma voiture. Encore dix ans et tout ce qui en restera ce sera des petits tas de ferraille rouillée. Regarde par la fenêtre. C'est l'heure de ratisser et de brûler les feuilles mortes, c'est l'heure d'émonder les branches et de scier le bois pour les feux d'hiver, c'est l'heure de nettoyer les poêles, d'installer les doubles portes et les doubles fenêtres, c'est l'heure de vérifier la couverture du toit… Et si tu crois pouvoir t'en aller pour couper à tout cela, réfléchis-y à deux fois avant de t'embarquer !

Il posa sa main sur son cœur.

— J'ai de la peine à voir que tu ajoutes si peu de foi à ma conviction irraisonnée, je te l'accorde, purement intuitive, mais fermement arrêtée, de ma mort imminente.

— *J'ai* de la peine à voir que les revues de l'Institut de Géographie tombent entre les mains de vieux cinglés comme toi. Je constate une fois de plus qu'après avoir lu ces articles, tu retombes dans les maudits rêves que, toute ma vie, je me suis efforcée de chasser de ta cervelle. Il faudrait obliger les éditeurs de ces revues de

Géographie ou de Mécanique pour Tous à venir voir toutes les barques, tous les hélicoptères, tous les planeurs pour un seul passager, dont notre grenier, notre garage, notre cave sont pleins, non seulement à venir les voir, d'ailleurs, mais à les emporter à bout de bras chez eux !

— Va ! Va ! Continue… Tu ne m'atteins pas. Je suis la pierre blanche qui s'enfonce lentement dans les eaux tièdes de l'Oubli. Pour l'amour de Dieu, femme, me laisseras-tu aller mourir en paix ?

— Tu auras tout le loisir d'oublier lorsque je te verrai derrière une pile de bois d'allumage.

— Malheureuse ! La connaissance que nous avons de notre mortelle condition ne serait-elle que vanité ?

— Tu mâches ta phrase comme tu mâcherais une chique de tabac.

— Suffit, à présent ! Tous mes biens terrestres sont empilés devant la porte de la cour. Tu les donneras à l'Armée du Salut !

— Les revues de l'Institut de Géographie aussi ?

— Oui, parbleu. Et maintenant, laisse-moi passer !

— Si tu pars mourir quelque part, tu n'as pas besoin de cette valise de linge…

— Bas les pattes, femme ! J'aurai peut-être plusieurs heures à attendre. Dois-je pour cela me priver d'un ultime confort ? Nous devrions vivre la scène tendre des adieux et ce ne sont que récriminations, acrimonies, sarcasmes, suspicions semés à tous vents…

— Soit, dit-elle. Va passer la nuit au frais dans les bois.

— Je ne vais pas nécessairement dans les bois.

— Dans l'Illinois où peut-on aller pour mourir, sinon dans les bois ?

— Mais… Il hésita… Il y a toujours la grande route.

— Pour y être écrasé, c'est vrai. J'avais oublié…

— Non, non…

Il ferma les yeux puis les rouvrit.

— Je pense au bas-côté de la grande route, qui mène à la fois nulle part et partout, en suivant les forêts obscures, les étendues désertes, vers les lacs lointains…

— Tu ne vas tout de même pas louer une pirogue et te mettre à pagayer ? Tu te souviens du jour au bord de la mer où tu as chaviré et manqué te noyer ?

— Qui te parle de pirogues ?

— Toi ! Avec tes païens des Îles sous le Vent qui pagayent vers le grand Inconnu pour ne jamais revenir…

— Mais tu n'y comprends rien ! C'est dans les Mers du Sud. Ici, il faut marcher. C'est à pied que l'on remonte à ses sources, que l'on va à la rencontre de sa fin. Je compte me diriger vers le Nord, longer les rives du lac Michigan, avec les dunes, le vent, les grandes houles…

— Oh Willie ! Willie ! s'écria-t-elle en secouant la tête. Qu'est-ce que je m'en vais faire de toi ?

Il se radoucit.

— Ne me trouble pas, c'est tout ce que je te demande.

— Oui, oui, dit-elle, calmée.

Ses yeux s'emplirent de larmes.

— Allons ! Allons ! bougonna-t-il.

— Oh Willie !

Puis, après l'avoir regardé longuement, elle demanda :

— Penses-tu réellement n'en avoir plus pour longtemps ?

Il voyait son image petite, mais nette, réfléchie dans ses prunelles et, mal à l'aise, détourna les yeux.

— Toute la nuit, reprit-il, j'ai réfléchi à cette gigantesque marée qui amène les hommes sur les rivages terrestres pour les remmener quand l'heure est venue. C'est le matin à présent et je te dis : « Adieu ».

— Adieu ?

Elle le regarda comme si elle entendait ce mot pour la première fois.

Il répondit d'un ton peu convaincu :

— Bien sûr, Mildred, si tu tiens absolument à ce que je reste…

— Non…

Elle banda son énergie et se moucha le nez.

— Tu es seul à savoir, Willie. Pars tout de suite ! Mais prends ton pardessus d'hiver : les nuits sont froides.

— Mais… dit-il.

Elle sortit de la pièce en courant, lui rapporta son pardessus, l'embrassa sur la joue et recula vivement avant qu'il ait eu le temps d'esquisser le geste de la serrer sur sa vaste poitrine. Il restait là, à se mordre les lèvres, les yeux rivés au grand fauteuil au coin du feu. Elle ouvrit la porte d'entrée toute grande.

— Tu as des provisions de route ?

— Je n'en ai pas besoin.

Il se reprit.

— J'ai dans ma valise un sandwich au jambon et des cornichons. Un seul. C'est tout ce que j'imagine…

Il était déjà parti. Il descendait les marches. Il s'en allait sur le sentier en direction des bois.

Il se retourna, sur le point de dire quelque chose, mais, préférant sans doute s'abstenir, fit un signe de la main et poursuivit sa route.

— Will ! cria-t-elle. Ne te fatigue pas ! Ne marche pas trop vite la première heure ! Quand tu te sentiras fatigué, assieds-toi ! Quand tu auras faim, mange ! Et…

Mais elle ne put continuer. Elle détourna la tête et sortit son mouchoir.

Queques instants plus tard, elle releva la tête et regarda le sentier : il semblait que personne n'y était passé depuis dix ans. Il paraissait si désert qu'elle s'empressa de refermer sa porte et de rentrer.

La nuit à présent est tombée. Il est neuf heures. Il est neuf heures et quart. Les étoiles brillent et la lune est levée. La lumière couleur fraise des maisons éclairées filtre à travers les rideaux. La cheminée lance des étincelles en longues queues de comète et réchauffe le dehors de bouffées d'air chaud.

Au rez-de-chaussée, un bruit de casseroles, de couverts qu'on remue et le feu allumé qui ronronne comme un gros chat orange. La grosse cuisinière de fonte où dansent les flammes et sur laquelle les récipients cuisent, bouillonnent, grésillent. Des vapeurs et des buées plein la cuisine.

De temps en temps, la vieille dame détourne la tête. Ses yeux écoutent, sa bouche écoute, elle est tendue vers le monde extérieur à cette maison et à ce feu, à cette nourriture qu'elle prépare.

Neuf heures et demie. Il lui semble qu'elle entend, au loin, un martèlement sonore.

La vieille dame se raidit et pose la cuillère qu'elle avait à la main. Au dehors, sous le clair de lune, il semble que les coups sourds s'amplifient. Le bruit dure peut-être trois à quatre minutes pendant lesquelles elle ose à peine bouger. Chaque fois que les coups reprennent, elle serre les lèvres, crispe les poings. Quand le bruit cesse, elle repart vers la cuisinière, vers la table, s'affaire à remuer le contenu d'une casserole, verse, soulève, porte, repose un plat.

Elle venait de terminer ce geste lorsque le bruit reprit, mais différent cette fois et provenant de l'obscurité derrière la vitre. Des pas lents et réguliers frappaient le sentier, de lourdes chaussures cloutées raclaient le seuil.

Elle se dirigea vers la porte, pensant qu'on allait frapper.

Or, rien ne se produisit.

Elle attendit une minute, entière.

Sur le seuil, une lourde masse s'agitait, portait son poids tantôt sur un pied, tantôt sur l'autre, manifestement mal à l'aise.

Elle poussa un soupir et se décida à appeler à travers la porte d'un ton sec :

— Will, est-ce toi, oui ou non, qui souffles de l'autre côté de la porte ?

Pas de réponse. Mais il semblait qu'un silence timide se fût établi de l'autre côté.

Elle alla ouvrir la porte toute grande.

Le vieil homme était là, portant sous le bras un incroyable monceau de bois à brûler.

De derrière cet énorme tas, lui parvint alors sa voix.

— J'ai vu la cheminée fumer et j'ai pensé que tu avais peut-être besoin de bois…

Elle s'écarta pour le laisser entrer. Il déposa précautionneusement le bois coupé près de l'âtre, sans la regarder.

Elle sortit sur le seuil, prit la petite valise et la porta à l'intérieur. Puis elle referma la porte.

Elle vit qu'il s'était assis à la table où le couvert était mis.

Elle remua la soupe sur le feu pour lui donner un grand bouillon avant de la servir.

— Il y a du rôti de bœuf ? demanda-t-il comme si rien ne s'était passé.

Elle entrebâilla la porte du four. La vapeur s'échappa et l'enveloppa. Il ferma les yeux, se cala sur sa chaise et huma cette délicieuse odeur.

— On dirait que quelque chose brûle, mais l'odeur est curieuse. Qu'est-ce que c'est ? demanda-t-il quelques instants plus tard.

Elle attendit un peu avant de lui répondre, en lui tournant le dos :

— Ce sont les revues de l'Institut de Géographie.

Il acquiesça d'un lent hochement de tête et ne dit mot.

Elle servit le potage, chaud, frémissant, et, après qu'elle se fut assise, il y eut un long moment de silence. Elle hocha la tête. Elle le regarda fixement et à nouveau hocha la tête, pensivement.

— Veux-tu dire la prière ? finit-elle par demander.

— Non, toi, dit-il.

Dans la pièce chaude, près du feu qui ronflait, tous deux inclinèrent la tête et fermèrent les yeux. Elle sourit et commença l'action de grâces :

— Seigneur ! Nous Te disons merci pour ce repas que…

Et l'été ne dura qu'un jour...

— Vous y êtes ?

— On y est.

— C'est pour maintenant.

— Les savants en sont-ils vraiment sûrs ? Est-ce réellement pour aujourd'hui ?

— Vous verrez par vous-mêmes...

Les enfants, pressés les uns contre les autres, comme autant de fleurs disparates d'un même bouquet, essayaient d'apercevoir le soleil absent.

Car il pleuvait.

Et il pleuvait depuis sept ans. Les jours avaient succédé aux jours, fondus dans la même grisaille, avec, du matin au soir, le crépitement de la pluie, le tambourinement de l'eau sur le sol, le son régulier et cristallin des averses alterné avec le grondement des tempêtes si énormes qu'on eût dit des raz de marée qui engloutissaient les îles. Mille forêts avaient ployé sous les rafales pour redresser la tête et être à nouveau écrasées.

Telle était la vie sur la planète Vénus. Et cette vie semblait devoir durer toujours. Dans la salle de classe, étaient rassemblés les enfants de ces hommes et de ces femmes venus en fusée apporter la civilisation à ce monde de pluie et y accomplir leur destinée.

— On dirait que cela s'arrête ! Oui, cela s'arrête !

— Oui ! Oui !

Margot se tenait un peu à l'écart des autres enfants, qui ne pouvaient se rappeler l'époque bénie où il ne tombait pas toujours de la pluie. Ils avaient neuf ans et si, d'aventure, il y a sept ans, le soleil s'était montré pendant une heure aux hommes stupéfaits et ravis, ils étaient bien incapables de s'en souvenir.

Parfois, la nuit, elle les entendait s'agiter, en proie à des souvenirs obscurs. Elle savait alors qu'ils étaient en train de rêver d'or, de craie jaune, de pièce de monnaie suffisamment grande pour qu'on pût avec elle acheter le monde. Elle savait qu'ils se rappelaient confusément une certaine chaleur, comme si le sang leur montait aux joues, comme si leur corps tout entier, leurs bras, leurs jambes et jusqu'à leurs mains tremblantes, s'en trouvaient soudain réchauffés.

Mais ils se réveillaient toujours avec le tambourinement gracieux, l'égrènement inlassable des perles d'eau sur le toit, sur les promenades, sur les jardins et ils savaient alors que leurs rêves s'étaient à jamais enfuis.

La veille, ils avaient passé toute la journée à lire à haute voix des pages consacrées au soleil. À sa couleur jaune tirant sur le citron, à l'intensité de sa chaleur. Ensuite ils avaient rédigé à sa gloire des petits textes en forme d'essais ou de poèmes.

Le soleil, pour moi, est la fleur
Qui ne fleurit jamais qu'une heure.

avait écrit Margot. Elle avait lu d'une voix tranquille ce bref poème, dans le silence de la salle de classe troublé seulement par le crépitement de la pluie.

— Ce n'est pas de toi ! protesta un garçon.

— *Si*, c'est de moi !

— William ! intervint l'institutrice d'un ton sévère.

Tout cela se passait hier et hier semblait tout à coup très loin… La pluie diminua d'intensité et les enfants s'écrasèrent devant les grandes baies aux vitres épaisses.

— Où est la maîtresse ?

— Elle revient tout de suite.

— Elle ferait bien de se dépêcher. Elle va tout manquer !

Ils tournaient sur eux-mêmes tels les rayons d'une roue entraînée dans une course folle.

Au milieu de cette effervescence, Margot était seule. C'était une petite fille, d'aspect fragile, qui avait l'air de s'être égarée depuis des années dans la pluie. La pluie avait lavé le bleu de ses yeux, terni le pourpre de sa bouche, passé l'or de ses cheveux. Elle ressemblait à une photographie jaunie sortie d'un album et, chaque fois qu'elle parlait, sa voix était si neutre qu'on eût juré la voix d'un fantôme. Elle se tenait un peu à l'écart du groupe de ses camarades et contemplait la pluie, le monde sonore et noyé dont elle était séparée par une immense vitre.

— Qu'est-ce que *tu* regardes ? lui demanda William.

Margot ne répondit pas.

— Tu pourrais répondre quand on te parle !

Il lui donna un coup de coude mais elle ne bougea pas. Elle se laissa docilement bousculer.

Les autres s'écartaient d'elle, ils ne faisaient pas attention à elle. Elle le savait. La raison de leur éloignement était son refus de participer à leurs jeux dans les couloirs bruyants de la ville souterraine. S'ils la poursuivaient, elle les attendait sans bouger de place. Toutes les fois où la classe chantait des hymnes au bonheur, à la vie, elle remuait à peine les lèvres. Elle ne se joignait à eux que lorsqu'il était question de soleil ou d'été, sans détacher les yeux des fenêtres ruisselantes d'eau.

Le drame, c'est qu'elle n'avait quitté la Terre que depuis cinq ans et que, par conséquent, elle se rappelait fort bien le soleil, sa chaleur et la couleur du ciel, lorsqu'à quatre ans, elle se promenait en Ohio. Eux, avaient vécu sur Vénus toute leur vie. Ils n'avaient que deux ans lorsque le soleil leur était apparu pour la dernière fois et ils ne se le rappelaient pas. Depuis longtemps, ils avaient oublié sa couleur, sa chaleur, et même son aspect.

Margot, elle, se souvenait.

— Il ressemble à une pièce de monnaie, avait-elle dit un jour en fermant les yeux pour mieux préciser ses souvenirs.

— Pas du tout, avaient crié les autres enfants.

— On dirait du feu dans un poêle, avait-elle dit encore.

— Tu mens ! Tu ne te souviens pas !

Elle se souvenait fort bien et c'est pourquoi, à l'écart du groupe qu'ils formaient, elle regardait attentivement les curieuses fenêtres. Un jour, c'était peut-être il y a un mois, elle avait refusé de prendre sa douche dans la salle de douche commune de l'établissement. Elle avait pressé ses mains contre ses oreilles, elle les avait croisées sur sa tête en hurlant qu'elle ne voulait pas que l'eau la touchât. C'est ainsi que petit à petit elle se différenciait d'eux. Ils ressentaient ce fossé qui se creusait entre elle et eux et ils lui en tenaient rigueur.

Puis le bruit avait couru à l'école que son père et sa mère avaient décidé de la ramener sur la Terre l'an prochain. Cette décision s'imposait, paraît-il, bien qu'elle signifiât pour les siens une dépense de plusieurs milliers de dollars. Toutes ces raisons valables et non valables faisaient que les autres enfants la haïssaient. Ils haïssaient son silence, ils haïssaient son air d'attendre perpétuellement Dieu sait quoi, ils haïssaient sa fragilité, ils haïssaient l'avenir qui lui était réservé.

— Va-t'en !

Le garçon lui donna une bourrade.

— Qu'est-ce que tu attends ?

Pour la première fois depuis qu'il l'admonestait, elle se tourna vers lui. Ce qu'elle attendait se lisait dans ses yeux.

— Ne reste pas plantée là ! s'écria le garçon, subitement furieux. Tu ne verras rien, je te dis !

Elle remua les lèvres.

— Rien de rien ! C'était une blague…

Il se retourna vers ses camarades.

— N'est-ce pas, vous autres, qu'il ne se passera rien aujourd'hui ?

Ils le regardèrent, perplexes, puis, ayant enfin compris, s'esclaffèrent en secouant la tête.

— Rien ! Rien du tout !

— Mais… hasarda timidement Margot, en quêtant un appui du regard. C'est pourtant aujourd'hui que les savants ont prévu, ont dit, ont affirmé que le soleil…

— On te dit que c'était une blague, dit le garçon en la prenant par les épaules. Hé-là, vous autres ! Aidez-moi à la fourrer dans un placard avant que la maîtresse ne revienne.

— Non ! Non ! s'écria Margot en faisant un pas en arrière.

Ils se ruèrent sur elle, la soulevèrent de terre et l'emportèrent en dépit de ses protestations, de ses supplications, de ses pleurs, en suivant un long couloir souterrain, dans une pièce où se trouvait un placard, dont ils refermèrent la porte à clé. Ils restèrent un moment devant la porte qu'ils voyaient trembler sous le martèlement de ses petits poings et sous ses coups d'épaules. Ses gémissements étouffés leur parvenaient à travers la cloison. Puis, le sourire aux lèvres, ils s'en retournèrent par le même chemin et débouchèrent du couloir juste comme l'institutrice arrivait.

— Alors, les enfants, vous y êtes ?

— Oui ! s'écrièrent-ils tous en chœur.

— Il ne manque personne ?

— Non !

La pluie mollissait.

Ils se pressèrent devant l'immense porte.

La pluie cessa tout à fait.

C'était comme si, au beau milieu d'un documentaire sur une avalanche, une tornade, un ouragan, ou une éruption, quelque chose s'était détraqué dans la sonorisation ; l'intensité du son avait été en diminuant progressivement jusqu'à sa suppression complète. Coups de vent, échos des explosions, fracas du tonnerre s'étaient tus. Le film avait sauté de l'appareil de projection et, à sa place, on avait inséré une vue tropicale, aussi paisible qu'ennuyeuse. Le monde, dans un grincement, s'était immobilisé. Et le silence était tout à coup si immense, si total, si incroyable qu'on croyait avoir les oreilles bouchées, voire même avoir perdu définitivement l'ouïe.

Les enfants appuyèrent leurs paumes sur leurs oreilles. Ils s'étaient massés sur le côté. La porte glissa sur ses gonds, l'odeur du monde silencieux et figé pénétra dans la salle de classe, emplissant leurs narines.

C'est alors qu'apparut le soleil.

Il était de la couleur du bronze en fusion et, à vrai dire, immense. Le ciel autour de lui avait la teinte d'ardoises incandescentes. La jungle flambait sous la lumière solaire. Les enfants, rompant le charme qui les avait tenus pétrifiés, s'élancèrent vers le printemps en hurlant de joie.

— Ne vous éloignez pas trop ! cria la maîtresse. Vous n'avez que deux heures. Ne vous laissez pas surprendre !

Sans l'écouter, ils coururent en levant leurs visages vers le ciel. Et le soleil brûlait leurs joues comme un fer chaud. Ils ôtèrent leurs vestes pour que leurs bras brunissent.

— C'est quand même mieux que les lampes à infrarouges !

— C'est beaucoup mieux !

Ils cessèrent de courir et contemplèrent tout autour d'eux la jungle qui recouvrait Vénus et qui croissait à vue d'œil dans la plus folle exubérance.

On eût dit un nid de pieuvres, poussant vers le ciel leurs tentacules enchevêtrés, branches animales et végétales à la fois qui flottaient et se développaient dans ce bref printemps. Elle avait la teinte blanchâtre du latex, de la cendre, cette jungle privée de soleil depuis tant d'années. La teinte des pierres, des fromages pas faits, de l'encre, de la lune…

Les enfants, joyeux, se couchaient sur le matelas végétal, élastique et vivant, qu'ils entendaient frémir, craquer, croître sous eux. Ils couraient au milieu des arbres. Ils glissaient, tombaient et se relevaient. Ils se poussaient, ils jouaient à cache-cache et à chat coupé. Mais beaucoup d'entre eux se contentaient de fixer le soleil en grimaçant jusqu'à ce que les larmes leur coulent sur le visage, ou de tendre les bras vers ces teintes extraordinaires, cet orangé, ce bleu, et d'aspirer à pleins poumons l'air frais, si frais, sans se lasser d'entendre ce grand silence suspendu au-dessus de leurs têtes, océan béni d'où tout bruit, tout mouvement était absent. Rien n'échappait à leur investigation, à leur enthousiasme. Puis, tels de jeunes animaux échappés de leurs retraites, ils reprenaient leurs randonnées en décrivant de larges cercles et en poussant des cris sauvages. Ils coururent ainsi pendant une heure sans s'arrêter.

C'est alors que…

Au beau milieu de leur course folle, une petite fille poussa un petit cri. Tous s'immobilisèrent.

Au milieu d'une clairière, la petite fille tendait vers eux sa main renversée grande ouverte.

— Regardez ! dit-elle d'une voix tremblante.

Ils s'approchèrent à pas lents et fixèrent sa paume dressée vers le ciel.

Au creux de sa paume, juste au centre de sa main, s'était logée une énorme goutte de pluie.

La petite fille se mit à pleurer. Sans émotion apparente, ils levèrent les yeux vers le ciel.

— Oh ! Oh !

Quelques gouttes froides leur tombèrent sur le nez, sur la joue, sur la bouche. Le soleil s'estompa dans un brouillard poussé par le vent, un vent glacial qui, soudain, s'était levé. Ils reprirent le chemin du retour vers la demeure souterraine, coudes au corps. Leurs sourires peu à peu s'effaçaient…

Un grondement de tonnerre les terrifia et, pareils à des feuilles avant l'ouragan, ils se cognèrent précipitamment les uns aux autres. Ils pressèrent le pas. La foudre tomba à 15 km, à 6 km, à 1 500 m, à 700 m. En un rien de temps, le ciel s'assombrit et il fit nuit noire.

À l'entrée du souterrain, ils attendirent qu'il pleuve vraiment fort. Alors, ils refermèrent la porte et, de nouveau, leur parvint le vacarme énorme de la pluie tombant à seaux, cataractes noyant toutes choses dans un fracas assourdissant qui semblait ne jamais devoir finir.

— On en a pour sept ans ?

— Oui…

L'un d'eux s'écria alors :

— Margot !

— Quoi ?

— Elle est toujours enfermée dans le placard.

— Ah oui, Margot…

Ils rallièrent l'étage inférieur comme menés par une main invisible. Leurs regards se croisèrent, puis se détournèrent. Ils jetèrent un dernier coup d'œil au monde qui n'était à présent que pluie, encore de la pluie, toujours de la pluie… Leurs yeux n'osaient plus se rencontrer. Leurs visages étaient graves et pâles. Ils contemplaient, la tête basse, leurs mains et leurs pieds.

— Margot…

Une petite fille dit :

— Et alors ?

Aucun d'entre eux ne bougea.

— Faut y aller, dit la petite fille.

Ils suivirent le couloir qui s'enfonçait dans le sol. Le crépitement de la pluie froide accompagnait leur marche. Et lorsqu'ils tournèrent pour entrer dans la pièce, le tonnerre éclata, la tempête faisait rage, les éclairs bleus et effrayants illuminèrent leurs visages.

Ils se dirigèrent lentement vers la porte du placard et, une fois là, hésitèrent.

Derrière la porte, on n'entendait aucun bruit.

Ils ouvrirent cette porte très doucement et firent sortir Margot.

Le cadeau

Le lendemain c'était la Noël et, pendant tout le trajet jusqu'au port d'embarquement, la mère et le père avaient l'air soucieux. C'était le premier voyage interplanétaire de leur gamin, la première fois même qu'il pénétrait dans une fusée et ils tenaient à ce que tout fût parfait. Aussi, quand, sur la table de la douane, ils avaient été contraints de laisser son cadeau, dont le poids ne dépassait que de quelques dizaines de grammes la limite autorisée, ainsi que le petit sapin avec ses bougies blanches, ils se sentirent déçus dans leur esprit de tradition et dans leur affection.

Leur fils les attendait dans la salle de départ. Tout en allant à sa rencontre, après leur altercation non suivie de succès avec les employés de l'agence interplanétaire, la mère et le père s'interrogèrent à voix basse :

— Alors, que faisons-nous ?

— Rien… Que pourrions-nous faire, je te le demande ?

— Quels règlements stupides !

— Et il voulait tellement son arbre…

Au mugissement de la sirène, les gens s'engouffrèrent dans la fusée à destination de Mars. La mère et le père, encadrant leur fils pâle d'émotion, se présentèrent les derniers au contrôle.

— Je pense tout d'un coup à quelque chose… dit le père.

— À quoi, Papa ?

La fusée décolla et ils foncèrent, tête la première, dans l'espace noir.

La fusée se déplaçait en laissant à sa suite une traînée de feu, en laissant derrière elle la Terre, où l'on était le 24 décembre 2052. Elle se dirigeait vers un endroit de l'Univers où le Temps n'existait pas, ou n'existaient ni mois, ni année, ni heure.

Ils passèrent le reste du 1er « jour » à dormir. Peu avant minuit, à leurs montres réglées sur l'heure terrestre, méridien de New York, le petit garçon se réveilla et demanda :

— J'aimerais regarder par le hublot.

Or, il n'y avait qu'un seul hublot, une unique fenêtre d'un verre extrêmement épais mais de dimension suffisante, et il se trouvait sur le pont supérieur.

— Pas maintenant, dit le père. Je t'y conduirai un peu plus tard.

— Je voudrais savoir où nous sommes et voir où nous allons.

— J'ai une excellente raison pour vouloir que tu attendes encore un peu, dit le père.

Incapable de trouver le sommeil, il n'avait cessé de se tourner et de se retourner sur sa couche, ressassant dans sa tête le problème du cadeau qu'il avait fallu laisser, de l'époque de l'année où l'on se trouvait et du petit arbre aux bougies blanches qu'il n'avait pu emporter. À la fin, il s'était assis, il y avait peut-être cinq minutes. Il tenait son plan. Qu'il le mène seulement à bonne fin et ce voyage serait en tous points réussi.

— Mon petit, dit-il, dans une demi-heure, c'est Noël.

— Oh ! fit la mère, consternée qu'il fît allusion à ce qu'elle s'efforçait d'oublier. Elle avait espéré, sans se l'avouer clairement, que le petit garçon ne penserait plus à cette date tant attendue.

Le visage du petit garçon se colora, ses lèvres tremblèrent d'excitation.

— Je sais ! Je sais ! J'ai un cadeau, n'est-ce pas ? J'ai un arbre ? Tu m'avais promis que…

— Oui, oui, tu les auras, et tu auras mieux encore, dit le père.

— Mais… dit la mère.

— Je suis sûr de ce que j'avance. Tu auras mieux encore… Excusez-moi un instant. Je reviens…

Il les quitta et resta absent pendant environ vingt-cinq minutes. À son retour, il souriait.

— L'heure approche !

— Tu me donnes ta montre ? demanda le petit garçon. On lui confia la montre et il tint entre ses doigts son léger tic-tac pendant que les dernières minutes avant l'heure s'écoulaient lentement au milieu du feu, du silence et d'une propulsion qu'ils ne percevaient pas.

— Ça y est ! C'est Noël ! Où est mon cadeau ?

— Suivez-moi ! dit le père.

Il passa son bras sur les épaules de son fils et ils sortirent de la pièce, longèrent une coursive puis un couloir en pente douce qui menait à l'étage supérieur. La mère suivait.

— Je ne comprends pas, répétait-elle.

— Tu vas comprendre ! Voilà, nous y sommes !

Ils étaient devant la porte d'une vaste cabine. Le père frappa trois coups, puis deux, selon un code convenu. La porte s'ouvrit. La lumière de la cabine s'éteignit. On entendait à l'intérieur un murmure de voix.

— Entre, petit ! dit le père.

— Il fait noir…

— Je te tiens la main. Viens, Maman !

Dès qu'ils furent entrés, la porte se referma sur eux. La pièce était effectivement plongée dans la plus profonde obscurité. Ils distinguèrent juste devant eux un grand œil de verre. C'était le hublot, la fenêtre de 1,30 m de haut et de 2 m de large, par laquelle on regardait dans l'espace.

Le petit garçon, la mère et le père eurent le souffle coupé devant le spectacle qui s'offrait à leur vue, tandis que, derrière eux, dans l'obscurité, des gens entonnaient un chant de Noël.

— Joyeux Noël, mon fils ! dit le père.

La cabine résonnait des vieux chorals de leur enfance. Le petit garçon s'avança lentement jusqu'à ce que son nez touche la vitre froide du hublot. Et il resta là très, très longtemps, à regarder dans l'espace et la nuit profonde les dix milliards de milliards de petites bougies blanches qui brûlaient à l'infini, sans pouvoir s'arracher à sa contemplation.

La collision mémorable de lundi dernier

En passant la porte à deux battants de l'Heber Finn's, l'homme chancela, comme frappé par la foudre. Sa démarche titubante, le sang qui coulait sur son visage, le piètre état de son costume, ses gémissements enfin, glacèrent d'effroi les consommateurs alignés devant le comptoir.

À son entrée, d'un même mouvement, tous s'étaient retournés, avec leurs trognes pâles, roses, striées de veinules, ridées et rouges comme des fanons de dindons. Toutes les paupières avaient cillé. Un silence total s'était fait et l'on n'avait plus entendu que le pétillement de la mousse de bière dans les gosiers toujours assoiffés.

Le nouveau venu aux vêtements déchirés se balançait d'un pied sur l'autre, l'œil vague, les lèvres tremblantes. Les buveurs serrèrent les poings. « Allons ! se disaient-ils en leur for intérieur. Parle ! Raconte ! Qu'est-ce qui t'est *arrivé* ? »

Le nouveau venu prit son élan.

— Une collision… dit-il d'une voix mourante, une collision, sur la route.

Sur ce, les genoux coupés par l'effort, il s'effondra.

— Une collision !

Une douzaine de gaillards se précipitèrent sur le corps inanimé.

— Kelly !

Heber Finn, le patron du bar, avait bondi par-dessus le comptoir.

— Va sur la route à la recherche de l'autre victime ! Et toi, Joe, cours chercher le toubib !

— Minute ! dit une voix calme au fond de la salle.

Dans un box, retraite rêvée pour un philosophe, un homme, vêtu de sombre, les regardait en clignant des yeux.

— Docteur, s'écria Heber Finn. Vous êtes là !

Le docteur et ses compagnons s'élancèrent dans la nuit.

— Une collision…

L'homme, gisant sur le plancher, tordait sa bouche, essayant vainement d'expliquer.

Heber Finn, aidé de deux consommateurs, déposa avec mille précautions la victime sur le comptoir. Étendu sur l'acajou brillant, il était beau comme un mort et le miroir, qui réfléchissait son image, offrait aux spectateurs la vision de deux catastrophes pour le prix d'une seule.

Sur les marches, la petite troupe avait fait halte, effarouchée par l'océan de brume qui semblait avoir englouti l'Irlande et dont les nuées mouvantes déferlaient sur eux. Les nappes de brouillard de quinze mètres de haut avaient effacé la lune et les étoiles. Avec des jurons sonores la petite troupe s'élança pour disparaître bientôt dans les grands fonds.

Un jeune homme était resté en arrière et les regardait disparaître du seuil de la porte. Il n'était ni suffisamment haut en couleur, ni suffisamment blafard, ni d'humeur assez mélancolique ni d'humeur assez gaie pour être Irlandais. Ce devait être un Américain. Et c'était vrai. Cela posé, il s'ensuit qu'il craignait d'intervenir dans ce qui lui semblait le cérémonial du village. D'ailleurs, depuis son arrivée en Irlande, il n'avait pu se défaire de l'impression qu'il vivait au milieu d'acteurs sur la scène du Grand Théâtre de Dublin. Et, en ce moment précis, ignorant son texte, il se contentait de suivre d'un air quelque peu ahuri la fuite éperdue de ses comparses.

— Mais, finit-il par s'écrier d'une voix timide, je n'ai entendu passer aucune voiture sur la route !

— Tiens ! Voilà qui est curieux, répliqua un vieillard, non sans hauteur.

Ses rhumatismes lui interdisaient d'aller plus loin que la première marche d'où, mal assuré sur ses jambes, il hurlait à l'adresse des blanches nuées où avaient plongé ses amis :

— Allez au carrefour, jeunes gens ! C'est là que cela arrive généralement !

— Le carrefour !

On entendit une galopade précipitée.

— Je n'ai pas non plus, reprit l'Américain, entendu le choc de deux voitures qui s'emboutissent.

Le vieillard renifla avec mépris.

— C'est que nous ne sommes pas, nous autres, portés sur la violence, ni sur le bruit… Mais en vous dirigeant de ce côté, vous verrez l'accident. Marchez, mais ne courez pas ! Il fait noir comme dans un four. Vous risquez de vous cogner contre Kelly, qui est connu pour foncer tête baissée, ou de tomber sur Feeney, trop saoul pour voir son chemin et, à plus forte raison, ce qu'il y a dessus ! Avez-vous une lampe, une torche électrique ? Cela ne vous servira pas à grand-chose, mais prenez-la quand même. Marchez, mais ne courez pas, vous avez *compris* ?

Dans le brouillard, l'Américain alla vers sa voiture. Il trouva sa torche et disparut dans la nuit qui enveloppait l'Heber Finn's. Il se dirigeait au son des pesants godillots ou des ralliements de voix. À cent mètres en avant, les voix se rapprochaient, des voix rudes et assourdies, qu'il percevait à présent de plus en plus nettement.

— Là, ça va aller ! Oh ! quel poison ! Ne le lâchez pas surtout ! Attention à ne pas le secouer !

Une masse grouillante surgit à tâtons du brouillard portant à bout de bras un objet recroquevillé. L'Américain se sentit poussé de côté. Il aperçut un visage ensanglanté, livide. Puis on marcha sur sa torche et il ne vit plus rien.

D'instinct, le catafalque porté par la vague des épaules houleuses se dirigea vers la lumière dorée couleur de whisky nouveau de l'Heber Finn's, havre sûr et familier. Derrière lui, dans un impressionnant cliquetis, venaient des formes imprécises.

— Qui va là ? demanda l'Américain.

— Nous, avec les véhicules… On a trouvé le lieu de l'accident…

L'Américain les repéra avec sa torche. Il sursauta de surprise. Puis sa batterie faiblit.

Non sans qu'il ait pu voir auparavant deux valets de ferme, avançant au pas cadencé, l'air parfaitement décontracté, avec sous le bras deux bicyclettes noires démodées, auxquelles manquaient les lumières avant et arrière.

— Qu'est-ce que…? interrogea l'Américain.

Mais les deux gars poursuivirent leur chemin en emportant les pièces à conviction. Le brouillard se referma sur eux. L'Américain resta seul sur la route déserte. Il était un peu désemparé. Sa torche éteinte pendait au bout de son bras.

Au moment où il ouvrit la porte de l'Heber Finn's, on venait de déposer sur le comptoir le deuxième « corps ».

— Nous avons mis les corps sur le comptoir, dit le vieillard en se tournant vers lui.

Les gens se bousculaient devant le comptoir sans, il va de soi, aucune intention de boire. Ils bloquaient si bien le passage que le toubib devait les écarter pour aller de l'une à l'autre de ces malheureuses preuves d'une distraction funeste. Rouler de nuit dans le brouillard sans lumière leur avait été fatal.

— L'un, c'est Pat Nolan, murmura le vieillard. Chômeur de profession. L'autre, c'est Mr Peevey de Meynooth. Il est dans le sucre et les cigarettes.

Puis, élevant le ton, il interrogea :

— Sont-ils morts, docteur ?

— La paix, je vous prie !

Le toubib ressemblait au sculpteur dérangé juste au moment où il tient la manière d'achever en un tournemain deux statues de marbre en pied.

— Posez-moi l'une des victimes sur le plancher !

— Le plancher, c'est un tombeau ! déclara Heber Finn. Il va attraper la mort. Il vaut mieux le laisser là où il est. L'air est réchauffé par nos conversations.

— Mais, dit l'Américain, un peu gêné, je n'ai jamais, de ma vie, vu un accident pareil. Êtes-vous sûrs qu'il n'y avait aucune voiture ? Seulement ces deux hommes sur leurs *vélos* ?

— Seulement ? s'écria le vieillard. Mais qu'est-ce qu'il vous faut ? Un type, à qui une bonne suée ne fait pas peur, peut pédaler à 60 km à l'heure. Dans une longue descente, sa vitesse peut atteindre 90 km, que dis-je, 95 km à l'heure. Et ces deux-là roulaient probablement à cette allure, sans lumières ni à l'avant, ni à l'arrière…

— N'y a-t-il pas un règlement qui l'interdise ?

— Au diable l'ingérence du gouvernement dans nos affaires ! Ces deux-là roulaient sans lumières, je vous le répète, en appuyant sur les pédales pour rentrer chez eux. Ils pédalaient comme s'ils avaient le Diable à leurs trousses. Tous deux, en sens contraire, mais, hélas, sur le même côté de la route. On prétend toujours qu'il vaut mieux marcher sur le mauvais côté de la route. Voilà le résultat ! Ces garçons-là sont les victimes des balivernes oiseuses des fonctionnaires. Vous n'avez pas compris ? C'est simple pourtant. L'un s'en est souvenu et l'autre pas ! Il vaudrait mieux, croyez-moi que les fonctionnaires ferment leurs gueules une fois pour toutes. C'est de leur faute si ces deux-là sont mourants.

— Mourants ?

L'Américain le regardait, ahuri.

— Allons ! Jeune homme, faites marcher vos

méninges ! Qu'est-ce qui s'interpose, dites-moi, entre deux gaillards, tenant la grande forme, qui dévalent, couchés sur leurs guidons, la route de Kilcock à Meynooth ? Le brouillard ! Le brouillard, rien d'autre... Il n'y avait que le brouillard pour amortir le choc... Imaginez un peu ces deux types débouchant au croisement, mais c'est un coup à faire valser les quilles d'une piste de bowling ! Ils mesurent chacun 1 m 90, ne l'oubliez pas, et ils se sont très gentiment fracassé le crâne en s'envoyant en l'air, leurs vélos embobinés l'un dans l'autre comme deux matous en colère. Ils sont ensuite retombés au sol ou ils sont restés étendus pour le compte, les ailes de la Mort leur caressant le front.

— Mais ces hommes ne vont pas...

— Et pourquoi pas ? Rien que l'an dernier, dans tout l'État libre d'Irlande, il ne s'est pas passé de nuit qu'une créature du bon Dieu n'aie péri en venant se cogner dans une autre.

— Vous voulez dire que plus de trois cents cyclistes irlandais meurent tous les ans, en se fracassant les uns contre les autres ?

— C'est la vérité vraie. Je vous accorde que c'est affreux...

— Moi, le soir, je ne prends jamais mon vélo.

Heber Finn considérait les corps allongés sur le comptoir.

— Je vais à pied.

— Dans ce cas, ces damnés vélos risquent de t'écraser, dit le vieil homme. En vélo ou à pied, il se trouvera toujours en face de toi quelque idiot pour courir à perdre haleine vers son destin. Ils ont plus vite fait de te réduire en bouillie que de te dire « bonjour ». Combien d'hommes valeureux n'ai-je pas vu détruits, amochés, ou, pire encore, souffrir de maux de tête atroces leur vie durant !

Le vieillard baissa ses paupières tremblotantes.

— On en arrive à croire, conclut-il, que les êtres humains ne sont pas faits pour manier des machines aussi compliquées.

— Trois cent morts tous les ans…

L'Américain paraissait abattu.

— … Et je ne parle pas des milliers de blessés qui jettent leurs bicyclettes dans les tourbières et reçoivent des indemnités du gouvernement.

— Allons-nous continuer à attendre sans rien faire ?

L'Américain désignait les victimes.

— N'y a-t-il pas d'hôpital ?

— Par une nuit sans lune, poursuivait Heber Finn, le plus sûr, à mon avis, est de marcher à travers champs en se gardant comme de la peste de ces satanées routes. En pratiquant ainsi, j'ai survécu jusqu'à ma cinquantième année.

— Oh !

La foule commençait à ne plus pouvoir contenir son impatience.

Le toubib, conscient d'avoir retenu trop longtemps par devers lui une information d'importance et sentant son auditoire lui échapper, ramena l'attention par un imperceptible raidissement du buste et un « hum » sonore.

Le silence s'établit aussitôt.

— Pour celui-ci — le toubib pointait son doigt — contusions, déchirements de ligaments, atroces migraines pendant quinze jours. Quant à l'autre, c'est une autre paire de manches…

Le toubib considéra un long moment le corps cireux, apparemment prêt pour les rites funèbres.

— Commotion cérébrale.

— Commotion cérébrale !

Le mot fit le tour de la salle, qui retomba ensuite dans le silence.

— Il s'en tirera si nous l'emmenons sans plus tarder à l'hôpital de Meynooth. Y a-t-il un chauffeur volontaire ?

La foule se tourna comme un seul homme vers l'Américain, qui se sentit poussé sur la scène et amené à tenir le premier rôle du drame. Il rougit à la pensée des dix-sept bicyclettes et de l'unique voiture parquées en ce moment même à la porte de l'Heber Finn's. Et il s'empressa d'acquiescer d'un signe de tête.

— Un volontaire, les gars ! Allez, ouste, portez-moi ce garçon jusqu'au véhicule de notre ami !

Déjà les hommes tendaient les bras pour soulever le corps lorsque entendant l'Américain tousser, ils se figèrent sur place. Sa main, décrivant un large cercle, se repliait sur elle-même et ses doigts rassemblés tapotaient ses lèvres d'une façon significative. De surprise, ils restèrent bouche bée. Mais le geste n'était pas achevé que des verres moussaient sur le comptoir.

— Pour la route !

Soudain, la victime la moins touchée se mit à revivre. Son visage était aussi blanc qu'un fromage, mais elle saisit le bock qu'on lui tendait aimablement.

— Alors, vieux, raconte !

— Ce qui est arrivé ? Eh bien…

Le corps inanimé avait été emporté. La veillée mortuaire était anéantie dans l'œuf. La salle était vide à l'exception de l'Américain, du toubib, de la victime revenue à la vie et de deux amis qui se creusaient la cervelle pour entretenir la conversation. On entendait au dehors la foule qui installait le seul résultat sérieux de la mémorable collision dans la voiture du volontaire.

Le toubib dit alors :

— Finissez votre verre, Mr… qui, au fait ?

— McGuire, dit l'Américain.

— Par tous les saints du Paradis, il est Irlandais !

Non, se disait l'Américain, l'esprit ailleurs, promenant un regard absent sur la salle, s'arrêtant sur le cycliste ressuscité qui attendait, bien calé sur sa chaise, que la foule revienne écouter son récit, notant au passage le sang sur le plancher, les deux bicyclettes appuyées contre le mur près de la porte, telles des accessoires de tournée qu'on aurait oubliés là, songeant à la nuit noire qui l'attendait au dehors, prêtant l'oreille au roulement continu, cadencé, équilibré de ces voix qui s'unissaient en chantant, chacune, leur propre partie. Non, se disait l'Américain, qui avait pour nom McGuire, je suis presque Irlandais, mais pas tout à fait.

— Docteur, dit-il en posant la monnaie sur le comptoir, voyez-vous souvent des collisions entre *automobilistes*, des accidents d'autos ?

— Pas dans notre ville !

Le toubib hocha la tête vers l'est d'un air méprisant.

— Toutefois si vous vous intéressez à ce genre de choses, Dublin me semble être l'endroit indiqué.

Alors qu'ils traversaient la salle, le toubib le prit par

le bras comme s'il voulait lui confier un secret qui changerait sa destinée. Maintenu par cette poigne ferme, l'Américain sentait qu'il devait composer avec la quantité de bière qu'il venait d'ingurgiter.

— Écoutez, McGuire, lui chuchota à l'oreille le docteur d'une voix pressante, vous admettez que vous n'avez guère circulé en Irlande, n'est-ce pas ? Hé bien ! Je vais vous donner un conseil. Pour aller à Meynooth avec ce brouillard, vous ferez aussi bien de rouler à la vitesse maxima. Roulez un train d'enfer. Pourquoi ? Parce que le bruit effrayera cyclistes et vaches, qui dégageront la route des deux côtés ! Si vous conduisez lentement, vous en supprimerez des douzaines avant qu'ils sachent seulement la cause de leur disparition. Ah ! Autre chose encore ! Si une voiture vient à votre rencontre, éteignez vos phares ! Croisez-vous, phares éteints, en toute sécurité ! Ces satanés phares ont aveuglé plus d'yeux et sacrifié plus d'innocents qu'ils n'en ont sauvé, croyez-moi ! Vous avez compris ? Deux choses : rouler vite et éteindre vos phares dès qu'une voiture apparaît dans le lointain.

Arrivé à la porte, l'Américain opina. Derrière son dos, il entendait la victime, assise à savourer sa bière, qui se plongeait dans un récit qui promettait d'être verbeux et commençait en ces termes :

— Je rentrais tout joyeux à la maison, lorsque sur la descente avant le croisement…

Une fois dehors et installé dans la voiture, pendant que sur le siège arrière l'autre victime de la collision geignait faiblement, il écouta le toubib lui faire une ultime recommandation.

— Portez toujours une casquette, mon garçon ! Si vous vous promenez la nuit sur les routes, ayez toujours une casquette ! Une casquette vous épargnera les atroces migraines qui ne manqueraient pas de vous prendre si vous vous cogniez la tête contre celles de Kelly ou de Moran ou de tout autre gros plein de bière, au crâne dur de naissance, qui se jetterait sur vous, tête la première. Même à pied, de tels individus sont dangereux. Vous voyez qu'en Irlande il existe également des règlements pour piétons et le premier de tous ces règlements est le port d'une casquette la nuit !

L'esprit vide, l'Américain fouilla sous son siège et ramena une casquette de tweed achetée à Dublin le matin même. Il s'en coiffa. Tout en l'ajustant sur sa tête, il regardait fixement l'épais brouillard poussé par le vent. Il prêta l'oreille. La grand-route s'ouvrait devant lui, déserte. Le calme le plus absolu régnait et, cependant, il lui semblait discerner un mouvement. Tout au long des centaines de kilomètres de montées et de descentes à travers la verte Irlande, il apercevait des milliers de croisements, perdus dans des milliers de nappes de brouillard, où des milliers de fantômes en casquettes de tweed et moufles grises, chantaient, s'interpellaient, fleurant la Guinness à vingt pas.

Il battit des cils. Les fantômes s'évanouirent. La route s'ouvrait à nouveau devant lui, droite, déserte, noire.

Il prit une large inspiration, il ferma les yeux. Alors seulement, l'Américain qui avait pour nom McGuire tourna la clé de contact et écrasa l'accélérateur.

Les petites souris

— Il est étrange, dis-je, ce petit ménage mexicain.

— Qu'est-ce que tu entends par là ? demanda ma femme.

— On n'entend jamais aucun bruit chez eux. Écoute…

Notre maison était encastrée dans un groupe d'immeubles locatifs. Une maison jumelle lui avait été ajoutée par la suite. Lorsque, ma femme et moi, nous en fîmes l'acquisition, nous louâmes les pièces supplémentaires, dont le mur était mitoyen avec celui de notre salon. En tendant l'oreille vers cette cloison, nous n'entendîmes rien, sinon le battement de nos propres cœurs.

— Je sais qu'ils sont rentrés pourtant, poursuivis-je à voix basse. Mais depuis trois ans qu'ils habitent là, je n'ai jamais entendu ni une casserole tomber, ni prononcer un mot, ni même manœuvrer un interrupteur. Bon Dieu ! Que *font-ils* donc dans leur appartement ?

— Je ne l'avais pas remarqué. C'est plutôt curieux, en effet, dit ma femme.

— Une seule lumière est allumée : l'ampoule bleue de 25 watts qui brûle dans leur salon. Quand on passe devant leur porte, on le voit *lui*, assis dans son fauteuil, ne disant jamais un mot, les mains sur ses genoux. Quant à elle, elle est assise dans le fauteuil qui lui fait face, aussi muette que lui. Tous deux sont comme deux statuettes, rigoureusement immobiles.

— Je crois toujours, de prime abord, qu'ils ne sont pas chez eux, dit ma femme. Leur salon est si mal éclairé. Mais les yeux s'accoutument à l'obscurité et, à force de regarder, on les aperçoit en effet, tous les deux.

— Un jour, dis-je, j'entrerai en coup de vent sans y être convié, j'allumerai toutes les lampes et on verra ce qui se passera ! Mon Dieu ! Si j'en arrive à ne plus pouvoir supporter leur silence, comment eux, le peuvent-ils ? Ils ne savent pas parler, non ?

— Quand il vient payer son loyer, tous les mois, il me dit « bonjour ».

— Et puis quoi ?

— « Au revoir ».

Je secouai la tête.

— Moi, quand nous nous croisons par hasard dans la rue, il m'adresse un sourire et presse le pas.

Ma femme et moi, nous passâmes cette soirée à lire, à écouter la radio, à bavarder.

— Ont-ils une radio ?

— Ni radio, ni télévision, ni téléphone. Pas un livre, pas un illustré, pas un journal, ne franchit leur porte.

— C'est ridicule !

— Ce n'est pas la peine de t'énerver pour cela !

— Je sais. Mais tu pourrais, toi, rester assise dans le noir, depuis deux ou trois ans, sans parler, sans écouter la radio, sans lire et sans manger ? Je n'ai jamais senti l'odeur du bifteck grillé ni d'un œuf frit. Seigneur, je ne pense pas les avoir même jamais entendus se coucher !

— Ils veulent nous intriguer, mon chéri.

— On peut dire qu'ils y parviennent.

J'allai faire le tour du pâté de maisons. C'était une belle soirée d'été. Pris de curiosité, je risquai, à mon retour, un œil vers leur porte d'entrée. Le silence le plus total régnait. On devinait à la lumière de la faible ampoule bleutée deux formes assises. Je m'attardai un moment à finir ma cigarette. C'est seulement lorsque je m'apprêtai à repartir que je le vis sur le seuil. Il regardait dans ma direction, avec son visage rond et poupin. Il ne fit aucun geste, se contentant de m'observer.

— Bonsoir ! dis-je.

Silence total. Quelques secondes plus tard, il faisait demi-tour et rentrait dans la pièce plongée dans l'obscurité.

Tous les matins, à 7 heures, le petit Mexicain quittait la maison, tout seul. Il suivait l'impasse d'un pas vif, observant le même silence qu'à l'intérieur de son appartement. À 8 heures, elle empruntait le même itinéraire, marchant à petits pas pressés, un manteau noir dissimulant ses aimables rondeurs, un chapeau assorti, en équilibre sur ses cheveux frisés, ayant toujours l'air de sortir de chez le coiffeur.

Des années durant, ils étaient partis ainsi travailler chaque matin, murés dans leur réserve.

— Où travaillent-ils ? demandai-je pendant le petit déjeuner.

— Lui est chauffeur aux aciéries de la U. S. Steel Cie, elle est couturière dans un magasin, de confections, je ne sais où.

— C'est un boulot plutôt dur.

Je tapai quelques pages de mon nouveau roman, les relus, laissai vagabonder mon imagination, puis me remis à taper. À 5 heures de l'après-midi, je vis la petite Mexicaine rentrer chez elle, ouvrir sa porte, se dépêcher d'entrer, tirer le store et refermer sa porte à double tour.

Il arriva à 6 heures précises, l'air pressé. Cependant, arrivé à la porte de sa cuisine, il se montra infiniment patient. Sans hâte, il gratta le store de l'ongle, légèrement, tel une petite souris dodue qui agite ses griffes. Puis il attendit. Enfin, elle le fit entrer. Je n'avais pas vu leurs lèvres remuer.

Pas une parole non plus pendant le dîner. Pas de grésillement de friture, pas de bruit de vaisselle, rien.

Je vis la petite ampoule bleue s'allumer.

— Lorsqu'il vient payer son loyer, il s'y prend de la même manière. Il frappe si doucement que je ne l'entends pas. S'il me prend l'idée de jeter un coup d'œil par la fenêtre, je le découvre à son poste. Dieu sait depuis combien de temps il est là, à attendre comme un rongeur à ma porte.

Le lendemain, par une merveilleuse soirée de juillet, le petit Mexicain sortit sur la terrasse de sa cuisine et, me voyant travailler au jardin, s'écria : « Vous êtes cinglé ! » puis, se tournant vers ma femme, il la qualifia également de folle et ajouta, en nous menaçant de sa main potelée :

— Je vous déteste. Vous faites trop de *bruit*. Je vous déteste tous les deux. Vous êtes cinglés.

Puis il rentra chez lui.

Août, septembre, octobre, novembre passèrent. Les « souris », comme nous les appelions, restaient dans leur trou noir. Un jour, en lui remettant sa quittance de loyer, ma femme lui donna quelques magazines illustrés. Il les accepta poliment, en souriant et en inclinant le buste, mais sans un mot de remerciement.

Une heure après, elle le vit enfourner les magazines dans l'incinérateur du jardin et craquer une allumette.

Le lendemain, il vint régler son loyer avec trois mois d'avance. Sans doute s'imaginait-il que, de cette façon, il n'aurait plus à nous voir que toutes les douze semaines. Lorsque je l'apercevais dans la rue, il se dépêchait de traverser comme s'il allait saluer un ami. Elle, de son côté, me croisait, en pressant le pas, un sourire figé aux lèvres, lointaine, avec un bref hochement de tête.

S'il y avait quelque réparation à effectuer dans leur maison, ils sortaient subrepticement et sans nous en avertir, partaient à la recherche d'un plombier qui devait faire son travail à la lumière d'une torche électrique.

— Je n'ai jamais vu une chose pareille, me dit celui-ci lorsque je le rencontrai dans l'impasse. Quel drôle d'endroit ! Pas une seule ampoule dans les douilles ! Quand je leur ai demandé où elles étaient passées, ils ont souri sans répondre !

La nuit, dans mon lit, je songeais aux petites « souris » comme nous les appelions. D'où venaient-ils ? Du

Mexique. Oui, mais de quel coin du Mexique ? D'une ferme, d'un village perdu au bord d'une rivière ? Certainement ni d'une ville ni d'un bourg de quelque importance… D'un endroit avec des étoiles, l'éclairage de la Nature, de la vraie nuit, les mouvements de la Lune et du Soleil, où ils avaient sans doute vécu les meilleures années de leur vie. Maintenant, ils étaient là, loin, très loin, de leur pays d'origine, dans cette ville impossible, lui, à transpirer toute la journée devant la gueule d'un four Martin, elle, courbée sur des aiguilles frénétiques dans un atelier sous les toits. Pour revenir à ce pâté de maisons, il leur fallait traverser une ville bruyante en se garant des trams aux timbres stridents et des saloons jacassants, tels des perroquets rouges, qui jalonnaient le chemin. C'est au milieu de tous ces bruits qu'ils regagnaient le plus rapidement possible leur salon, leur lumière tamisée, leurs fauteuils confortables et le silence de leur demeure. Je pensais souvent à leur vie. À une heure avancée de la nuit, il me semblait que, si j'étendais le bras, transporté hors de ma propre chambre, je pourrais m'identifier à eux, entendre le grillon, la rivière au clair de lune et quelqu'un chanter doucement en s'accompagnant à la guitare.

Un certain soir de décembre, un incendie se déclara dans l'immeuble voisin du nôtre. Les flammes montaient vers le ciel en grondant, les briques tombaient en avalanche, les étincelles volaient sur le toit de nos paisibles petites « souris ».

Je tambourinai à leur porte.

— Au feu ! Au feu ! m'écriai-je.

Ils étaient assis sans bouger dans la pièce éclairée par l'ampoule teintée.

Je frappai plus violemment.

— Il y a le feu ! Vous *entendez* ?

Les voitures de pompiers arrivèrent sur ces entrefaites. Elles déversèrent des flots d'eau à l'intérieur de l'immeuble, ce qui eut pour effet d'accélérer la chute des briques. Quatre d'entre elles, en dégringolant, firent des trous dans la petite maison. Je grimpai sur le toit, j'éteignis les foyers d'incendie qui s'y étaient allumés, je redescendis en m'aidant des pieds et des mains. Mon visage était noir de suie, mes mains saignaient.

La porte de la petite maison s'ouvrit alors et le petit Mexicain et sa femme apparurent sur le seuil, impavides et sereins.

— Laissez-moi entrer ! criai-je. Il y a un trou dans votre toit ! Des étincelles ont dû tomber dans votre chambre à coucher.

Sans attendre de réponse, j'ouvris la porte toute grande et je les bousculai pour passer.

— Non ! rugit le petit homme.

— Oh ! soupira la petite femme, qui se mit à tourner en rond comme un jouet mécanique détraqué.

J'étais dans la place, brandissant ma torche.

C'est alors que le petit homme m'empoigna et que je sentis son haleine.

Ma torche projeta sa lumière sur toutes les pièces de leur petite maison. Le faisceau de lumière joua successivement sur cent bouteilles de vin alignées dans le vestibule, sur deux cents bouteilles sur les rayonnages de la cuisine, sur six douzaines de bouteilles le long des murs du salon et bien davantage encore sur les commodes de la chambre à coucher et dans les placards. Je ne peux pas dire si le trou dans le plafond de la chambre à coucher m'impressionna davantage que le miroitement à l'infini de ces innombrables bouteilles. Je m'embrouillai dans mon compte. J'avais l'impression d'une invasion de cafards géants, tués net, entreposés là, vestiges d'une ancienne épidémie.

Je devinais derrière moi la présence du petit homme et de sa femme, arrêtés sur le seuil de leur chambre. J'entendais leur respiration haletante et je sentais leurs yeux posés sur mon dos.

Je relevai ma torche et les bouteilles brillantes retombèrent dans l'ombre et dans l'oubli. Je la promenai sur le plafond pendant tout le temps que dura encore mon inspection.

La petite femme éclata en sanglots. Elle sanglotait sans bruit. Aucun de nous n'avait bougé.

Le lendemain matin, ils déménagèrent.

Avant même que nous nous soyons aperçus qu'ils partaient, ils étaient déjà à la moitié de l'impasse, leurs valises à la main. Elles paraissaient si légères qu'elles devaient être vides. Je tentai de les retenir. Je leur parlai gentiment. « Vous êtes des amis, leur dis-je. Nous vous connaissons depuis longtemps. Rien n'est changé entre nous. Vous n'êtes pour rien dans l'incendie. Le trou dans le toit, ce n'est pas votre faute. Vous êtes innocents — *j'insistais* sur ce mot. Je réparerai le toit moi-même, sans qu'il vous en coûte le moindre centime. » Mais je ne rencontrai pas leur regard. Pendant que je leur tenais ce discours, ils gardaient leurs yeux fixés sur la maison et le bout de l'impasse vers lesquels ils se dirigeaient. Quand enfin je me tus, ils firent un léger signe de tête en direction de l'impasse comme pour me dire qu'il était temps pour eux de partir. Ils se remirent à marcher, accélérèrent le pas, et s'éloignèrent en direction de la rue où grouillaient les trams, les bus, et les voitures, vers le dédale de rues plus bruyantes les unes que les autres. Et cependant, ils avançaient rapides, fiers, la tête haute, sans jeter un seul regard en arrière.

C'est par le plus grand des hasards que je les revis. Aux approches de Noël, un soir, je me promenais dans une rue à l'heure du crépuscule, lorsque j'aperçus le petit homme qui trottinait devant moi. Sur un caprice, je me mis à le suivre. Quand il tournait le coin d'une rue, je l'imitais. Enfin, à 200 mètres peut-être de son ancien domicile, je le vis gratter tranquillement à la porte d'une petite maison blanche. La porte s'ouvrit, puis se referma sur lui. La nuit s'étendait sur la ville. En passant devant la maison, je vis une petite lumière allumée dans le minuscule salon. L'ampoule était bleue.

Je crus distinguer, dans l'ombre, ou plutôt j'imaginai deux silhouettes assises, lui, dans le fauteuil qui lui était réservé, elle, dans le sien à l'autre coin de la pièce. Et derrière chaque fauteuil, une bouteille qui venait rejoindre la précédente. Ils n'échangeaient pas un mot, pas un seul mot… Le silence le plus absolu…

Je ne montai pas les marches et n'allai pas frapper à leur porte. Je passai mon chemin. Je marchai sur le boulevard, l'oreille cassée par les glapissements des bistrots qui la bordaient. J'achetai un journal, un illustré et un livre à gros tirage. Puis je rentrai chez moi. Toutes les lampes étaient allumées. Le potage fumait sur la table.

Coucher de soleil sur la plage

Tom, de l'eau jusqu'aux genoux, un épar à la main, tendit l'oreille.

En cette fin d'après-midi, la maison, là-haut sur la falaise près de la route du littoral, était retombée dans le silence. Tous les bruits — de placards dans lesquels on fouille nerveusement, de malles dont on rabat les serrures d'un coup sec, de vases que l'on brise, de porte d'entrée que l'on claque derrière soi en partant — tous les bruits s'étaient éteints.

Sur le sable pâle, Chico brandissait son tamis métallique qui lui servait à récupérer les pièces perdues. Au bout de quelques instants, sans regarder Tom, il dit :

— Il vaut mieux la laisser partir.

Il répétait chaque année la même phrase. Car, chaque année, pendant une semaine ou un mois, leur maison retentissait de flots de musique qui se déversaient par les fenêtres grandes ouvertes. Les géraniums étaient renouvelés sur la balustrade de la véranda. Les portes et les escaliers étaient repeints. Le linge qui séchait derrière la maison changeait d'aspect. À la place des pantalons rapiécés d'arlequins, des robes fourreau et des punchos tissés à la main flottaient au vent, claquant et déferlant comme des vagues blanches d'écume.

L'intérieur n'était pas épargné. À la place des reproductions de Matisse qui garnissaient les murs, on mettait des chromos genre Renaissance italienne.

En levant les yeux, il apercevait parfois une chevelure féminine qui séchait au vent, telle un drapeau d'or. Il arrivait parfois que ce drapeau était noir ou roux. Tantôt la silhouette qui se détachait sur le ciel était élancée et tantôt courtaude. Mais il n'y avait jamais qu'une femme à la fois. Et, pour finir, un jour comme celui-ci arrivait.

Tom alla poser son morceau de bois sur la pile de bois d'épaves, près de l'endroit où Chico était en train d'éplucher les milliers d'empreintes laissées par des estivants pour lesquels les vacances étaient depuis longtemps terminées.

— Chico, qu'est-ce que nous foutons ici ?

— Nous vivons comme Dupont-Durant, vieux.

— Je ne suis pas Dupont-Durant !

— Tâche de le devenir !

Tom imagina la maison dans un mois d'ici, avec ses pots de fleurs desséchées et le vent soufflant leur poussière, ses murs aux emplacements nus, le sable qui recouvrirait le plancher faute d'autre tapis. Les pièces résonneraient telles des coquillages vides dans lesquels souffle le vent de mer et, chaque nuit, de leurs chambres séparées, Chico et lui entendraient la mer se retirer, les flots abandonner le rivage sans laisser de trace.

Tom dodelina de la tête, songeur. Une fois l'an, il amenait ici une jolie fille sachant qu'en fin de compte elle avait raison et qu'ils ne tarderaient pas à se marier. Mais ses compagnes s'enfuyaient toujours avant le lever du jour, dès qu'elles avaient compris qu'elles avaient pris la place d'une autre dont elles étaient incapables de tenir le rôle. Les amies de Chico, elles, partaient en faisant le vide autour d'elles, avec des cris et des grincements de dents. Après leur départ, on eût cru que l'aspirateur était passé. Tous les coins et les recoins avaient été fouillés, tout ce qui avait la moindre valeur avait été emporté. Elles serraient leurs sacs contre elles. On eût dit des petits chiots voleurs que Chico avait, un temps, caressés.

— On en est à quatre cette année…

— Okay, censeur, montre-moi les cadeaux de noce !

— Chico !…

Tom se mordit la lèvre inférieure puis reprit :

— Chico… J'ai réfléchi. Il vaudrait mieux nous séparer…

Chico se contenta de le dévisager sans répondre.

— Je voulais dire, enchaîna Tom, nous aurions peut-être plus de chance chacun de notre côté ?

— Nom de Dieu de nom de Dieu !

Chico serrait violemment le tamis dans ses gros poings.

— Veux-tu une bonne fois regarder les choses en face, non ? Toi et moi nous serons toujours là en l'an 2000. Une paire de vieux couillons qui sécheront leurs os au soleil. Rien ne peut plus nous arriver, Tom. C'est fini pour nous. Enfonce-toi cela dans le crâne et ferme ta gueule !

Tom ravala sa salive et regarda calmement son compagnon.

— J'ai l'intention de partir… la semaine prochaine.

— Ferme ta gueule, andouille, et travaille !

Chico fourgonna rageusement dans son tamis. Le sable tomba et 43 cents en pièces de 10, de 1 et de 5, apparurent. Il contempla fixement ces pièces qui miroitaient sur les maillons. On eût dit une machine à sous, toutes ses ampoules allumées.

Tom, furieux, n'avait pas bougé.

Tous les deux semblaient attendre que quelque chose se produise. Ce qui ne manqua pas.

— Ohé ! Là-bas !

Un petit garçon accourait vers eux le long de la plage en faisant des moulinets avec ses bras. Il était à deux cents mètres d'eux. Son intonation avait glacé le sang dans les veines de Tom, qui, dans l'expectative, se croisa les bras.

— Ohé ! Là-bas !

Le petit garçon arrivait tout essoufflé, montrant du doigt un point derrière lui.

— Une femme ! Une femme bizarre ! Près du Rocher du Septentrion !

— Une femme !

Les mots avaient jailli de la bouche de Chico, qui se mit à rire :

— Ce n'est pas possible !

— Qu'est-ce que tu entends par une femme bizarre ? demanda Tom.

— Je ne sais pas… répondit le petit garçon, les yeux hagards. Il faut que vous veniez voir. Elle est vraiment très bizarre.

— C'est une noyée ?

— Peut-être… Elle est hors de l'eau et étendue sur le sable. Il faut que vous voyiez par vous-même… Elle est bizarre…

Le petit garçon regarda encore une fois vers le nord et ajouta d'une voix imperceptible :

— Elle a une queue avec des écailles !

Chico éclata de rire.

— Tu nous coupes l'appétit, petit !

— Je vous en prie, reprit avec véhémence le petit garçon qui, d'impatience, sautillait sur place. Je ne vous raconte pas une blague. Venez vite !

Il repartit au pas de course et, sentant qu'aucun d'eux ne le suivait, il leur lança un regard méprisant par-dessus son épaule.

Tom dit tout à coup :

— Un petit garçon ne ferait pas une si longue course, histoire de plaisanter. Qu'en penses-tu, Chico ?

— Des gens courent plus loin pour moins que cela…

Tom se mit en route.

— D'accord, mon garçon, je te suis !

— Oh merci, monsieur, merci !

Le petit garçon courait en avant. Tom avait parcouru une vingtaine de mètres lorsqu'il se retourna. Derrière lui, de fort mauvaise grâce, haussant les épaules et s'essuyant les mains d'un air las, Chico se mettait en marche.

Ils se dirigèrent vers le Nord. La plage était dorée par la lumière du crépuscule. Le grand air et les intempéries avaient tanné leur peau et creusé de minuscules rides autour de leurs yeux pâles, brûlés par le soleil. La coupe de leurs cheveux, taillés en brosse, si bien qu'on ne voyait pas leurs cheveux blancs, les rajeunissait. La brise s'était levée et la mer était agitée de longues lames qui venaient se briser sur la grève.

— Qu'est-ce qu'on va faire ? demanda Tom. Si c'est vrai, si la mer a vraiment *rejeté quelque chose* ?

Mais avant que Chico ait répondu, Tom déjà n'était plus là. Son esprit vagabondait le long des rivages jonchés de crabes, de méduses, d'étoiles de mer, d'algues, de galets polis. Depuis toujours il était hanté par ce qui vit dans la mer. Les vagues, en s'écrasant dans un soupir sur la grève, lui murmuraient les noms des merveilles de l'océan : argonautes, poissons-chat, marsouins, bélougas, baleines blanches, plies dorées, orques, espadons… À leurs noms aux consonances étranges, on se demande de quoi ils ont l'air. Peut-être ne nous sera-t-il jamais donné de les voir apparaître dans ces plaines liquides situées au-delà des limites des baignades, mais ils sont là, et leurs noms et des milliers d'autres font naître dans notre esprit des images. Ne souhaite-t-on pas, telle la frégate qui vole neuf mille miles d'une traite et s'en revient après avoir survolé pendant des années l'océan, parcourir l'étendue des mers et revenir un jour portant en soi toute son immensité ?

— Vite ! Vite !

Le petit garçon rebroussait chemin pour interroger Tom.

— Elle est peut-être repartie…

— Ne te fais pas tant de mouron, fiston, dit Chico.

Ils contournèrent le Rocher du Septentrion, et tombèrent sur un autre garçon, qui regardait obstinément par terre.

Du coin de l'œil, Tom avait sans doute vu sur le sable quelque chose qui le fit hésiter à regarder plus attentivement. Il préféra commencer par étudier le visage du garçon. Il était blême. Sa respiration était oppressée. De temps en temps il se souvenait qu'il lui fallait respirer et il aspirait un grand coup. Son regard était fixe, mais il semblait qu'à mesure qu'il se concentrait, son attention diminuait. Son regard s'égarait, devenait vide, hébété. Et quand la mer vint mouiller ses sandales de tennis, non seulement il ne bougea pas, mais encore, apparemment il ne s'en aperçut pas.

Tom détourna les yeux du garçon et les porta sur le sable. Son visage alors devint identique à celui du garçon. Il adopta la même attitude, les mains posées sur les hanches. Sa bouche resta entrouverte, ses yeux clairs pâlirent encore davantage.

Il restait peut-être dix minutes avant que le soleil ne descendît en dessous de la ligne d'horizon.

— Il y a eu une grande vague, dit le premier petit garçon, et elle était là.

Leurs regards convergèrent sur la femme qui gisait à leurs pieds.

Elle avait de longs cheveux éparpillés sur le sable comme les cordes d'une harpe. L'eau venait frapper ces cordes, les faisait flotter puis les laissait retomber, les disposant à chaque vague en un nouvel éventail. Ces cheveux devaient avoir 1,50 m ou 1,80 m de long. Ils étaient épars sur le sable dur et humide et ils avaient la couleur du citron mûr.

Quant à son visage…

Émerveillés, les hommes se penchèrent davantage.

Son visage, sculpté dans le sable blanc, avait la carnation et le velouté d'une rose sur laquelle serait tombée une pluie d'été. Il avait la couleur de la lune en plein jour, lorsqu'elle apparaît à nos yeux étonnés dans l'azur du ciel. Il était de marbre blanc strié de veinules mauves aux tempes. Ses paupières fermées étaient irisées, on eût dit que le bleu des prunelles transparaissait sous la peau fine et que ses yeux grands ouverts les regardaient se pencher sur elle dans une muette contemplation. Sa bouche, bouton de rose gonflé de sève, était close sur son secret. Son cou était gracile et blanc. Ses seins, petits et blancs, recouverts et découverts, cachés et dénudés par le flot, étaient rosis à leurs pointes. Son corps étonnamment blanc, d'un blanc lumineux, étincelant, ressortait sur le sable blanc. Lorsque la mer la déplaça, sa peau prit l'éclat de la perle.

La partie inférieure de son corps passait insensiblement du blanc au bleu très pâle, puis au vert pâle, puis au vert émeraude, puis au vert mousse, puis au vert acide et enfin aux scintillements de verts profonds et sombres qui se fondaient dans un jaillissement, une courbe, un jet de lumière et de nuit et se terminaient en un éventail constellé de pierreries, ouvert, tel un joyau d'écume, sur la grève.

Les deux parties de cette créature étaient si imbriquées l'une dans l'autre qu'on ne pouvait déceler leur point de jonction. La femme nacrée, la femme couleur d'écume et de ciel clair, émergeait d'un être qui appartenait au royaume des eaux, au flot qui venait battre le rivage et repoussait son autre moitié vers le monde des hommes. Cette femme était à l'image de la mer et la mer était à l'image de cette femme. Ni défaut, ni couture, ni faux pli, ni piqûre dans le tissu dont elle était faite. L'illusion, s'il y avait illusion, était parfaite. Cette créature était un tout et le sang venant de son cœur irriguait et réchauffait la partie inférieure de son corps, qui n'était que glace.

— Je voulais aller chercher du secours…

Le premier garçon paraissait fermement décidé à ne pas élever la voix.

— … Mais Skip m'a dit qu'elle était morte et qu'il n'y avait plus rien à faire. Est-il exact qu'elle soit morte ?

— Elle n'a même jamais été vivante, dit Chico. C'est absolument certain, reprit-il en sentant tous les regards braqués sur lui. Elle vient d'un studio de cinéma. C'est du caoutchouc coulé sur une carcasse en fer, un accessoire de prises de vues, un mannequin…

— Non ! Elle est vraie !

— Je te dis que nous trouverons quelque part la marque de fabrique. Aide-moi !

— Non ! Non ! s'écria le premier petit garçon.

— Nom de Dieu !

Chico, qui s'apprêtait à retourner le corps, interrompit son geste. Il s'agenouilla, bouleversé.

— Qu'est-ce qu'il y a ? s'enquit Tom.

Chico retira vivement sa main et la regarda.

— Je m'étais trompé, dit-il d'une voix sans timbre.

Tom prit le poignet de la femme.

— Son pouls bat !

— C'est ton propre sang qui bat sous tes doigts !

— Peut-être…

Ils ne savaient plus que penser de cette femme à la fois couleur de perle, de lune et d'écume et dont la partie inférieure du corps semblait être faite de pièces de monnaie en bronze verdies par le temps que le vent et l'eau faisaient glisser les unes sur les autres.

— Il y a un truc là-dessous, dit Chico à brûle-pourpoint.

— Non !

Tom éclata de rire.

— … Aucun truc ! Dieu que je suis intelligent ! Je ne me suis jamais senti aussi intelligent depuis que j'étais gosse.

Ils firent à pas lents le tour de la femme étendue. Une vague frôla sa main blanche et ses doigts leur parurent remuer faiblement. On eût dit qu'elle demandait aux autres vagues de venir soulever ses doigts, puis ses poignets, puis ses bras, puis sa tête, puis son corps tout entier et de la ramener vers l'océan d'où elle venait.

— Tom…

Chico ouvrit la bouche puis la referma.

— … Si tu allais chercher la camionnette ?

Tom ne bougea pas d'un pouce.

— Tu m'entends ?

— Oui. Mais…

— Mais quoi ? Nous pourrions la vendre, je ne sais pas moi, au laboratoire de l'Université, ou à l'aquarium des phoques ou… Et même, mon Dieu, pourquoi ne monterions-nous pas un établissement pour elle toute seule ? Écoute un peu…

Il secouait le bras de Tom…

— Va jusqu'au quai acheter 150 kg de glace pilée. Quand tu sors quelque chose de l'eau, il te *faut* de la glace, non ?

— Je n'y avais jamais pensé…

— Penses-y, c'est le moment. Allez ! Va ! Mets-toi en route !

— Je ne sais pas, Chico…

— Qu'est-ce que tu veux dire ? Elle est vraie, non ?

Il se tournait vers les garçons pour quêter leur appui.

— Elle est vraie, non ? Alors qu'est-ce que nous attendons ?

— Chico, dit alors Tom. Il vaudrait mieux que ce soit toi qui ailles chercher la glace…

— Mais il faut que quelqu'un reste ici pour veiller à ce qu'elle ne reparte pas avec la marée.

— Chico, dit Tom. C'est un peu difficile à dire, mais je ne tiens pas à aller chercher cette glace pour toi.

— C'est bon, j'irai moi-même. Vous, les garçons, construisez-moi une digue de sable à cet endroit-ci pour empêcher les vagues de parvenir jusqu'à elle. Je vous donne à chacun cinq dollars ! Allez ! Magnez-vous un peu !

Sous l'éclairage du soleil couchant, qui effleurait à présent la ligne d'horizon, les joues des garçons devinrent rose sombre. Leurs yeux couleur de métal en fusion étaient posés sur Chico.

— Sacré nom d'un chien ! s'exclama Chico. La découverte de l'ambre gris à côté de celle-ci c'est de la rigolade…

Il gravit en courant la dune la plus proche et se retourna pour crier :

— Allez ! Au travail !

Puis il disparut.

Tom et les deux garçons restèrent seuls face à

l'inconnue du Rocher du Septentrion. À l'ouest, un quart du soleil était déjà engagé sous la ligne d'horizon. Le sable et la femme étendue avaient la même couleur d'or cuivré.

— Juste un pli, dit à mi-voix le second des garçons en désignant la femme d'un signe de tête et en se passant doucement l'ongle sous son propre menton.

Tom se pencha et vit le pli quasi invisible qui traversait de part en part le dessous du menton blanc, ride à peine décelable qui révélait l'existence passée ou présente de branchies soigneusement dissimulées, invisibles.

Il scruta le visage, promena les yeux sur les longues tresses éparpillées telles les cordes d'une lyre sur le sable du rivage.

— Qu'elle est belle ! dit-il.

Les garçons acquiescèrent sans s'en rendre compte.

Derrière leur dos, sur la dune, une mouette, d'un battement d'ailes rapide, prit son envol. Les garçons se retournèrent pour la regarder.

Tom se mit à trembler et il s'aperçut que les garçons tremblaient eux aussi. Un coup de klaxon les rappela à la réalité.

Ils battirent des cils, effrayés, et levèrent les yeux vers la route qui longeait la côte.

Une vague déferla sur le corps, lui faisant un cadre d'eau claire.

Tom, de la tête, désigna un de ses flancs aux garçons.

La vague avait déplacé le corps de trois centimètres vers la plage et de 6 centimètres vers la mer.

À la vague suivante, le corps glissa de 6 centimètres vers la plage et de 18 centimètres vers la mer.

— Mais… dit le premier petit garçon.

Tom fit « non » de la tête.

La troisième vague souleva le corps de 60 centimètres vers la mer, celle d'après, de 30 centimètres vers les graviers et les trois suivantes, de deux mètres.

Le premier garçon, en poussant un cri, s'élança pour la rattraper. Mais Tom le retint par le bras. Le garçon avait l'air à la fois désemparé, effrayé et affligé.

Durant quelques secondes, il y eut une bonace pendant laquelle Tom, regardant la femme, se répéta : « Elle est vraie, elle est réelle, elle est à moi, mais… elle est morte ou ne tardera pas à l'être si elle reste là ! »

— Nous ne pouvons pas la laisser repartir, dit le premier garçon. C'est impossible ! Il ne faut pas !

L'autre garçon s'interposa entre la femme et la mer.

— Qu'allons-nous faire d'elle, demanda-t-il à Tom, si nous la gardons ?

Le premier garçon essayait à toute allure de trouver une réponse.

— Nous pourrions… Nous pourrions…

Il se tut, renonçant à trouver et secoua la tête en poussant un soupir.

Alors le second garçon fit un pas en arrière et laissa le passage libre entre la femme et la mer.

La vague suivante était une grosse vague. Elle se brisa, puis se retira : la plage était vide. Blancheur, diamants, harpe, tout avait disparu…

L'homme et les deux garçons restèrent immobiles

sur le rivage jusqu'à ce qu'ils entendent la camionnette rouler sur les dunes derrière eux.

Le soleil venait de disparaître entièrement.

Ils entendirent qu'on courait sur le sable et qu'on appelait.

Sans parler, ils rentraient le long de la plage envahie par l'ombre, secoués dans la légère camionnette aux pneus antidérapants. Les deux garçons étaient assis à l'arrière sur les sacs de glace pilée. Un long moment s'écoula puis, soudain, Chico se mit à pester et à jurer en crachant par la portière. Il s'adressait à lui comme à ses compagnons.

— 150 kg de glace, nom de nom ! Mais qu'est-ce que je vais bien pouvoir en foutre ? Et dire que je me suis trempé… Oui, je suis trempé jusqu'aux os ! Et que vous n'avez pas même bougé le petit doigt lorsque j'ai sauté dans l'eau et que j'ai nagé pour essayer de la retrouver. Quel idiot je suis ! Vous n'avez pas changé ! Comme toujours, vous n'avez rien foutu ! Rester là à ne rien faire, on peut dire que ça vous connaît !

— Et qu'est-ce que tu as fait, toi, je te le demande ? dit Tom d'une voix lasse, les yeux fixés droit devant lui. Ce que tu fais toujours, toujours… Tu devrais te voir, je t'assure…

Ils déposèrent les garçons devant leur villa.

Le plus jeune dit alors d'une voix à peine audible à cause du vent :

— Mon Dieu ! Personne ne croira jamais que…

Les deux hommes reprirent la route et garèrent la camionnette.

Chico attendit deux ou trois minutes que ses poings crispés sur ses genoux se relâchent. Puis il grogna :

— Sacré nom de bonsoir ! Après tout, les choses ne pouvaient pas mieux tourner.

Il aspira un grand bol d'air et reprit :

— Je viens seulement d'y penser. C'est drôle, mais dans vingt ans, dans trente ans d'ici, notre téléphone sonnera au milieu de la nuit. Et un de ces deux gars, qui sera alors un homme fait, nous parlera d'un bistrot de l'autre côté du continent. Au beau milieu de la nuit. Et ce sera pour nous poser une question. « Était-ce *vrai*, dira-t-il, est-ce réellement arrivé, en 1958 ? » Et nous, nous serons assis au bord du lit à lui répéter : « Mais oui, vieux, c'est vrai, c'est arrivé en 1958, on te le jure. » Alors il nous dira « merci ». Et nous lui dirons : « Mais ne le raconte pas à n'importe qui. » Et nous nous souhaiterons « bonne nuit ». Et peut-être deux ans après, nous aurons à nouveau un autre appel téléphonique au milieu de la nuit…

Les deux hommes s'étaient assis dans le noir sur les marches de leur porte d'entrée.

— Tom ?

— Qu'est-ce que tu me veux ?

Chico hésita, puis :

— Tom, la semaine prochaine, tu ne pars pas…

C'était une constatation plutôt qu'une question.

Tom était en train justement d'y penser, sa cigarette éteinte entre les doigts. Et il se disait qu'il ne pourrait jamais partir. Car demain, comme tous les jours suivants, il descendrait à la plage, et il plongerait dans ces brasiers verts et blancs, dans ces cavernes ténébreuses, au creux de ces vagues mystérieuses. Demain, comme tous les jours suivants.

— Oui, Chico, je reste.

La ligne dentelée des miroirs d'argent progressait vers la côte. Elle s'étendait à un millier de miles vers le Nord et à un millier de miles vers le Sud. Ces miroirs ne reflétaient ni maison, ni arbre, ni route, ni voiture, ni créature humaine. Ils se bornaient à refléter la lune sereine qui chatoyait en millions d'éclats le long du rivage.

Puis la mer redevint sombre. Elle rassembla ses forces pour relancer à l'assaut de la grève une nouvelle ligne brillante qui, chaque fois, surprenait les deux hommes assis, le regard fixe, figés dans une attente éblouie.

La vitre couleur fraise

Il rêvait qu'il refermait la porte d'entrée avec ses vitres couleur fraise, jaune citron, blanc nuage, bleu torrent.

Deux douzaines de vitres entouraient le panneau central, dont la couleur raffinée rappelait celle des jus de fruits, des gélatines et des eaux des glaciers.

Il se rappelait qu'étant enfant, son père avait l'habitude de le soulever de terre en lui disant : « Regarde ». Et qu'à travers le carreau vert, le monde ressemblait à une émeraude, à de la mousse, à de la menthe fraîche. Le carreau lilas donnait aux passants l'apparence de grappes de raisins bleuâtres. Mais, vue à travers la vitre couleur fraise, la ville baignait perpétuellement dans une chaleur rosée, sous un éclairage de soleil levant, et la pelouse ressemblait à quelque tapis d'Orient.

La vitre couleur fraise, la plus belle de toutes assurément, avait le pouvoir de guérir les gens de leur pâleur citadine, de réchauffer la pluie froide, de rendre plus aimables les bourrasques de neige de février.

— Oui, je vois là-bas…

C'est alors qu'il se réveilla.

Il n'était pas encore complètement sorti de son rêve mais il entendait bavarder ses fils, dans la chambre à côté et le ton de leur conversation était triste, à l'image du vent soufflant les sables des vastes étendues marines sur les collines bleues. C'est alors que la mémoire de l'endroit où il se trouvait lui revint.

— Nous sommes sur Mars…

— Quoi ? cria sa femme dans son sommeil.

Il ne s'était pas aperçu qu'il avait parlé. Il s'appliqua à rester immobile. Mais, tout d'un coup, avec la sensation désagréable de quelque chose d'anormal, il vit sa femme se lever, aller et venir nerveusement dans la chambre, et presser son visage blafard aux petites fenêtres étroites de leur maison préfabriquée en aluminium, fixant les étoiles scintillantes mais inconnues.

— Carrie ! appela-t-il à mi-voix.

Elle ne l'entendit pas.

— Carrie ! reprit-il. Je voudrais te dire quelque chose. Depuis un mois j'attends le moment favorable. Voilà, demain, demain matin, il se pourrait que nous…

Mais sa femme s'était assise sous la lumière bleutée des étoiles et, enfermée en elle-même, ne prêtait aucune attention à lui.

Si seulement le soleil se levait, se dit-il. Si cette nuit pouvait finir… Car pendant la journée, il clouait les baraquements, les garçons étaient à l'école et Carrie s'occupait de son ménage et du jardin.

Mais quand le soleil était couché et que leurs mains retombaient inoccupées, que fleurs, marteaux, clous et livres de classe les avaient désertées, avec l'ombre naissante, les souvenirs, oiseaux de nuit fidèles, revenaient au logis.

Sa femme, qui jusque-là était restée rigoureusement immobile, tourna légèrement la tête vers lui.

— Bob ! Je voudrais rentrer chez nous !

— Carrie !

— Nous ne sommes pas chez nous ici !

Ses yeux brillaient de larmes contenues.

— Carrie ! Courage ! Cramponne-toi !

— À force de me cramponner comme tu dis, je n'ai plus d'ongles.

D'un air absent, comme si elle continuait à se mouvoir dans son sommeil, elle ouvrit les tiroirs de la commode et en tira des piles de mouchoirs, de chemises, de sous-vêtements divers, qu'elle posa sur le dessus sans les regarder. Ses doigts semblaient agir d'eux-mêmes sans que sa volonté y prît la moindre part. C'était devenu depuis longtemps une habitude. Elle commençait par parler, puis elle sortait ses affaires, restait tranquille un moment et se mettait à les ranger. Elle revenait ensuite, le visage sec, à son lit et à ses songes. Il craignait qu'une nuit elle ne vidât tous les tiroirs et n'allât chercher les valises qui n'avaient pas servi depuis longtemps.

— Bob !

Aucune dureté dans sa voix, qui était aussi dénuée d'intonation, aussi terne que la lumière lunaire révélant ses gestes.

— Toutes les nuits depuis six mois, je te répète la même chose et j'en ai honte. Tu travailles dur avec tes chalets. Un homme qui travaille autant ne devrait pas avoir à écouter une femme qui a le cafard. Mais il faut en parler une bonne fois. Vois-tu, ce sont les petites choses de la vie courante qui me manquent le plus. Des petites choses bêtes comme tout. Le bruit de notre porte d'entrée lorsqu'elle se refermait, le crissement de la chaise longue en osier sur la terrasse… Être assise à regarder les gens passer, les piétons et les voitures… Ces soirées d'été en Ohio… Notre piano noir, désaccordé… Mon vase suédois en cristal taillé. Notre mobilier de salon. Oh ! Je sais, il était aussi mastoc qu'un troupeau d'éléphants et pas tout jeune… Notre lanterne chinoise dont les pendeloques cliquetaient au moindre souffle d'air. Et puis, bavarder avec les voisins pendant les longues soirées de juillet, assis dans notre véranda. Toutes ces choses stupides, sans importance, mais qui, précisément, vous reviennent à l'esprit à trois heures du matin quand on ne dort pas. Je te demande pardon…

— Pourquoi ? dit-il. Mars est si loin. Son odeur est étrange, son aspect est étrange, son atmosphère est étrange. J'y pense, moi aussi, la nuit. La ville que nous habitions était bien agréable !

— Quelle verdure, au printemps et en été et qui, à l'automne, prenait des teintes si merveilleuses ! Et nous avions une si jolie maison ! Bien sûr elle était vieille, elle avait bien 80 ou 90 ans ! La nuit je l'écoutais craquer. Il me semblait qu'elle me parlait. Le bois sec de la rampe d'escalier, de la balustre de la véranda, des rebords de fenêtres… Il suffisait de poser la main dessus, il vous répondait. Chaque pièce avait son langage. Et quand toute la maison se mettait à parler, c'était comme si une famille vous entourait dans l'obscurité et vous conviait à dormir… Il n'y a pas de maison, je parle des maisons modernes, qui lui ressemble. Des tas de gens doivent habiter une maison toute leur vie durant pour l'apprivoiser. Cet endroit où nous sommes actuellement, ce chalet préfabriqué, il ignore que je l'habite ; il se moque que j'y vive ou que j'y meure. Il résonne comme du fer blanc et le fer blanc c'est froid, c'est hostile. Il est imperméable au temps. Il n'a pas de caves pour y mettre les réserves pour l'an prochain ou l'an d'après, il n'a pas de grenier pour conserver les vieilleries de l'an dernier ou de toutes les années antérieures en remontant jusqu'à l'année de ta naissance. Si seulement nous avions un petit coin bien à nous, Bob, nous pourrions accepter ce qui est étrange à nos yeux ! Mais quand tout est étrange, quand *tous* les objets de notre vie quotidienne sont étranges, il ne nous faudra pas moins de toute notre vie pour nous habituer à eux.

Il acquiesça dans l'obscurité.

— Tout ce que tu me dis, je le sais…

Le clair de lune baignait les valises rangées le long du mur. Elle regarda dans cette direction. Il vit sa main s'abaisser.

— Carrie !

— Qu'est-ce qu'il y a ?

Il sortit du lit en lançant ses deux jambes en avant.

— Carrie ! Il faut que je te dise. J'ai commis une folie. Cela fait des mois que je t'entends parler en rêve, cela fait des mois que je t'entends crier, avoir peur, et les enfants aussi, et ce vent qui souffle sans trêve, et Mars sur laquelle nous sommes et les grandes plaines sablonneuses et…

Il se tut, étouffé par l'émotion.

— Carrie ! Il faut que tu comprennes ce que j'ai fait et la raison qui m'a poussé à agir ainsi. Tout l'argent que nous avions en banque il y a encore un mois, tout l'argent mis de côté pendant des années, je l'ai dépensé !

— Bob ! Ce n'est pas possible !

— Si, Carrie… Je l'ai jeté par les fenêtres, je l'ai gaspillé, je te le jure, Carrie, et pour rien. Je voulais te faire la surprise, mais, cette nuit, en te voyant dans cet état, regardant ces sacrées valises sur le plancher…

— Bob ! coupa-t-elle en pivotant sur elle-même, tu veux dire que nous aurions survécu à tout *ceci*, sur Mars, en nous astreignant à mettre chaque semaine de l'argent de côté, pour croquer nos économies en quelques heures ?

— Peut-être… Je suis un imbécile sans doute. Mais écoute ! L'aube est proche. Nous nous lèverons de bonne heure et je t'emmènerai voir ce que j'ai fait de notre argent. Je ne veux pas te le dire tout de suite, je préfère que tu voies par toi-même. Et si je me suis trompé, il nous restera toujours ces valises et la fusée pour la Terre quatre fois par semaine !

— Mais Bob… ! murmura-t-elle.

— Tais-toi, veux-tu ?

— Bob ! Bob !

Elle balançait lentement la tête de droite à gauche, incrédule.

Il se recoucha bien à plat sur son côté du lit. Elle s'assit de l'autre côté et demeura un moment sans se coucher, les yeux fixés sur la commode où ses mouchoirs, ses bijoux, son linge étaient disposés en tas impeccables, là où elle les avait laissés. Au-dehors, un vent teinté de clair de lune, soulevait la poussière endormie et en chargeait l'air.

Elle finit par se recoucher, mais elle ne dit plus rien. Elle reposait, poids hostile et glacé, et contemplait le long tunnel de nuit qui la séparait des signes avant-coureurs de l'aube.

Dès qu'il commença à faire jour, ils se levèrent et déambulèrent sans faire de bruit à l'intérieur du petit chalet. Cette pantomime dura jusqu'à ce que quelqu'un, n'en pouvant plus, se décidât à troubler le silence. La mère, le père et les deux fils, lavés et habillés, prirent leur petit déjeuner — pain beurré, jus de fruit, café, sans qu'aucun d'entre eux osât regarder les autres en face, ni cessât d'observer son voisin de biais dans les surfaces brillantes du grille-pain, de la verrerie, des couverts, qui leur renvoyaient de leurs visages une image terriblement déformée et étrange.

Puis ils ouvrirent la porte de leur maison préfabriquée et laissèrent pénétrer l'air qui venait des froides mers martiennes d'un blanc bleuté, où des marées de sable tenaient lieu de flux et de reflux. Sous un ciel froid, rude, hostile, ils se mirent en marche vers une ville fantôme qui leur apparaissait comme un décor de cinéma planté au beau milieu d'une vaste scène vide.

— Vers quelle partie de la ville nous dirigeons-nous ? demanda Carrie.

— L'entrepôt des fusées. Mais avant que nous y soyons parvenus, j'ai des tas de choses à vous dire.

Les garçons ralentirent le pas et se mirent juste derrière leurs parents. Ils écoutaient avec la plus grande attention. Le père tenait son regard fixé au loin et pas une seule fois pendant tout son discours, il ne le ramena sur sa femme ou sur ses fils pour voir leurs réactions.

— Je crois en Mars, commença-t-il, d'une voix assurée. Je pense qu'un jour ou l'autre cette planète nous appartiendra tout entière. Nous l'aurons acculée, mise au pied du mur, colonisée. Et que nous ne tournerons pas les talons et que rien ne nous en chassera. Cette conviction m'est venue il y a un an, peu de temps après notre arrivée. Pourquoi sommes-nous venus ici ? me suis-je alors demandé. Je vais vous dire la raison. Il en est de même avec la migration annuelle du saumon. Le saumon ignore pourquoi il se dirige à telle époque de son existence vers un lieu précis, mais il s'y rend. Il remonte le cours de rivières inconnues, il franchit des cascades pour parvenir finalement à un endroit où il se reproduit puis meurt. Et le cycle recommence. Appelez cela souvenir ancestral, instinct. Peu importe le nom. Un fait seul est certain, cette migration existe. Et voilà pourquoi nous sommes venus ici.

Ils marchaient dans le matin clair qu'aucun bruit ne traversait, sous le ciel immense. Le sable blanc neigeux de la nouvelle route tourbillonnait sous leurs pas.

— Nous sommes venus ici. Et, de Mars, où irons-nous ? Sur Jupiter, sur Neptune, sur Pluton et ensuite ? Oui. Et ensuite… Pourquoi cette quête ? Eh bien ! Un jour ou l'autre notre soleil explosera comme une chaudière qui a des fuites. Un grand boom et plus de Terre… Peut-être Mars sera-t-elle épargnée ? Ou si Mars ne l'est pas, peut-être Pluton le sera-t-il ? Ou si Pluton ne l'est pas, peut-être l'endroit où nous nous serons établis, je veux dire où les fils de nos fils se seront établis, le sera-t-il ?

Il leva les yeux vers la voûte céleste, coupole parfaitement curviligne de couleur prune.

— … Nous serons peut-être installés sur un monde qui portera un numéro à la place d'un nom, par exemple planète 6 du système stellaire 97, ou encore planète 2 du système 99. Et à une telle distance de l'endroit où nous nous trouvons actuellement que seul un cauchemar peut nous permettre d'imaginer son existence. Voyez-vous, nous serons partis et en même temps, nous serons sauvés ! Alors je me suis dit : « Ça y est ! J'ai trouvé ! » J'ai trouvé la raison de notre venue sur Mars, ce qui a amené les hommes à lancer leurs fusées dans l'espace…

— Mais Bob…

— Laisse-moi finir… Ce n'était pas pour gagner de l'argent. Non ! Ce n'était pas pour voir du pays. Non plus ! Tout cela ce sont des balivernes que les hommes racontent, de fausses raisons qu'ils se donnent. Les hommes disent : « Il faut devenir riche, il faut devenir célèbre » ou encore : « Prenez du bon temps, distrayez-vous. » Mais, en leur for intérieur, quelque chose est en éveil, comme chez les saumons ou les baleines et même, parbleu, le plus petit des microbes dont nous connaissons l'existence. Cette petite chose qui bat sourdement dans le cœur de chaque être vivant, vous savez ce qu'elle dit. Eh bien, elle dit : « Partez, répandez-vous, allez plus loin, ne vous laissez pas anéantir. Parcourez autant de mondes, bâtissez autant de villes qu'il le faudra pour empêcher que l'espèce humaine ne disparaisse. » Tu comprends, Carrie ? Ce n'est pas de nous seulement dont il est question. C'est toute cette satanée espèce humaine à laquelle nous appartenons et dont le sort dépend de la façon dont nous menons à bien notre vie. Si je n'étais terrifié devant cette redoutable responsabilité, j'en éclaterais de rire.

Ses fils marchaient sans hâte derrière lui et il sentait Carrie à ses côtés, Carrie, dont il aurait aimé voir le visage et la manière dont elle réagissait à ce qu'il disait. Mais il ne les regarda ni les uns ni les autres.

— Tout cela me fait penser à Papa et moi, lorsque j'étais enfant. Quand le semoir mécanique ne marchait pas et que nous n'avions pas d'argent pour le faire réparer, nous semions les graines à la main. Il fallait préparer les récoltes à venir. Mon Dieu, Carrie, te rappelles-tu seulement ces articles du supplément du Journal du Dimanche intitulés « D'ICI UN MILLION D'ANNÉES LA TERRE SERA TOUT ENTIÈRE RECOUVERTE DE GLACES » ? Quand j'étais petit, je me mettais à pleurer à chaudes larmes à la lecture d'articles de ce genre. Ma mère me demandait pourquoi. « Je pleure en pensant à tous ces malheureux qui verront cette époque-là », disais-je. « Ne t'en fais pas pour eux », me répétait ma mère.

« Mais, Carrie, le fond de ma pensée, c'est que nous nous en faisons pour eux, sinon nous ne serions pas venus ici. Vois-tu, il importe que l'Homme, avec un grand H, continue d'exister. Je ne mets rien au-dessus de l'Homme avec un grand H. Tu me diras que je suis juge et partie, puisque j'appartiens à l'espèce. C'est vrai. Mais s'il doit exister une croyance à l'immortalité, dont les hommes parlent sans cesse, c'est dans l'expansion de l'Homme dans l'Univers. Si la graine humaine est semée, en dépit de tous les vices de culture, vous serez assurés d'une récolte. Aucune importance si la Terre subit des famines qui déciment les hommes ou si la rouille se met sur les plantes. Un blé neuf lèvera sur Vénus ou sur n'importe lequel des lieux où l'homme aura été se fourvoyer dans les mille années à venir. Cette idée me rend fou, Carrie. Quand elle m'est venue, elle m'a mis dans un tel état d'excitation que je voulais sauter au cou de tous les gens que je rencontrais, de toi, des garçons. J'avais hâte de vous la communiquer mais je savais que ce n'était pas nécessaire, qu'un jour ou une nuit viendrait où vous entendriez au fond de votre cœur ce léger battement, qu'alors vous comprendriez et que personne n'aurait plus rien à vous apprendre à ce sujet. Voilà, Carrie, un bien long discours, et de bien vastes pensées comparées à la petite taille de l'individu qui les professe, mais cela n'empêche que tout cela est la vérité vraie.

Ils avançaient dans des rues désertes où résonnait le bruit de leurs pas.

— Quel est le rapport avec cette promenade que tu nous fais faire ? demanda Carrie.

— J'y arrive. Une part de *moi-même* voudrait retourner sur Terre, c'est exact. Mais l'autre me dit que, si nous repartons, tous nos efforts seront perdus. Je me suis alors demandé ce qui nous rendait tristes. C'est de ne plus avoir certains objets que nous possédions jadis. Certains objets qui nous appartenaient, à toi, aux garçons, à moi-même. Alors je me suis dit, s'il faut toujours qu'une chose nouvelle naisse à partir d'une ancienne chose, je vais me servir de cette ancienne chose. Je me rappelle avoir lu dans un livre d'Histoire qu'il y a un millier d'années on mettait des braises dans une corne creusée, que toute la journée on soufflait dessus, pour pouvoir les transporter à pied, d'étape en étape, et allumer chaque soir un feu avec les étincelles du matin. Le feu était nouveau, certes, mais il avait en lui une trace de l'ancien feu. J'ai balancé le pour et le contre. Faut-il consacrer *tout* notre argent à notre vie passée ? me suis-je demandé. Non. C'est seulement ce à quoi il *nous servait* qui lui donnait sa valeur. Puis je me suis posé la question suivante : Notre existence actuelle mérite-t-elle que nous lui consacrions la *totalité* de notre argent ? Sens-tu en toi le désir de continuer à mettre de l'argent de côté un jour de la fin de la semaine prochaine ? Parfaitement ! Si je parviens à vaincre cette impulsion qui nous fait souhaiter retourner sur la Terre, j'imprègne mes billets d'essence et j'y mets le feu.

Carrie et les deux garçons s'étaient arrêtés. Ils le regardaient d'un air ahuri, comme si une tempête avait fondu sur eux, balayant tout sur son passage, les avait presque arrachés du sol et, à présent, s'apaisait dans le lointain.

— La fusée de marchandises est arrivée ce matin, dit-il calmement. Elle amène notre commande. Allons la chercher.

Ils montèrent à pas lents les trois marches qui menaient à l'entrepôt des fusées et traversèrent la salle bruyante en direction du dépôt des marchandises, dont les portes à glissière s'ouvrirent juste au moment où ils se présentaient.

— Parle-nous encore des saumons, dit l'un des garçons.

La matinée était déjà bien avancée lorsqu'ils sortirent de la ville dans un camion bourré de grandes caisses, de boîtes, de paquets, de colis, les uns de forme oblongue, les autres courts, les uns plats, les autres ronds, chacun portant un numéro et l'adresse de Robert Prentiss, Tolède-la-Neuve, Mars.

Ils stoppèrent le camion devant le chalet préfabriqué. Les garçons sautèrent à terre et aidèrent leur mère à en sortir. Pendant quelques instants, Bob resta au volant, puis, lentement, comme à regret, il sortit à son tour, contourna le camion en jetant un coup d'œil par l'arrière sur les caisses.

À midi, toutes les caisses, à l'exception d'une seule, avaient été ouvertes et leur contenu disposé sur le sol. La famille s'affairait autour.

— Carrie !

Il tendit la main à sa femme pour l'aider à gravir les vieilles marches de l'escalier de leur véranda qu'il venait de sortir d'une caisse.

— Tu entends, Carrie ?

Les marches craquaient et gémissaient sous son pas.

— Que te disent-elles, Carrie ? Dis-moi ce qu'elles te disent ?

Toute droite sur les marches de bois vermoulu, elle était incapable de parler.

— La véranda ici, le salon, là, la salle à manger, la cuisine, les trois chambres à coucher. Nous construirons du neuf mais à partir de l'ancien. Naturellement, nous n'avons pour l'instant que la véranda de l'entrée, les meubles du salon et le lit.

— Tant d'argent, Bob !

Il la regarda, en souriant.

— Tu ne rêves pas ! Je te promets que tu ne rêves pas. Nous installerons tout petit à petit. Cela prendra un an, cinq ans… Quelle importance ! Les vases en verre taillé, le tapis persan que ta mère nous a donnés en 1961… Et maintenant le soleil peut exploser !

Ils regardèrent dans les autres caisses numérotées et portant en capitales « porte d'entrée à deux battants », « chaise-longue de la véranda », « lanterne chinoise à pendeloques »…

— Je vais souffler dessus pour les faire tinter.

Tout en haut de l'escalier, ils dressèrent la porte d'entrée avec ses petits carreaux en verre de couleur et Carrie regarda par la vitre couleur fraise.

— Qu'est-ce que tu vois, Carrie ?

Mais il n'attendait pas de réponse. Il savait ce qu'elle voyait car, par-dessus son épaule, il regardait en même temps qu'elle à travers le verre coloré.

C'était toujours Mars, mais son ciel glacé paraissait moins hostile, ses mers mortes prenaient des reflets d'incendie, ses collines arrondies ressemblaient à des globes de glace à la fraise, ses sables étaient des escarbilles éparpillées par le vent. La vitre couleur fraise teintait de rose le pays. Elle remplissait les yeux et l'esprit de la lumière d'une aurore qui ne finirait jamais.

Penché sur elle, il laissa échapper ces mots :

— D'ici un an, vois-tu, la ville aura disparu. Nous aurons sous les yeux une rue ombragée, tu auras ta véranda, tu auras tes amis. D'ailleurs tu n'en ressentiras plus tellement le besoin. Mais en commençant en petit par quelques objets familiers, tu verras bientôt leur effet se multiplier et Mars changer. Tu la regarderas avec des yeux neufs, comme si tu la voyais pour la première fois. Elle sera apprivoisée.

Il redescendit l'escalier et s'approcha de la dernière caisse, cousue dans une toile et qui attendait toujours d'être ouverte. Avec son canif, il fit un trou dans la toile qui l'enveloppait.

— Devine ce qu'il y a à l'intérieur, dit-il.

— Ma cuisinière ? Ma salamandre ?

— Non ! Jamais de la vie…

Il lui sourit avec tendresse.

— Chante-moi quelque chose, comme tu sais si bien le faire, veux-tu ?

— Bob, cette fois tu as perdu la raison.

— Chante-moi quelque chose qui équivale à tout l'argent que nous avions en banque et que nous n'avons plus, quelque chose d'entraînant…

— À part « Geneviève, ô ma Geneviève »…

— Alors, chante ça.

Mais elle était incapable d'ouvrir la bouche et d'entonner la chanson. Il vit ses lèvres bouger. Aucun son n'en sortit.

Il agrandit l'ouverture qu'il avait faite dans la toile, glissa sa main à l'intérieur de la caisse et farfouilla un long moment, puis il fredonna pour lui-même les premières paroles, tâtonna une dernière fois et sa main plaqua une note qui vibra, haut et clair, dans l'air matinal.

— Là, dit-il. Et à présent, continuons. Allons ! Tous en chœur ! Nous avons notre accord.

Le jour où la pluie tomba

L'hôtel se dressait, tel un ossement blanchi, perdu au milieu du désert, sous le grand ciel blanc. Toute la journée, le soleil dardait ses rayons sur son toit. Toute la nuit, le soleil hantait les mémoires et faisait vibrer l'air dans les chambres.

Lumière étant synonyme de chaleur, on se gardait d'allumer les lampes après la tombée du jour. Obsédés par leur recherche incessante d'un peu de fraîcheur, les habitants de l'hôtel préféraient retrouver le chemin de leurs chambres en tâtonnant le long des couloirs.

Ce soir-là, le propriétaire de l'hôtel, Mr Terle et ses uniques clients, Mr Smith et Mr Fremley, qui avaient l'air de deux feuilles de tabac sèches et racornies, s'étaient attardés plus que de coutume sur la longue terrasse. Ils cherchaient désespérément à créer un semblant d'air en se balançant dans leurs fauteuils d'osier qui grinçaient en cadence.

— Mr Terle ? Ne serait-ce pas une *bonne idée* de faire un jour installer l'air conditionné ?

Mr Terle se laissa aller sur l'élan acquis pendant un moment, les yeux fermés.

— Mr Smith, je n'ai pas d'argent pour ce genre de nouveautés…

Les deux vieux clients rougirent : ils n'avaient pas réglé leur note depuis vingt et un ans.

De longues minutes s'écoulèrent. Puis Mr Fremley poussa un profond soupir et s'écria avec une certaine aigreur :

— Je me demande ce que nous attendons pour fiche le camp d'ici tous les trois et aller habiter une ville normale. En finir une fois pour toutes avec ce perpétuel manque d'air, ce perpétuel soleil, cette perpétuelle moiteur !

— Et qui serait assez fou pour acheter un hôtel tombé dans une ville qui n'a jamais existé, voulez-vous me le dire ? interrogea Mr Terle d'un ton bonhomme. Non, non, voyez-vous, le mieux encore est de rester ici à attendre le 29 janvier.

Peu à peu les trois hommes avaient cessé de se balancer.

Le 29 janvier…

Le seul jour de l'année où il risquait de pleuvoir.

— Nous n'avons plus longtemps à attendre…

Mr Smith inclina sa montre gousset en or, qui lui chauffait la paume comme une lune d'été.

— Dans deux heures et neuf minutes exactement, nous *serons* le 29 janvier. Toutefois je ne vois pas un nuage à mille lieues à la ronde !

— Il a plu chaque 29 janvier depuis que je suis né.

Mr Terle se tut, surpris par la véhémence de son ton.

— Si, cette année, la pluie a un jour de retard, je me plaindrai au bon Dieu…

Mr Fremley se racla la gorge. Ses yeux balayèrent le désert d'est en ouest, là où les collines fermaient l'horizon.

— Je me demande si… il y aura de nouveau par ici… une ruée vers l'or…

— Pas d'or, coupa Mr Smith et, qui plus est, — je vous tiens le pari — pas de pluie. Pas plus demain qu'après demain ou plus tard. Pas de pluie de toute l'année !

Les trois vieillards contemplaient la grande lune rousse qui trouait la sérénité du firmament.

Au bout d'un long moment, ils se remirent sans entrain à faire osciller leurs rocking-chairs.

Au début d'une matinée qui s'annonçait torride, le vent du désert faisait voleter les feuilles du calendrier fixé au mur écaillé de l'hôtel. Elles s'enroulaient sur elles-mêmes, telles des peaux de serpent desséchées.

Les pouces passés dans leurs bretelles pour les tendre au-dessus de leurs épaules décharnées, les trois hommes descendirent pieds nus de leurs chambres pour voir où en était ce ciel stupide.

— 29 janvier !

— Décidément pas une once de pitié !

— Le jour ne fait que naître…

— Moi je suis né depuis trop longtemps…

Sur ce, complètement dégoûté, Mr Fremley tourna les talons. Il lui fallut cinq bonnes minutes pour regagner par d'interminables couloirs son lit brûlant, qu'on eût dit sorti du four.

À midi, Mr Terle vint jeter un coup d'œil dans la chambre.

— Mr Fremley ?

— Des vieux cactus, voilà ce que nous sommes ! s'écria Mr Fremley de fort mauvaise humeur.

Il portait sa tête comme si, d'un instant à l'autre, elle pouvait se détacher et tomber en poussière sur le plancher raboteux.

— Mais même le cactus le plus vieux a droit à une miette d'eau avant de recommencer une nouvelle année de fournaise. C'est décidé. Je ne bouge plus. Je resterai couché sur ce lit jusqu'à ma mort, si je n'entends pas sur ce sacré toit un crépitement qui ne soit pas celui des pattes des oiseaux !

— Priez le Ciel et apprêtez votre parapluie, dit Mr Terle qui se retira sur la pointe des pieds.

Au crépuscule, on entendit sur le toit-terrasse comme un léger crépitement. Du fond de son lit, Mr Fremley s'écria sur un ton de reproche :

— Mr Terle ! Ce n'est pas la pluie ! C'est vous en train d'arroser au jet avec l'eau du puits. Merci quand même ! Mais ne continuez pas. Ce n'est pas la peine…

Le bruit cessa aussitôt. Quelqu'un en bas poussa un soupir de soulagement.

Contournant l'angle du bâtiment quelques instants plus tard, Mr Terle remarqua que le calendrier, sous une rafale, s'envolait et retombait dans la poussière.

— Pour un 29 janvier, on est servis ! Douze mois maintenant à tirer !

Mr Smith l'attendait sur le seuil. Il rentra et réapparut avec une valise fatiguée à chaque main qu'il laissa tomber avec un bruit mat.

— Mr Smith ! s'écria Mr Terle. Vous songeriez à nous quitter au bout de trente ans !

— On dit qu'en Irlande il pleut vingt jours par mois, répliqua Mr Smith. Je vais aller m'y établir et je m'y promènerai tête nue et la bouche ouverte.

— Mais vous ne pouvez pas partir ainsi !

Mr Terle cherchait désespérément un argument pour retenir son vieil ami. Soudain il claqua des doigts : il avait trouvé !

— Vous me devez neuf mille dollars de loyer !

Mr Smith accusa le coup. Ses yeux exprimèrent une souffrance mêlée de tendresse.

— Excusez-moi…

Mr Terle, pas très fier de lui, détourna la tête.

— Ce n'est pas la question, notez bien ! Mais choisissez plutôt Seattle. Il y tombe 600 mm d'eau par semaine ! Vous me paierez quand vous pourrez. Ou bien jamais, cela ne fait rien. Je ne vous demande qu'une faveur : attendez minuit pour partir. De toute façon il fait plus frais à cette heure-là et vous aurez une bonne nuit de marche pour vous rendre en ville.

— Il ne se passera rien d'ici minuit…

— Il faut avoir confiance. Quand on n'a plus d'espérance, il faut croire. Restez avec moi, c'est tout ce que je vous demande. Inutile de vous asseoir. Restez à côté de moi et pensez à la pluie. C'est l'ultime plaisir que vous puissiez me faire, je ne vous demanderai jamais plus rien.

Des petits tourbillons de poussière s'élevaient en spirale et retombaient. Le soleil se couchait. Mr Smith scrutait la ligne d'horizon.

— À quoi je pense ? À la pluie... Ô pluie ! Qu'attends-tu pour venir un peu de notre côté ? Qu'est-ce que ça peut bien te faire, non ?

Depuis un long moment Mr Smith était planté, immobile, entre ses deux valises lépreuses. Cinq, six minutes, s'écoulèrent. Dans l'obscurité naissante, aucun bruit à l'exception de la respiration des deux hommes.

D'un air résolu, Mr Smith se pencha pour saisir les poignées de ses valises. Juste à ce moment, Mr Terle battit des paupières. Il porta le buste en avant, la main en forme de cornet appliquée à son oreille.

Mr Smith, les mains toujours sur ses valises, sentit son sang se glacer dans ses veines.

Car de très loin, derrière les collines, leur parvenait un murmure, un grondement faible et timide.

— Une tempête qui s'annonce ? dit Mr Terle entre ses dents.

Mr Smith se haussa sur la pointe des pieds.

Au premier étage, Mr Fremley s'assit dans son lit, tel Lazare ressuscité.

Les yeux de Mr Terle s'arrondirent de plus en plus. Il lui fallait se rendre compte avec précision de ce qui se passait. Il s'agrippait à la balustrade de sa terrasse avec l'air d'un commandant de navire, pris dans un calme plat, qui aspire les premiers souffles d'une brise des Tropiques toute embaumée du parfum des citrons et des noix de coco à la chair blanche et glacée. Cette brise imperceptible rafraîchissait ses narines sensibilisées comme si elle soufflait sur les conduits d'une cheminée chauffée au rouge.

— Là-bas ! Regardez ! s'écria Mr Terle.

Du sommet de la colline la plus rapprochée dévalait le nuage, la tornade, la tempête, faisant voler des aigrettes de poussière brûlante.

C'était la première voiture que l'on voyait depuis vingt jours. Elle descendait vers la cuvette dans un hurlement de freins, un ronflement de moteur emballé, un gémissement de ressorts qui les laissa pantois.

Mr Terle n'osa pas regarder Mr Smith.

Mr Smith, pensant à Mr Fremley, cantonné dans sa chambre, leva les yeux au plafond.

Mr Fremley, de sa fenêtre, observa la voiture qui, devant l'entrée de l'hôtel, rendait le dernier soupir.

Car, en s'arrêtant, elle fit un bruit étrange qui avait tout l'air d'être son chant du cygne.

Cette automobile devait avoir roulé très longtemps sur des routes de soufre et de feu, elle avait dû traverser d'immenses étendues salées d'où la mer s'était retirée par soubresauts il y a quelque dix millions d'années. Ses ressorts s'échappaient des coutures comme des cheveux de cannibale, une grande paupière de tissu s'affaissait et se fondait en gomme verte.

L'auto, une Kissel, année 24, dans un ultime sursaut, éjecta son âme.

La vieille dame assise au volant attendait patiemment. La tête tournée vers les trois messieurs, elle avait l'air de dire : « Pardonnez-moi, pardonnez à ma compagne, mais elle ne se sent pas bien et je dois l'assister à ses derniers moments. » Aussi attendait-elle bien sagement que les derniers soubresauts s'apaisent, que tous les ressorts se détendent — ce qui signifiait le processus final de l'opération. Elle resta bien une demi-minute à écouter sa voiture. Il se dégageait de toute sa personne une telle impression de paix que Mr Terle et Mr Smith la saluèrent d'une brève inclinaison du buste. Elle leur adressa en retour un sourire empreint de la plus parfaite dignité et leur fit un petit signe de la main.

Mr Fremley, toujours à sa fenêtre, quoique légèrement surpris de voir cette main s'agiter par la portière, lui rendit son salut.

Mr Smith murmura :

— C'est curieux… Ce n'est pas la pluie tant espérée et cependant je ne me sens pas déçu. Comment cela se fait-il ?

Mais Mr Terle sans l'écouter se dirigeait déjà vers la voiture.

— Nous nous demandions si…

Il préféra aller droit au but :

— Je me présente. Terle. Joe Terle.

Elle prit la main qu'il lui tendit et leva sur lui des yeux d'un bleu clair et lumineux comme de la neige fondue qui tout au long du chemin aurait été purifiée par le soleil et par le vent.

— Miss Blanche Hillgood.

Puis elle débita d'une voix égale :

— Diplômée de l'Université de Grinnell, célibataire, professeur de musique, ayant dirigé trente ans la chorale du lycée et l'orchestre des étudiants de Green City, dans l'Iowa, donné pendant vingt ans des leçons particulières de piano, de harpe et de solfège, retraitée depuis un mois, vivant de ma retraite et, pour l'instant, avec tout mon barda en route pour la Californie.

— Miss Hillgood, il ne me semble pas qu'il vous soit possible de repartir d'ici.

— J'en ai un peu l'impression.

Elle observa le manège des deux messieurs qui faisaient le tour de la voiture d'un air attentif. Elle était toujours assise à son volant, aussi indécise qu'un enfant sur les genoux de son grand-père.

— Y a-t-il quelque chose que nous puissions faire ?

— Si vous y tenez, une barrière avec les roues, un gong de salle à manger avec les tambours de frein. Le restant fera un ravissant jardin de rocailles…

On entendit Mr Fremley crier :

— Morte ? La voiture est-elle morte ? Oui, je le *sens* d'ici. Vous oubliez que l'heure du dîner a sonné depuis longtemps !

Mr Terle étendit le bras.

— Miss Hillgood, vous avez devant vous l'hôtel du Désert, patron Joe Terle, votre serviteur. Il est ouvert 26 heures sur 24 et seuls les lézards géants et les trimardeurs impénitents sont priés d'inscrire leurs noms sur le registre avant de monter dans leurs appartements. Accordez-vous une nuit de repos, je ne vous présenterai pas de note demain matin et nous vous conduirons avec notre Ford sortie de ses cales à la ville la plus proche.

Elle se laissa aider à descendre de voiture. La machine gémit comme pour protester contre son départ. Elle repoussa doucement, avec ménagement, la portière qui se referma avec un léger déclic.

— Une vieille amie me quitte, mais l'autre reste avec moi. Mr Terle, voulez-vous être assez aimable pour la sortir à l'air libre ?

— De qui parlez-vous, Mademoiselle ?

— Excusez-moi. Je considère toujours les objets comme si c'étaient des gens. Dans mon esprit, la voiture appartient à l'espèce masculine, je pense, parce qu'elle me sortait. Tandis qu'une harpe est spécifiquement féminine. N'est-ce pas votre avis ?

Elle désignait de la tête le siège arrière de la voiture. Là, se détachant sur le ciel, telle une proue de navire fendant le vent, une malle en cuir repoussé, de forme bizarre, surplombait la tête de n'importe quel conducteur, qu'il traversât les déserts sans rencontrer une âme ou les rues embouteillées des villes.

— Mr Smith, dit alors Mr Terle. Donnez-moi la main, voulez-vous ?

Ils dégagèrent l'immense malle et la portèrent avec précautions, chacun tenant une de ses poignées.

— Qu'est-ce que vous portez là ? s'informa Mr Fremley.

Mr Smith, au même instant, trébucha. Miss Hillgood retint sa respiration. La malle oscilla entre les bras des deux hommes. De l'intérieur leur parvint un son cristallin que Mr Fremley entendit. Il n'eut plus besoin qu'on lui réponde. La bouche ouverte, il regarda la vieille dame et les deux messieurs balançant la vieille amie dans sa boîte disparaître dans l'ombre du vestibule.

— Attention ! cria Mr Smith. Quelque abruti a laissé ses bagages ici.

Il se tut, sidéré.

— Quelque abruti… Je veux dire « moi »…

Les deux amis se regardèrent. Ils n'avaient plus aussi chaud. Un vent s'était levé, un vent aimable qui agitait faiblement leurs cols de chemise et faisait voleter les feuilles du calendrier étalé dans la poussière.

— *Mes* valises, précisa Mr Smith.

Tous les trois entrèrent dans l'hôtel.

— Encore un peu de vin, Miss Hillgood ? Nous n'avons pas vu de vin sur cette table depuis des années.

— Juste une larme…

Ils étaient éclairés par une unique bougie. Et cependant elle suffisait à donner une chaleur de four à la pièce et à faire flamboyer l'argenterie et les assiettes des grands jours.

Le vin était tiède, mais ils le buvaient avec plaisir.

— Miss Hillgood, racontez-nous ce qu'a été votre vie…

— Pendant toute ma vie j'ai été si occupée à courir de Beethoven à Bach et de Bach à Brahms que je ne me suis pas aperçue que j'avais 29 ans. Lorsque j'ai mis le nez hors de mes partitions la fois d'après, j'en avais quarante. Et hier, soixante et onze. Bien sûr, j'ai eu mes garçons, mais ils abandonnaient le chant à dix ans et l'envie de voler, à douze. Je me suis toujours imaginée que nous étions nés pour voler, chacun à notre manière. C'est pourquoi je n'ai jamais pu supporter la plupart des hommes qui se traînent à ras du sol, comme si tout le fer de la terre coulait dans leur sang. Je n'ai jamais rencontré d'homme qui pesât moins de 450 kg. En les voyant se rendre au bureau dans leurs costumes foncés, on croirait entendre passer des corbillards.

— Vous vous êtes donc mise à voler ?

— Seulement en esprit, Mr Terle. Il a fallu attendre soixante ans pour faire le saut. Et pendant tout ce temps, je pianotais sur des flûtes et des pipeaux, je pinçais les cordes des violons, parce que ces instruments provoquent des courants d'air, de même que les fleuves et les rivières entraînent des courants d'eau. Je descendais chaque rivière, je me lançais sur chaque cours d'eau en partant de Haendel et en débouchant sur les tourbillons de Strauss. Au bout de cette longue recherche, je suis retombée parmi vous.

— Comment avez-vous eu l'idée de partir ? demanda Mr Smith.

— J'ai regardé autour de moi, la semaine dernière et je me suis dit : « Une constatation s'impose : tu es seule à voler. Personne dans toute la ville ne se soucie réellement que tu voles ou que tu ne voles pas et, si tu voles, jusqu'où tu montes. » Ce sont toujours des « Bravo, Blanche » par-ci ou « Nous vous sommes reconnaissants, Miss Hillgood, pour la remarquable audition que vous avez donnée à notre réunion de "Parents d'Élèves" » par là. Mais personne n'a réellement écouté ce que je jouais.

« Quand j'ai parlé, il y a bien longtemps, d'aller à Chicago ou à New York, les gens m'en ont dissuadée et m'ont ri au nez. « Pourquoi, me disait-on, vouloir être la petite grenouille dans un grand marais, alors que vous êtes la première dans Green City. » Je suis donc restée, pendant que mes conseilleurs partaient, ou mouraient, ou les deux à la fois. Les autres avaient de la cire dans les oreilles. La semaine dernière, je me suis secouée et je me suis dit : « Courage ! Depuis quand les *grenouilles* ont-elles des ailes ? »

— Ainsi vous vous dirigez vers l'Ouest ? demanda Mr Terle.

— Peut-être pour jouer dans des films, ou encore dans ce grand orchestre en plein air dont on m'a parlé. Mais la vraie raison est qu'il me faut jouer quelque part où l'on m'écoute réellement.

Ils étaient assis tous les trois dans l'obscurité étouffante. Elle avait tout dit, tenu des propos raisonnables ou déraisonnables, peu lui importait. Elle se renfonça, sereine, dans son siège.

Quelqu'un alors toussa à l'étage.

Miss Hillgood l'entendit et se leva.

Il fallut plusieurs secondes à Mr Fremley pour décoller ses paupières et reconnaître la forme féminine qui se penchait pour déposer son plateau à côté d'un lit dans le plus grand désordre.

— Qu'est-ce que vous racontiez en bas ?

— Je reviendrai tout à l'heure vous le répéter mot pour mot. À présent, mangez, la salade est délicieuse.

Elle s'apprêtait à quitter la chambre. Il dit, très vite :

— Vous allez rester ici ?

Elle se retourna sur le seuil de la porte. Dans la pénombre elle avait peine à discerner l'expression de son visage mouillé de sueur. Lui, ne pouvait voir ni sa bouche ni ses yeux. Elle s'attarda quelques instants. Il crut qu'elle allait parler, mais elle se ravisa et redescendit l'escalier. « Elle n'a pas dû entendre ma question », se dit Mr Fremley, mais il savait qu'il se mentait.

Miss Hillgood traversa le grand hall d'entrée et s'affaira sur les serrures de la malle en cuir qui avait été déposée contre un mur.

— Je veux payer mon dîner.

— Il est sur le compte du patron, dit Mr Terle.

— Si, j'y tiens…

Et elle ouvrit la malle.

Ce fut comme un éclair d'or. Les deux hommes se dressèrent sur leurs chaises. Ils fixaient, éberlués, cette vieille dame, si petite à côté de cet immense instrument en forme de cœur qui la dominait et dont la colonne sculptée d'ancolies se terminait en haut par un visage serein aux grands yeux de biche qui les regardaient avec la même douceur que ceux de Miss Hillgood.

Les deux hommes échangèrent un bref coup d'œil. Chacun avait deviné ce qui allait se passer.

Ils se dépêchèrent de gagner, au pas de course, le coin le plus rapproché du salon en peluche, de l'autre côté du hall, dont la chaleur, d'ordinaire, les faisait fuir. Le souffle court, ils essuyaient leurs visages avec leurs mouchoirs trempés.

Miss Hillgood tira une chaise pour s'asseoir, laissa doucement retomber la harpe dorée sur son épaule et posa ses deux mains sur les cordes.

Mr Terle aspira une grande bouffée d'air brûlant et attendit. Le vent du désert agitait les rocking-chairs de la terrasse qui se balançaient avec le clapotis de barques amarrées la nuit sur un étang.

On entendit la voix de Mr Fremley qui protestait.

— Que se passe-t-il donc ?

Alors Miss Hillgood bougea ses mains. Commençant par l'arche qui surplombait son épaule, elle déplaça rapidement ses doigts le long des cordes vers la déesse grecque au regard fixe et impénétrable en haut de sa colonne, puis elle les ramena vers elle. Elle les tint quelques secondes immobiles, laissant les sons s'égrener, portés par l'air étouffant du hall dans toutes les chambres de l'hôtel.

Mr Fremley poussa-t-il un cri ? C'est possible, mais personne ne s'en soucia. Car Mr Terle et Mr Smith étaient bien trop occupés à bondir sur leurs pieds pour se confondre avec l'ombre. Ils n'étaient attentifs qu'au tumulte de leur propre cœur et à l'appel d'air brutal dans leurs poumons. Le regard exorbité, bouche bée, hors d'eux-mêmes, ils ne pouvaient détacher les yeux des deux femmes, la Muse aveugle et fière sur sa colonne d'or et la créature de chair, assise, les yeux clos, ses petites mains tendues en avant.

— Comme une petite fille, se dirent-ils en même temps, comme une toute petite fille qui tend ses mains en avant hors de la fenêtre… Pour sentir quoi ?… Bien sûr…

Pour sentir les gouttes de pluie.

L'écho de la première ondée s'évanouit sur le pavé des rues et les gouttières du toit.

Mr Fremley se leva de son lit. Il n'en croyait pas ses oreilles.

Miss Hillgood jouait.

C'était un air qu'ils ne connaissaient pas, mais il leur semblait l'avoir entendu mille fois durant leur longue vie, avec des paroles ou sans paroles. Était-ce même un air à proprement parler ?

Elle jouait et chaque fois que ses doigts pinçaient les cordes, il leur semblait entendre la pluie tomber sur l'hôtel plongé dans la nuit. La pluie frappait les carreaux des fenêtres grandes ouvertes, la pluie ruisselait sur les planches brûlantes du vestibule. La pluie crépitait sur le toit, sur le sable qui sifflait sous le vent, sur la voiture rouillée, sur le garage désert, sur les cactus morts dans l'arrière-cour. Elle lavait les fenêtres, elle faisait se déposer la poussière, elle remplissait les citernes. Elle masquait les portes de grands rideaux perlés qui s'entrouvraient dans un bruissement joyeux pour vous laisser passer.

Mais par-dessus tout, Mr Smith et Mr Terle percevaient son contact, éprouvaient sa fraîcheur. Ils se tassaient insensiblement sous son poids, sous sa pression.

Elle éclaboussait leurs visages avec tant d'obstination qu'ils fermèrent les yeux, leurs bouches et qu'ils levèrent les mains pour se protéger. Ils sentaient leurs têtes retomber de plus en plus en arrière pour laisser la pluie les frapper partout où elle voulait.

Le flot déferla pendant une minute puis diminua d'intensité, à mesure que les doigts descendaient le long du métier, faisaient jaillir leurs derniers cris, leurs dernières éclaboussures, puis s'immobilisaient.

L'accord final resta suspendu dans les airs, comme la photo prise au moment où la foudre tombe et pétrifie un milliard de gouttes d'eau. L'éclair avait lui. L'obscurité revenue, les dernières gouttes s'égrenèrent dans le silence.

Miss Hillgood détacha ses mains des cordes. Ses yeux étaient toujours fermés.

Mr Terle et Mr Smith ouvrirent les leurs et virent les deux merveilleuses créatures de l'autre côté du hall, sereines, sèches, épargnées par la tempête. Elles tremblaient. Elles se penchèrent en avant comme si elles voulaient parler.

Puis un bruit en provenance des couloirs du premier étage détourna leur attention et leur dicta la conduite à tenir.

Le bruit était faible. On eût dit un oiseau fatigué battant mollement des ailes.

C'était Mr Fremley.

Et c'était Mr Fremley qui, de sa chambre, applaudissait.

Mr Terle mit cinq secondes à comprendre. Puis il donna un coup de coude à Mr Smith et commença à battre des mains. Les deux amis applaudirent à tout rompre. Les échos se répercutèrent dans tous les coins et les recoins de l'hôtel, du haut jusqu'en bas, frappant les murs, les glaces, les vitres, tentant de s'évader des chambres fermées.

Et Miss Hillgood rouvrit les yeux, comme si un ouragan fondait sur elle qu'elle n'attendait pas et alors qu'elle n'avait rien pour s'en protéger.

C'était aux messieurs à donner leur récital et ils ne s'en firent pas faute. Ils frappaient leurs paumes l'une contre l'autre avec tant de ferveur qu'on eût dit qu'ils avaient des poignées de pétards à faire partir.

Ils battirent des mains, ils les ouvrirent et les refermèrent en claquant de toutes leurs forces jusqu'à ce que leurs doigts les brûlent et que leur respiration devienne plus courte. Alors les deux vieux messieurs reposèrent leurs mains sur leurs genoux. Leur cœur battait la chamade.

Très lentement, Mr Smith se redressa sans quitter la harpe des yeux. Il sortit devant l'entrée et alla chercher ses valises. Au pied du grand escalier, il se retourna pour regarder Miss Hillgood. Il fixa la petite valise posée à côté de la première marche. Puis il leva les yeux vers sa propriétaire d'un air interrogateur.

Miss Hillgood regarda la harpe, puis la valise puis Mr Terle et revint enfin à Mr Smith.

Elle acquiesça de la tête.

Mr Smith se pencha et, ses valises sous un bras, celle de Miss Hillgood à l'autre, il entreprit la longue montée de l'escalier dans l'obscurité familière.

Miss Hillgood reposa la harpe sur son épaule. Jouait-elle à la cadence de son pas ? Ou montait-il au rythme de sa mélodie ? Aucun d'eux ne le savait.

À mi-chemin de sa montée, Mr Smith rencontra Mr Fremley. Il avait passé une robe de chambre toute fanée et descendait en tâtonnant marche par marche.

Tous deux s'arrêtèrent et regardèrent au fond du hall en direction du vieux monsieur assis dans le coin le plus sombre, puis des deux femmes, le miroitement, le mouvement même. Et la même pensée les traversa.

Le son de la harpe s'identifiait au son de l'ondée tombant nuit après nuit… Plus besoin d'arroser le toit à la lance de jardin… Désormais ils pourraient s'asseoir sur la terrasse ou même rester étendus dans leur lit, le doux égrènement résonnerait toujours à leurs oreilles.

Mr Smith se remit à monter, Mr Fremley, à descendre.

La harpe…

Cinquante années de sécheresse étaient terminées.

La pluie bienfaisante était enfin venue.

DU MÊME AUTEUR

Aux Éditions Gallimard

L'ARBRE D'HALLOWEEN (Folio Science-Fiction nº 525)

POUR LES CHIENS, C'EST TOUS LES JOURS NOËL (Folio Benjamin nº 358)

AVEC UN CHAT POUR ÉDREDON (Folio Benjamin nº 345)

UN COUP DE TONNERRE (Folio Junior nº 664)

HISTOIRE DE DINOSAURES

MEURTRES EN DOUCEUR ET AUTRES NOUVELLES, nouvelles extraites de ... MAIS À PART ÇA, TOUT VA TRÈS BIEN (Folio 2€ nº 4143)

LE MEILLEUR DES MONDES POSSIBLES, nouvelles extraites de LES MACHINES À BONHEUR (Folio 2 € nº 5062)

L'HOMME ILLUSTRÉ ET AUTRES NOUVELLES / *THE ILLUSTRATED MAN AND OTHER SHORT STORIES* (Folio Bilingue nº 169)

Aux Éditions Denoël

TRAIN DE NUIT POUR BABYLONE (Folio nº 3572)

LA SOLITUDE EST UN CERCUEIL DE VERRE (Folio nº 2281)

IL FAUT TUER CONSTANCE

LE VIN DE L'ÉTÉ

CAFÉ IRLANDAIS

Dans la collection Présences

... MAIS À PART ÇA, TOUT VA TRÈS BIEN (Folio nº 3182)

LA BALEINE DE DUBLIN (Folio nº 2691)

LE FANTÔME D'HOLLYWOOD (Folio nº 2566)

Dans la collection Présence du futur

FAHRENHEIT 451 (Folio Science-Fiction nº 3)

CHRONIQUES MARTIENNES (Folio Science-Fiction nº 45)

L'HOMME ILLUSTRÉ (Folio Science-Fiction nº 218)

LA FOIRE DES TÉNÈBRES (Folio Science-Fiction nº 262)

LES MACHINES À BONHEUR (Folio Science-Fiction nº 312)

LES POMMES D'OR DU SOLEIL (Folio Science-Fiction nº 401)

UN REMÈDE À LA MÉLANCOLIE (Folio Science-Fiction nº 429)

À L'OUEST D'OCTOBRE

UN DIMANCHE TANT BIEN QUE MAL

LA COLONNE DE FEU

BIEN APRÈS MINUIT

THÉÂTRE POUR DEMAIN... ET APRÈS

JE CHANTE LE CORPS ÉLECTRIQUE

LE PAYS D'OCTOBRE

LA GRANDE ROUE

Dans la collection Lunes d'encre

FAHRENHEIT 451 – CHRONIQUES MARTIENNES – LES POMMES D'OR DU SOLEIL

TROIS AUTOMNES FANTASTIQUES : L'HOMME ILLUSTRÉ – LE PAYS D'OCTOBRE – LA FOIRE DES TÉNÈBRES

DE LA POUSSIÈRE À LA CHAIR (Folio Science-Fiction nº 251)

LÉVIATHAN 99 (Folio Science-Fiction nº 447)

Chez d'autres éditeurs

L'HOMME BRÛLANT

AHMED ET LES PRISONS DU TEMPS

L'HEURE H ET AUTRES NOUVELLES

CELUI QUI ATTEND
THE LAST CIRCUS, *en langue originale*
A STORY OF LOVE, *en langue originale*
THE MARTIAN CHRONICLES, *en langue originale*
MONSTRUEUSEMENT VÔTRE
LES GARÇONS DE L'ÉTÉ

Dans la même collection

514. Jean-Philippe Depotte *Le chemin des dieux*
515. Ian McDonald *La maison des derviches*
516. Jean-Michel Truong *Reproduction interdite*
517. Serge Brussolo *Anges de fer, paradis d'acier* (INÉDIT)
518. Christian Léourier *Le Cycle de Lanmeur*, III
519. Bernard Simonay *Le secret interdit*
520. Jean-Philippe Jaworski *Récits du Vieux Royaume*
521. Roger Zelazny *Les princes d'Ambre* (Cycle 1)
522. Christopher Priest *Les insulaires*
523. Jane Rogers *Le testament de Jessie Lamb*
524. Jack Womack *Journal de nuit*
525. Ray Bradbury *L'Arbre d'Halloween*
526. Jean-Marc Ligny *Aqua*™
527. Bernard Simonay *Le prince déchu* (Les enfants de l'Atlantide, I)
528. Isaac Asimov *Fondation 1*
529. Isaac Asimov *Fondation 2*
530. J. G. Ballard *La forêt de cristal*
531. Glen Duncan *Talulla*
532. Graham Joyce *Les limites de l'enchantement*
533. Mary Shelley *Frankenstein*
534. Isaac Asimov *Les vents du changement*
535. Joël Houssin *Argentine*
536. Martin Millar *Les petites fées de New York*
537. Mélanie Fazi *Le jardin des silences*
538. Graham Joyce *Au cœur du silence*
539. Bernard Simonay *L'Archipel du Soleil* (Les enfants de l'Atlantide, II)
540. Christopher Priest *Notre île sombre*
541. Bernard Simonay *Le crépuscule des Géants* (Les enfants de l'Atlantide, III)
542. Jack Vance *Le dernier château*

543.	Hervé Jubert	*Magies secrètes* (Une enquête de Georges Hercule Bélisaire Beauregard)
544.	Hervé Jubert	*Le tournoi des ombres* (Une enquête de Georges Hercule Bélisaire Beauregard)
545.	Hervé Jubert	*La nuit des égrégores* (Une enquête de Georges Hercule Bélisaire Beauregard, INÉDIT)
546.	L. L. Kloetzer	*Anamnèse de Lady Star*
547.	Paul Carta	*La quête du prince boiteux* (Chroniques d'au-delà du Seuil, I)
548.	Bernard Simonay	*La Terre des Morts* (Les enfants de l'Atlantide, IV)
549.	Jo Walton	*Morwenna*
550.	Paul Carta	*Le Siège des dieux* (Chroniques d'au-delà du Seuil, II)
551.	Arnaud Duval	*Les ombres de Torino*
552.	Robert Charles Wilson	*La trilogie Spin*
553.	Isaac Asimov	*Période d'essai*
554.	Thomas Day	*Sept secondes pour devenir un aigle*
555.	Glen Duncan	*Rites de sang*
556.	Robert Charles Wilson	*Les derniers jours du paradis*
557.	Laurent Genefort	*Les vaisseaux d'Omale*
558.	Jean-Marc Ligny	*Exodes*
559.	Ian McDonald	*La petite déesse*
560.	Roger Zelazny	*Les princes d'Ambre* (Cycle 2)
561.	Jean-Luc Bizien	*Vent rouge* (Katana, I)
562.	Jean-Luc Bizien	*Dragon noir* (Katana, II)

Cet ouvrage a été composé par IGS-CP
à L'Isle-d'Espagnac (16)
Impression Novoprint
à Barcelone , le 4 janvier 2017
Dépôt légal : janvier 2017

ISBN 978-2-07-044738-1/.Imprimé en Espagne.

314624